세 개의 밤

박문영 장편소설

아작

차례

프롤로그

모든 섬은 귀신이 달라붙기 좋은 곳이다. 발목이 없는 축축한 신들은 물길을 타고 가장 먼저 섬으로 기어가 거주민들의 꿈자리로 스며들었다. 새카만 밤, 한 여자의 눈썹이 허물을 벗는 뱀처럼 꿈틀거렸다. 여자는 이가 부서져도, 혀 돌기가 찢어져도 좋으니 얼음을 있는 대로 씹어 먹고 싶었다. 열이 휘도는 몸 밖으로 빠져나가 빈 육신을 내려다봐도 미련이 없을 듯했다. 바라는 일은 일어나지 않았다. 여자는 등을 말고 주먹을 쥐었다. 손바닥으로 여자의 이마를 짚어주는 사람은 없었다. 상체를 일으켜 물 몇 모금을 넘겨주는 이도 없었다. 섬에 사는 사람들은 각자의 통증을 홀로 버텨냈다.

상반신에 붉은 흉터가 가득한 아이, 눈이 여럿인 아이, 허리 아래 꼬리가 달린 아이가 자리에서 몸을 뒤척였다. 뿔뿔이 떨어진 셋은 이 시간에 깨어 있는 사람이 자신 혼자라고 생각했다. 3시간 정도 잠든 것뿐이지만, 눈을 감은 사이 30년은 흐른 것 같았다. 섬의 다른 아이들과 마찬가지로 셋도 다음 날이 오는 일에 별 기대가 없었다. 아침 햇빛을 받아내는 바닷물이, 파도가 쓰다듬는 모래알이 더는 찬란하지 않았다. 아이들은 잠이 들 때와 잠에서 깨어날 때 조금씩 울었다.

"우리가 어른들보다 더 피곤해. 앞으로 살아갈 날이 더 많잖아."

"흰 머리, 관절염, 팔자 주름. 나쁜 게 얼마나 늘어날까."

"우리도 언젠가 웃는 법, 노래하는 법을 잊게 되나."

"차라리 죽고 나서 다시 태어나는 법을 알고 싶어."

"매일매일 다른 감정을 가질 수 있을지 모르겠어."

"감정이란 걸 매일 가질 수 있을까."

검푸른 폐교 창 사이로 바람이 새어 들어왔다. 건물 빗금을 타고 굉음이 우우, 울렸다. 눈이 여럿인 아이가 교실 창문 앞에 섰다. 아이는 돌풍에 흔들리는 굴피나무를 바라봤다.

"이리 와, 이리 나와."

잎사귀들이 아이를 향해 마구 손짓했다. 아이는 창틀을 붙잡은 자신의 손이 너무 연하다고 생각했다. 창문을 열자 해풍이 몸을 관통하듯 들이쳤다. 남아도는 바람, 남아도는 물결. 섬과 바다에 휘도는 힘은 다른 힘으로 바뀌지 않고 그대로 달아났다. 아이는 어디에도 고이지 않는 이 괴력을 가만히 느꼈다. 자신도 굴피나무가 된 심정이 들 때까지, 세상이 끝난 기분이 될 때까지. 아이를 떠밀던 바람 줄기는 금세 폐교를 떠나 섬의 가장자리로 몰려갔다.

흐릿한 새벽 해가 폐선 조각에 붙은 따개비 떼를 비추었다. 쓸개 모양을 한 섬의 윤곽이 점차 분명해졌다. 섬을 지나 바다 건너에 있는 건물, 벽, 도시에도 공평한 분량의 햇볕이 들었다. 밀물에 잠겼다 나타나는 자갈이 의심하는 사람의 눈처럼 번쩍였다. 뭍을 지나면서부터 하얀 풀 무더기가 가득했다. 나라가 망한다는 개망초로, 내버려둔 땅마다 씨앗이 집요하게 파고드는 습성이 있었다.

1부

셋, 둘

하나

궁은 두통과 한기 속에서 눈을 떴다. 낮잠이 자꾸 길어졌다. 아무리 자도 피로는 그대로였다. 찬 손가락을 베개 아래 비벼댈수록 온기가 달아났다. 오줌보가 터질 것 같았지만 부은 두 발은 뜻대로 움직이지 않았다. 지금은 이불을 벗어나 화장실에 다녀오는 일이 세상에서 가장 어려운 일로 느껴졌다. 천천히 몸을 끌고 나오자 햇살이 궁의 발끝을 간수처럼 따라다녔다.

궁은 더러운 거울에 비친 자신의 모습을 오래 구경했다. 피부는 푸석푸석해지고 오른쪽 눈동자에 굵게 뭉친 핏줄은 언젠가부터 사라질 줄 몰랐다. 송곳니를 감싼 잇몸에는 고름이 가득해 매일 하관 전체가 욱신거렸다. 입술을 뒤집어 까자 옥수수알만 한 종기가 어제보다 한 개 더 늘어나 있었다. 치아는 동굴의 종유석과도 비슷한 생김새로, 가만히 들여다보면 이제 입속에서 박쥐가 날아다녀도 이상하지 않을 듯했다. 죄가 쌓인 얼굴이 이럴 것이라고 궁은 생각했다.

궁은 냄비에 물을 받았다. 누런 물 아래 붉은 쇳가루가 어지럽게 몰려다녔다. 헐거운 광목 위에 양배추 반 통을 올린 뒤 가스 불을 켜는 순간, 섬에 폭발음이 울려 퍼졌다. 두 발의 총성이었다. 올 것이 왔다고, 궁은 생각했다. 궁은 순식간에 쥐며느리처럼 몸을 말았다. 목소리는 나오지 않았다. 슬프지도 않았다. 그러나 단지 놀란 것뿐이라기엔 많은 눈물이 쏟아졌다. 궁이 고개를 틀어 사마귀를 불렀다. 입술 사이에서 녹슨 파이프를 못으로 긁는 소리가 났다. 대답이 없었다. 궁이 다시 한 번 아들을 부르자 사마귀가 방에서 얼굴을 내밀었다. 코 아래는 보이지 않았지만, 주름이 잔뜩 접힌 이마와 미간으로 화가 난 걸 알 수 있었다. 라디오를 틀어둔 채 낙서를 하고 있던 것이 틀림없었다.

"귀찮게 왜 부르는데?"

궁은 고개를 저었다. 평소와 똑같이 안일하고 무례한 아들의 표정을 보자 숨을 쉴 수 있었다. 궁은 팽팽한 배를 어루만지며 창가로 걸어갔다. 섬은 그대로였다. 폭발도 총성도 아니었다. 그들 모자의 내장이 터지고 연골이 녹아내릴 일은 없었다. 소리의 원인은 축포였다. 숯 부스러기로 그은 듯 희미하고 가는 연기 자욱이 초겨울 하늘을 가로지르고 있었다. 섬은 시끄러웠다. 전에 없던 열기였다. 궁은 창틀에 기대 눈앞의 광경을 숨죽여 지켜보았다. 불빛은 높이 오르지 못한 채 바다로 떨어졌다. 궁은 눈을 여러 번 비볐다. 불씨가 운동성이 적은 정충으로 보였다. 기름이 출렁이는 바다는 선지 덩어리 같았다. 피나무 몇 그루가 있는 해안 절벽 아래 사람들이 점점이 모여들기 시작했다. 크고 작은 병을 지닌 그들이 한 지점에 도달하기 위해서는 오랜 시간이 필요했다. 궁은 희뿌연 창에서 한발 물러났다.

궁과 달리 주민들에게 해 질 녘 방조제 주변은 언제나 감탄스러웠다. 특히 멀리서 바라보는 해안의 모습은 홀릴 듯 경이로웠다. 자신의 아름다움을 한 번도 부정하지 않은 사람의 옆모습만큼 저녁 바다의 정경이란 독선적으로 수려한 데가 있었다. 분홍과 청록이 무책임하게 뒤섞인 노을에서는 열대 과육의 달콤한 즙이 흘러내릴 것만 같았다. 반면 그런 섬에 머무는 그들 자신의 몰골은 납작하기만 했다. 포구로 향하는 지상의 사람들은 사막을 횡단하는 전쟁 포로처럼 한없이 무력하게 움직였다. 사람의 의지나 노력으로 이룰 수 없는 압도적인 풍광 앞에서, 축포 연기는 수평선에 성가신 줄기 몇 가닥을 내리다 사라졌다.

✳

해안 초입에는 '불법어로행위근절'이라고 쓰인 낡은 현수막이 바람에 나부끼고 있었다. 짙은 포말에 글자 몇 개가 쓸리고 지워져 멀찍이서 바라보면 '불행근절'이라는 낱말만이 보였다. 아이들만이 그 글자를 보고 키득거렸다. 해경과 군인으로 이뤄졌다는 수색대는 어디에 있는지 단속은 이뤄지지 않았다. 붉은 모자를 쓰고 제복을 입었다는 그들은 옛 시대의 허울로 지금은 코빼기도 볼 수 없었다. 국가도 해양관리처도 이곳에서 물러난 지 오래였다. 3차 세계대전 같은 게 일어난 건 아니었다. 대신 좀스러운 불운이 사람들을 끈기 있게 치댔다. 2083년 겨울, 지금까지 파산한 나라는 17개국이었다. 사회지도층의 부패지수가 높고 시민의 행복도가 낮은 순서를 정확히 지켜 국가가 소멸했다. 몇몇 기업의 이윤은 한 나라의 자산 전부를 합친 것보다 많았다. 어떤 대륙은 부풀었고 어떤 영토는 조각났다. 영역을 지킨다는 소리는 거짓말에서 옛말이 되었다.

이 나라 역시 점점 기우는 중이었다. 땅은 제멋대로 나뉘고 소유주는 매번 달라졌다. 철강, 전력, 정유 등의 산업이 빠르게 국제 시장에 나왔다. 옛사람들이 국가라는 의미를 경건하게 여긴 시기도 있었다. 그들은 경쟁하듯 자신들의 재산을 당국에 기부했다. 지역별로 거리를 돌며 항의하는 인파가 불어났고 고가도로와 크레인과 건물 옥상에서 소속 국가의 이름을 부르며 떨어지는 사람들도 나타났다. 그러나 시간이 지나면서 그런 사고엔 아무 파급력도 붙지 않았다. 사망 사유가 단순하고 감상적이라는 비판마저도 일다 말았다. 효과는 빛이 바랬다. 현상은 그대로 유지되었다. 국익을 논하던 기업들의 자본은 쉼 없이 커졌다. 그들은 국가 밖에 자신들의 나라를 세웠다. 신문사는 폐업을 면치 못했다. 몇 개의 국영 방송사는 포르노만을 방영했다. 다리를 벌린 배우들이 카메라 렌즈에 직접 살을 비비는 동안, 소란은 다른 소란에 덮였다.

지도는 매달 개편되었다. 평화란 순진한 단어도, 모호한 가치도 아니었다. 그것은 예나 지금이나 가장 높은 가격으로 거래되는 품목일 뿐이었다. 수세에 몰린 국가들은 답을 찾지 못했다. 고대의 유물부터 문화재 대다수를 팔아 치워도 빚은 늘기만 했다. 희귀한 종자는 모두 팔려나갔다. 특허 기술도 모조리 판매되었다. 당국의 공론은 환멸만 불러일으켰다. 현학적인 어휘를 구사하는 정부 부처는 폐지론에 휩싸였다. 이민 대란은 진작에 끝이 났다. 일가를 이루지 않고 죽어가는 사람들이 줄을 이었다. 인권보호단체와 자원봉사대는 바닥에 엎드려야 보이는 진드기처럼 움직였다. 앞에 '세계'라는 말이 붙은 기구들은 더 하는 일이 없었다. 끝에 '협회'라는 말을 달고 있는 집단도 마찬가지였다. 세계환경협회는 유독 연말 연초에 윤리와 책임의식이라는 말을 즐겨 썼는데, 이것은 제재를 피하려면 기업들이 이 단어의 무게를 재량껏 화폐로 환산해 적당한 곳에 지불하라는 뜻이었다.

기업은 점진적으로 자신들의 껍질을 진화시켰다. 그들은 정치적으로 올바른 발언을 했고 막대한 자금을 들여 무국적 떠돌이 난민을 도왔다. 분열된 나라에 사는 이들에게 그들의 양식은 젊고 투명하며 진취적으로 보였다. 거의 모든 대상이 정량화를 통해 상품이 될 수 있었고 거기엔 기업명이 붙었다.

새로운 옷으로 갈아입으세요, 초국적 기업들은 쾌적한 선전 문구를 내보였다. 자신이 소속될 영리 단체를 고르는 일은 자판기에서 음료수를 고르듯 간단한 일 같았다. 친환경 자동차를 생산하고 유기농 식자재를 관리하는 일에 불만이 있는 사람은 없었다. 생산 라인은 안전하고 보수도 나쁘지 않았다. 일에 따른 고충과 불안은 사내 전문 상담가가 도맡아 처리했다. 태어난 나라만 버리면 구할 수 있는 일자리였다. 그 옷은 버리세요, 당신에게 맞는 새 옷으로 갈아입으세요. 진보 색상을 띠는 노선으로 환승한 기업들은 저가의 노동력과 사업부지를 쉽게 사들일 수 있었다.

＊

국토 분열이 본격화되면서 이 섬은 변방으로 한 뼘 더 물러났다. 방치된 땅은 일종의 무주지였다. 대륙의 변화는 바다 밖의 일로, 섬의 문명은 차츰 쇠락에 접어들었다. 섬사람들은 육지의 유언비어나 뒤처진 정보를 두서없이 흡수했다. 그들은 몇몇 기업이 자신들의 땅을 비집고 들어올 때마다 그저 받아들였다. 선택지는 없어 보였다. 언제나 바다 바깥이 여기보다 굳건한 것 같았다. 섬 맞은편에 있는 건물은 거대 기업의 본사로 알려져 있었다. 마을 사람들은 그 뒤에 드높은 벽이, 벽을 넘으면 흉물스러운 도시가 있다는 사실을 알고 있었다.

늠름한 표정을 지을 줄 아는 남자는 마을에 단 한 사람도 없었다. 철조망과 방파제 그리고 등대와 같이 말이 없고 움직이지 않는 것들만이 바다의 둘레를 지켰다. 면적 72.35제곱 킬로미터, 총인구수 9,279명이라고 적힌 군락 안내판은 오래 전 지표였다. 부식된 철판은 사선으로 기울었지만 아직 쓰러 지지 않고 있었다. 숫자 아래 그림은 기괴하고 을씨년스러웠 다. 활엽수를 가운데 두고 소년과 소녀가 손을 잡고 웃는 형 상이었다. 나무에겐 뿌리가, 소년에겐 입이, 소녀에겐 눈이 없었다. 손으로 쓸면 유황빛 녹이 진하게 묻어났다.

마을의 많은 시설이 부식되어도 보수는 이뤄지지 않았다. 위태로운 건물들은 사람의 삶처럼 의외로 숨이 길었다. 비스 듬한 축대를 몇 달씩 보면 나름대로 그 각도의 특성과 미학에 익숙해지듯 어제오늘의 불안도 관성으로 합쳐졌다. 어떠한 불편도 안정적일 수 있었다.

"어제 손톱이 또 빠졌어."

"어디 보자, 발톱까지 열네 개 남았네. 다 뽑히면 알려줘. 바로 삶아 먹을 테니까."

마을 사람들은 자신의 처지와 질병에 관한 농담을 여러 개 씩 갖고 있었다. 길거나 질펀한 종류는 아니었다. 그들의 해 학은 섬의 협곡처럼 제법 간결하고 날카로웠으며 어딘가 비 정한 데가 있었다.

✳

마지막 불꽃이 타들어갔다. 방조제 근처에 연기가 자욱했 다. 아이들이 다이너마이트처럼 생긴 축포 껍데기로 축구 흉내를 냈다. 주민들은 풍선 깃대를 땅에 꽂았다. 등이 굽은 남자가 전봇대에 줄을 매면서 발작적인 기침을 하는 동안, 얼굴이 흰 남자가 건너편 쇠봉에 노끈을 묶었다. 잠시 후 현수막이 팽팽히 펼쳐졌다. 경 '동방 유니버설 입점' 축.

주민들이 고개를 들어 새로운 회사의 이름을 눈에 새겼다. 여러 기업이 섬을 떠나갔다. 농어의 배를 가르면 그 속에 노래미가, 노래미의 배를 가르면 멸치가 들어 있듯 육지의 큰 기업이 작은 기업을 합병해 섬에 들어오는 꼴이었다. 마을의 공장과 창고에는 시효를 다한 기기들이 쌓여 있었다.

오늘은 초국적 기업 동방이 이 섬에 공식적으로 들어오는 날이자, 그들의 방사능 폐기물 처리장 준공식이 있는 날이었다. 동방 유니버설이 취급하지 않는 상품은 없었다. 그들은 생활 전반에 필요한 물건을 만들어냈다. 계열사는 다양해 취급하는 대상을 일일이 꼽기 어려울 정도였다. 동방의 몸은 여느 국가보다 컸다. 그들은 태어나자마자 걷는 소처럼 움직였다. 거대한 유기체는 별다른 간섭 없이 스스로 몸을 키웠다. 어떤 품목에도 특별한 전문성이 없는 탓에 그들의 침투는 매끄럽고 자연스러워 보였다.

동방이 섬을 인수한다는 사실은 주민 대부분이 이미 알고 있었다. 떠들썩한 행사는 필요치 않았다. 하지만 적지 않은 사람들이 오랫동안 관례에 의미를 부여했다. 형식과 절차의 근본에는 불안이 있기 때문이었다. 내용 없이도 이름은 얼마든지 갖다 붙일 수 있었다. 실제로 방폐장이 완공된 것도 아니었다. 섬의 뒷면에는 철근과 시멘트 자루가 한참이나 남아 있었다. 그런데도 마을에는 공사가 끝났다는 소식이 돌았다. 동방과 섬이 맺은 서류상의 이야기였다. 이곳에 동방인들의 모습이 보이기 시작한 지는 열 달이 다 되어갔지만, 처리장 자리에 눈에 띄는 변화는 없었다. 그러나 그들이 덤프트럭 주변을 서성이거나 공사 부지를 분주히 돌아다니는 모습은 마을 사람들을 밑도 끝도 없이 안도시켰다. 방폐장 입구에 걸린 '양성자융합연구센터'라는 뜻 모를 현판 역시 그럴듯하게 여겨졌다. 등이 곧고 걸음이 빠른 청년들이 낯선 말을 나누며 섬을 밟을 때마다 여자들은 회관 평상에 모여 앉았다. 연금이란 것을 받게 된다는 말, 일을 하지 않아도 평생을 안락하게 살 수 있다는 소리, 도서관과 병원과 학교가 새로 지어진다는 이야기가 떠돌았다.

"유리창이 아주 많대. 깨끗한 침대가 수도 없대."

푹신한 매트리스에 앉아 화병의 물때를 닦으며 병의 차도를 차분히 기다리는 자신의 모습을, 여자들은 잠자코 상상했다. 책에서 본 대로 큰 의원에서는 정말 흰 옷만 입어야 하는지 누군가 질문했지만 아무도 답해주지 않았다.

✳

학교에서 옮겨 온 책상 위에 주민 몇이 전지를 덧댔다. 바람이 일 때마다 펄럭이는 종이 아래, 마른 짐승의 다리 같은 나무 기둥이 드러났다. 아귀가 맞지 않는 판자에는 못이 헐겁

게 박혀 있었다. 그 위로 조악한 방폐장 모형이 놓였다. 스티로폼으로 만든 돔과 하늘색 셀로판지 수로는 허약하고 성의가 없어 누군가 억지로 만든 방학 숙제처럼 보였다. 천막 안의 주민들은 책자를 한 부씩 받아들었다. 섬과 동방의 합리적인 상호 관계를 설파하는 안내 책자였다.

안심하세요, 라는 문구 아래로 긴 시간에 걸친 정밀한 연구를 통해 섬의 지질학 검사를 마쳤으며 그에 따른 안정성 확보를 이뤄냈다는 활자가 이어졌다. 이것은 기공식에나 어울리는 설명이었지만 행사장에서 새삼스럽게 질문을 던지는 이는 없었다. 섬에서는 글자를 열심히 읽는 행위 자체가 유난스러운 짓으로 여겨졌다. 골치 아픈 시간 낭비였다. 그런 것은 학식이 높은 자들에게나 어울렸다. 섬에서 14시간 거리에 있는 연구소 소장의 반명함판 얼굴이 다음 장에 인쇄되어 있었다.

"저준위 폐기물의 오염도는 미세먼지보다도 약합니다."

머리카락이 누렇고 눈이 움푹 파인 먼 땅의 사람은 낯빛에 비해 심하게 흰 치아를 드러내며 웃고 있었다. 투자 내역과 연구진 소개 옆으로는 그들이 이 시설을 세우기 위해 행했던 혁혁한 노고가 길게 드러나 있었다. 번개 모양의 마스코트는 명랑하고 활기찬 웃음을 머금은 채 안내 문구를 가리키고 있었는데 흰 장갑을 낀 손가락은 단 두 개로 다섯 가지 설명 옆의 손 모양이 모두 같았다. 안전해요, 튼튼해요, 믿을 수 있어요, 투명해요, 깨끗해요. 죄다 비슷한 수식이었다. 몇 개의 도표와 그래프가 그려진 장을 넘기면, 방폐장 설립으로 인한 이

득과 드럼통의 순환 표식이 나타났다. 혜택은 산타가 멜 법한 빨간 선물 꾸러미로, 폐기물은 그보다 훨씬 작은 초록색 봉지로 간략하게 표현되었다. 종이 하단에 적힌 숫자와 단위를 꼼꼼히 읽는 주민은 한 명도 없었다. 그들은 안내 책자를 책상에 도로 올렸다. 첫 장 중앙에 박힌 처리장의 모습은 오페라하우스만큼 위용이 넘쳤다. 마을의 누구도 지금 지어지고 있는 처리장이 이것과 같은 시설물이라는 생각을 할 수 없었다. 그들의 방폐장은 발길이 완전히 끊긴 소규모 유원지처럼 스산하고 황량했다.

천막 바깥까지 산만한 음악이 퍼졌다. 검은 솥에 기름이 끓어올랐다. 말린 방어와 명태와 대왕오징어가 기포를 잔뜩 머금은 채 기름 위로 떠올랐다. 반죽에 뒤덮인 살점은 실밥처럼 가늘었다. 어패류는 바닷가 사람들이 저장해두는 귀한 재료였다.

민간 기업들이 제조 공장을 세우면서부터 마을의 근간 시설은 죄다 버려졌다. 무인 도서관이나 회관처럼 단순하고 비경제적인 기능을 가진 건물만이 남았다. 동사무소, 경찰서, 우체국, 병원, 군청, 학교, 은행 중 현재 운영을 하는 곳은 한 군데도 없었다. 안색이 항상 좋지 않은 약사 하나가 자신의 집을 작은 제약 창고로 사용했다. 싹이 난 감자 하나가 들어오면 먼지 낀 유산균 스틱 하나가 나가는 식이었다. 쓰임새가 사라진 현금인출기 두 대는 취한 사람들의 화장실로 쓰였다. 마을의 목욕탕은 정제된 바닷물과 소금을 모아두는 장소였다.

제분과 식용유를 취급하던 회사가 퇴각한 지는 두 달이 되었다. 그들의 공약은 대부분 폐기되었다. 주민들이 원했던 다양한 종류의 가축과 약품은 유입되지 않았다. 섬사람들이 내준 공장 부지와 노동력의 대가는 형편없었다. 마을 곳곳에 기름통과 밀가루 포대가 수북했다. 더불어 유독한 가스와 벤젠 찌꺼기 그리고 오염된 지하수가 섬을 한 겹 더 덮었다.

✳

기업들과 협력 관계를 맺기 전 주민들이 마지막으로 했던 작업은, 당국의 해양관리처 산하에서 방사능 계측기를 생산하는 일이었다. 주민 중 성인 절반 이상이 자그마한 측정기를 만드는 데 하루에 13시간을 사용했다. 세이브 마스터라는 이름의 기기는 감자 깎는 칼과 별반 다를 게 없는 투박한 모양새로 생산 공정은 단순했다. 주민들이 완제품을 만들지 않았기 때문이었다. 그들은 검전기의 금박 부분만을 세공했다. 측정기가 어떤 원리로 작동하는지 이해하는 자는 없었다. 사용 방법과 표식도 알 리 없었다. 외형으로 쓰일 플라스틱 껍데기는 어디서 제작되는지, 건전지 부착은 어떤 이들이 하는지 마을 사람들은 전혀 몰랐다. 그러나 지병의 원인이 새삼 궁금하지 않은 것처럼 그들은 침묵과 몰이해 속에서 익숙하게 일했다. 국가 주도산업의 흔한 방식이었다. 습진, 관절염, 빈혈 같은 건 자신들의 얼굴만큼이나 일상적으로 느껴졌다. 원료가 담긴 통과 자루에 적힌 주의 문구의 크기는 짓이겨진 들깨

보다도 작았다. 공장에서 배출되는 독성물질의 이름은 어렵고 권위적이었다. 숫자와 알파벳으로 이뤄진, 효용 없는 처방전의 글자와 다를 게 없었다. 마을의 하수구는 빛을 받은 거울처럼 밤낮으로 반짝였다. 자신들도 잘 모르는 제품을 만들어내는 동안 폐유가 넘실대는 바다는 마을의 풍경으로 자리 잡고 있었다.

세이브 마스터를 만들어내던 기간은 그리 길지 않았다. 제품의 가격 하락이 원인이었다. 공장 가동은 곧바로 중지되었다. 중앙정부 조끼를 입은 육지인이 다음 작업에 대해 공지했다. 육지인은 마을에 구닥다리 라디오는 사라질 거라고, 앞으로는 고성능 모니터를 제조할 거라고, 곧 시청각 교육과 훈련이 이뤄질 거라고 말했다. 작업자들은 고개를 갸웃거렸다. 움직이는 화면을 구경했던 때는 아주 오래전이었다. 한 남자가 마대를 털며 육지인의 조끼를 바라보았다. 중앙도 정부도 가당찮은 단어였다. 조각조각 난 나라와 도무지 어울릴 수 없었다. 남자는 동료의 어깨로 손을 뻗으려다가 말없이 자루를 털었다. 남자는 자신의 불만이 아무짝에도 쓸데없다는 사실을 잘 알았다.

주민들이 관리국 사람들을 본 것은 그날이 마지막이었다. 당국은 공지를 전한 그 주에 섬에서 손을 뗐다. 주민들은 남은 계기판 바늘로 장신구를 만들었다. 주로 별이나 달을 본뜬 모양으로 두께가 고르지 않고 투박해 상품성은 거의 없었지만 주민들의 생각은 달랐다. 그들은 판매 대상이 없는, 괴이

한 사치품을 한 달 정도 더 만들어냈다. 마른 팔, 굽은 목에서 헛도는 금속 조각은 피부에 상처를 냈다. 고집이 센 주민들은 장신구를 계속 착용하고 다녔다. 낙천적인 주민 몇몇은 두피에 열이 오르고 귀에 피딱지가 엉겨 붙어도 눈치 채지 못했다.

＊

부침 반죽을 젓던 여자가 국자에서 손을 떼고 채반 쪽으로 붙어 섰다. 한눈에도 호흡이 불안정해 보였다. 여자는 바구니 위로 재빨리 손을 뻗었다. 그러고는 튀김을 집히는 대로 입에 쑤셔 넣었다. 혀로 뜨거운 기름과 육즙이 터져도 여자는 콧구멍을 벌름거릴 뿐 입을 벌리지 않았다. 다리를 저는 그 여자는 간단히 다리로 불렸다. 질환 부위가 명찰 역할을 했다.

섬사람들은 언젠가부터 각자의 질병을 이름 대신 불렀다. 날이 갈수록 그 편이 나았다. 타인의 이름은 자꾸만 아득해졌고 자신의 이름조차 가물가물한 순간이 잦았다. 어느 날 갑자기 똑바로 걷게 되지 않는 이상 여자의 지칭은 내내 다리였다.

잇몸이 긁히고 입천장이 까졌지만 다리는 멈추지 않고 입에 음식을 욱여넣었다. 튀김을 건져내던 여자들이 다리를 흘겨보았다. 산에서 뛰어 내려온 멧돼지처럼 공격적인 다리의 식성은 그들을 질리게 했다. 대나무 창살에서 마지막 오징어를 빼내던 여자가 분을 이기지 못하고 다리에게 다가섰다. 성난 여자가 들고 있는 건어물은 심하게 뒤틀리고 쪼그라들어

낙엽처럼 보였다.

"행사용인데 그만 좀 처먹어."

대꾸 없이 돌아서서 음식을 삼키던 다리가 갑자기 퉁퉁한 손등으로 두 눈을 가렸다. 다리의 벌어진 입속을 날카로운 빛이 가득 채웠다. 양 어금니 사이로 으깨진 새우 머리와 잘근잘근 씹힌 대구 눈알이 덩어리져 있었다.

조명을 환히 켠 선박이 빠른 속도로 마을 입구에 들어오는 중이었다. 섬사람들은 넋을 잃고 배를 바라봤다. 마을에 한 척도 남지 않은 배였다. 따개비가 잔뜩 붙은 폐선 파편 같은 것을 배라고 부를 수는 없었다. 선착장 방조제에 앉아 튀김 부스러기를 헤집던 갈매기들이 급히 자리를 떴다. 시멘트 둔덕 근처로 배가 닿자 선수 입구가 열리고 그 안의 포클레인과 트럭이 모습을 드러냈다. 등을 켠 차량이 섬 안으로 열 지어 들어왔다. 모여 있던 주민들은 얼떨결에 두 갈래로 찢어졌다. 터진 길 사이로 들어온 트럭은 총 네 대였다. 두 대는 해안가에 정차했고 나머지 두 대는 방폐장 쪽으로 계속 이동했다.

✳

수양딸 팔룬을 품에 안은 백씨가 길 한가운데로 나아갔다. 백내장을 앓아 백씨로 불렸고, 눈이 여덟인 백씨의 딸은 팔룬이라 불렸다. 머리카락이 온통 얼굴을 뒤덮은 팔룬은 언뜻 보면 검은 개 같았다. 올해로 열네 살인 팔룬은 두 해 전부터 몸이 더 자라지 않았다. 아이는 넝쿨 호박의 떡잎, 장수풍뎅이의 날개처럼 언제나 미세하게 떨었고 말이 없었지만 수많은 눈빛 중 어느 하나도 탁하지 않고 또렷했다. 수면 시간을 제외하면 말이었다. 팔룬은 매일 18시간 정도를 잠에 빠져 있었다. 너무 많은 각막을 지닌 팔룬은 바람을 막고 서 있는 백씨의 품에 편히 잠들어 있었다.

팔룬의 아버지 백씨는 섬의 실질적인 수장으로, 사촌 궁과 육지를 떠나 이곳에 정착한 유일한 세대였다. 교직원 두 명이 섬을 달아난 직후였다. 교사들이 사라진 후 안 그래도 작고 볼품없는 분교 건물은 대낮에도 폐가처럼 보였다. 선생이 없는 학교엔 학생도 없었다.

새로 부임한 백씨는 학교를 집으로 삼고 밤낮으로 마을 일을 도왔다. 차분하고 겸허한 스물두 살의 이방인 청년을 적대시하는 이들은 없었다. 수업은 교실 밖에서도 이뤄졌다. 땅속 혈관으로 폐수가 돌기 시작하면서 섬의 흙이 제구실을 못 하고 잔병을 앓던 시기였다. 백씨는 농사 공동체 실험을 추진했다. 작물 생산이 계속해서 실패하자 마을 사람들은 백씨와 함께 밭을 합치고 물길을 넓혔다. 그래도 열매의 수는 매번 감소하기만 했다. 생선은 더욱 잡기 힘들었다. 시간대를 바꿔도 소득이 없었다. 바다는 제대로 된 생물을 키워내지 못했다. 극소량의 어획물은 소금에 절인 후 불에 그슬려 보관했다. 훈제한 살점은 마을 거주민의 주된 식량이었다. 고기는 물물교환에서도 요긴하게 쓰였다.

시행착오가 숱했지만 마을 사람들에게 백씨는 언제나 해

박한 사람이었다. 재해대책을 위한 마을 회의를 열고 공장 노
동자들의 산재를 업체에 알리는 일 역시 백씨의 몫이었다. 답
장을 주지 않는 사람들을 상대로 백씨는 쉬지 않고 서류를 작
성했다. 그나마 우체국이 있을 때의 일이었다.

✳

"안녕하십니까."

선장실에서 내린 자는 백씨 대신 행사장에 시선을 고정한
채 말했다. 백씨는 팔룬을 고쳐 안고 섬에 들어온 외부인들을
찬찬히 살폈다. 모두 어리고 건장한 남자들이었다. 건성으로
인사말을 던졌던 남자가 몸을 틀어 백씨에게 손을 내밀었다.
백씨는 아이를 어깨 반대편으로 옮겨 들었다. 남자의 손이 허
공에 가만히 머물렀다. 백씨의 고자세에는 위엄과 기품이 넘
쳤다. 주민들은 백씨의 느릿한 행동거지를 보며 숨을 죽였다.
약속을 지키지 않고 떠난 육지인들에게 신물이 난 탓이었다.
백씨는 끝내 악수를 거부하고 간단한 고갯짓으로 육지인을
맞이했다. 남자는 헛기침을 하며 자리를 떴다. 바다를 건너온
사람들이 천막 주변으로 빠르게 이동했다. 유니폼 차림의 동
방인들은 주민들의 행색에 비해 현저히 청결해 보였다.

곧바로 스피커가 찢어질 듯한 굉음이 들렸다. 주민들이 두
손으로 귀를 막았다. 귀가 들리지 않는 자들이 귀를 막은 자
들을 일제히 쳐다보았다. 백씨에게 인사를 건넸던 남자가 마
이크를 여러 번 두드린 후 입을 벌렸다. 가는 잡음이 목소리

위로 겹치다가 사라졌다. 비로소 자신의 음성이 또렷해졌을 때 남자는 진땀을 흘렸다.

"육지에서는 원전 사고가 계속해서 일어납니다. 우라늄 채광 작업단 스물세 명이 어제부로 모두 사망했습니다."

남자는 단상의 물을 마신 후 말했다.

"단순하고 안전한 산업시설이라는 당국의 설명과 달리 현장은 몹시 험합니다. 노동자들은 4킬로그램이 넘는 보호복을 입고 무더운 지하와 지상을 수없이 돌아다녀야 하죠. 보호장비 없이 맨손으로 기둥을 옮긴 자들은 다음 날 주먹을 펼 수 없게 됩니다. 작업 며칠 만에 환자들이 속출했습니다. 곧이어 더 많은 인력이 작업단에 투입되었습니다. 석 달간의 노동, 참여 인원 270여 명. 정확한 사업 명칭은 채광작업이 아닌 원자력 발전소 12호기 복구작업이었습니다. 수명을 무시하고 너무 오래 사용한 시설이니 손을 대봤자, 돈과 시간을 들여봤자 의미가 있었을까요. 정부의 뒤늦은 복구작업은 실패하고 말았습니다."

"하고 싶은 말이 간단히 뭐죠?"

단상 바로 맞은편에 서 있던 백씨가 질문했다. 동방인 몇 명이 고개를 숙이고 피식 웃었다. 마이크 손잡이를 세게 쥔 남자는 백씨를 한참 내려다보다 다시 주민들을 향해 말했다.

"국가가 국민을 사지로 내모는 현장은 이제 지긋지긋하실 겁니다. 결정권자들이 언제 제대로 된 선택을 한 적이 있었어요? 아시다시피 나라라고 하는 영역은 계속해서 줄어들고 있

어요. 여기는 나라가 있는 것도, 없는 것도 아닌 비참한 상태
죠. 이 섬의 관리국은 어디입니까? 그들은 어디에 있죠?"

자신의 공격적인 질문 세례가 만족스러운 듯 남자는 점점
목소리를 높였다. 격양된 남자에게 백씨가 천천히 답했다.

"섬을 지키는 건 섬사람들 뿐이죠."

마이크를 꽉 쥔 남자는 곧장 말을 이었다.

"이 섬을 저희 동방과 함께 지킬 수 있게 되어 다행입니다."

첫 번째 트럭의 문이 열렸다. 짐칸에는 쌀 포대가 가득했
다. 육지인들이 조명 기기를 차량 쪽으로 급히 틀었다. 두 번
째 트럭의 문도 연달아 열렸다. 육포와 말린 무화과와 고등어
통조림이 전면에 드러났다. 갖가지 저장식량을 비롯해 의복,
주류, 담배, 책 등의 물품이 하차되었다.

"약속대로 이 섬은 혜택의 땅이 될 것입니다. 이곳에선 한
사람, 한 사람의 복지가 시작될 겁니다. 덧없던 노동과 알량
한 화폐는 사라집니다. 주민분들은 이제 자기계발에 힘쓰세
요. 여러분의 땅은 그만한 가치를 가지고 있습니다."

그 시각 방폐장 입구에 주차된 세 번째와 네 번째 트럭에
서 나직한 잡담이 들렸다. 모든 일을 마치고 좌석에 앉은 남
자들은 창문을 열고 담배를 태웠다.

"자네는 어떻게 들어왔어?"

"알아서 뭐하게?"

퉁명스러운 답을 들은 남자가 생수병을 찌그러뜨렸다. 그
러고는 방폐장 쪽을 쳐다보았다. 차량 뒤편, 짐칸을 채우고

있던 것은 수십 개의 드럼통이었다. 동방에서 그간 섬에 비공식적으로 입고시킨 통의 개수보다 훨씬 많았다.

✳

천막 주변에 흩어져 있던 주민들이 물품 상자 앞으로 몰렸다. 동방인 몇 명이 그들을 막아서며 한 곳을 가리켰다. 대형 스크린 위로 동방 유니버설의 로고가 나타났다. 여덟 개의 알파벳이 한참을 현란하게 깜박였다. 섬사람들은 망막이 찢어질 듯 아팠다. 움직이는 이미지를 처음 본 아이 몇이 오줌을 지렸다. 첫 화면은 가까운 미래의 방폐장 모습이었다. 영상과 책상에 놓인 모형, 안내 책자에 나온 시설의 생김새와 공사 중인 방폐장은 모두 제각각이었다. 네 개의 건물은 판이했다. 하지만 각기 다른 네 형상은 어느 순간부터 주민들에게 그저 엇비슷한 덩어리로 각인되고 있었다.

"당신의 손을 놓지 않는 친구, 동방입니다."

화면 속 아나운서는 방폐장이 얼마나 엄혹한 내부 기준을 세웠는지, 얼마나 체계적인 시스템으로 가동되는지 설명했다. 안내 책자의 골자 그대로였다. 화면은 동방과 협력을 맺은 지역 곳곳의 소개로 넘어갔다. 무너진 박물관 앞에 모인 청년들이 운을 뗐다. 광물빛 눈동자를 가진 청년들은 섬사람들이 알아들을 수 없는 말을 힘주어 외치고 있었다. 영상 하단으로 자막이 크게 찍혀 나타났다.

'국가가 당신에게 준 것은 무관심뿐. 당신이 살든지 죽든지 아무런 상관이 없지. 우리의 피와 뼈는 결코 그들 것이 아니야. 그것은 온전히 우리 자신의 것, 우리 동방의 것.'

다음 화면에는 잎사귀가 크고 넓은 나무들이 펼쳐졌다. 동방 티셔츠를 입은 사람들이 춤을 추고 있었다. 자취를 감춰가고 있는 민속적인 몸놀림에 이어 주민들을 놀라게 한 것은 섬에서 잘 볼 수 없는 그곳의 환하고 튼튼한 햇살이었다. 수십 개의 빛줄기를 받은 살결은 짙은 초콜릿색으로 탄력이 넘쳐 보였다. 사람들이 돌아가며 동방에 대해 말했다.

"우리가 받은 것은 말할 수 없이 많습니다. 그들은 이 지역에 다시 올 수 없을 줄 알았던 평화를 가져왔어요."

"식량난이 해결된 것은 물론이거니와 양질의 교육과 복지도 이뤄지고 있습니다."

"나의 나라는 동방입니다. 예전의 국가는 우리를 죽이려 했어요. 나라가 아니었죠."

마지막 여자는 티셔츠를 올려 배를 드러낸 후 총탄 자국으로 보이는 상처를 가리켰다. 여자는 젖은 눈가에 손을 갖다 대느라 말을 자주 멈췄다. 클로즈업된 여자의 얼굴이 화면에 오래 머물렀다. 서너 개의 협력 지역이 더 소개된 뒤 영상이 끝났다.

철판 위로 고기와 전과 떡이 올라왔다. 대부분의 남자 주민은 도수 높은 병술을 들고 있었다. 해변은 비계 타는 냄새로 가득 찼다. 유니폼을 입은 자들이 바닥에 담배를 아무렇게나 튕겼다. 터진 종이와 건초가 바람에 흩날렸다. 모래밭에 가래침이 점점 늘어났다. 동방인들은 과묵했다. 연설을 마친 사람을 제외하면 이들의 행동은 지극히 제한적이었다.

취한 주민 몇이 트럭 앞에서 춤을 췄다. 앞서 본 화면의 사람들을 흉내 낸 몸짓이었다. 바늘 귀걸이와 금속 목걸이가 세차게 흔들렸다. 공중으로 뛰어오르다 헛발을 짚은 여자가 동방인의 가슴께로 넘어졌다. 남자는 여자를 세차게 밀어낸 뒤 나직하게 짧은 욕설을 내뱉었다. 모래에 처박히는 여자를 보며 주민들이 웃음을 터뜨렸다. 넘어진 여자는 술에 잔뜩 취해 있었다. 여자는 바닥의 술병을 들어 몇 모금을 더 마시고는 아까보다 더 큰 소리로 웃어댔다. 섬사람 서넛이 민요를 부르기 시작했다. 등대, 바위, 파도, 모래알, 갈매기라는 단어 없이도 바다 냄새가 끼치는 노랫말은 이 나라의 모국어를 세심히 다룰 줄 알았던 작사가가 남긴 유작이었다. 그러나 지금 섬마을 사람들이 부르는 노래는 장정들이 험하게 싸우는 소리로 들렸다.

드럼통 안에 방사능 폐기물이 들어 있다는 소문은 공공연한 사실이었다. 무겁고 찬 쇳덩이들은 이곳에 열 달 전부터 차곡차곡 들어왔다. 달라진 것은 초록색 드럼통에 전에 없던 방사능 마크가 찍혀 있다는 것뿐이었다. 주민들은 이미 셈을 마친 상태였다. 그들은 곧 새롭게 부여될 사회보장번호에 기대를 품고 있었다. 관리국의 등록번호가 그들에게서 세금과 시간과 노동을 앗아가고 무엇 하나 내어준 것이 없었다면, 동방의 번호는 말 그대로 비호가 될 예정이었다. 노동 없이 정기적으로 제공되는 식량과 물자는 저준위 방폐장 설립에 대한 대가로 후하다는 게 주민들 생각이었다. 거의 특혜라고까지 해도 좋았다. 섬의 생산성은 이제 보잘것없었다. 쇠퇴한 땅이었다.

동방을 믿을 수 있겠느냐고 백씨가 질문했을 때, 회관에 모인 주민들은 말없이 자애로운 미소를 지었다. 너무 기뻐해도, 너무 건조하게 굴어도 곤란했다. 마을 사람들은 이 협상이 엎어지지 않도록 주의를 기울였다. 동방 유니버설은 자잘한 기업들과는 그 규모가 달랐다. 모든 조건이 예전과는 달랐다. 땅의 한쪽을 내어주기만 하면 몸이 삭아들 것 같은 일에서 벗어날 수 있다니 눈을 감아도, 떠도 꿈결 같았다.

유니폼을 입은 사람 몇이 주민들의 줄을 정비했다. 동방산하의 사회보장번호가 생성되는, 행사의 마지막 절차였다. 주민들은 뒤늦게 열에 들뜬 자신들의 모습을 감추느라 애를 썼다. 그리고 끈기 있게 입장을 기다렸다. 머리숱이 적은 남자가 가장 먼저 입실했다. 실내의 동방인은 흰 막사를 가리켰다. 몹시 피곤한 안색이었다. 동방인은 남자에게 간이 탈의실에서 옷을 갈아입고 나오면 몇 가지 간략한 신체검사를 시작하겠다고 말했다. 남자는 옷걸이를 빼며 심호흡을 했다. 밖으로 나서기가 망설여졌다. 적은 양을 마셨어도 술 냄새는 확실히 진동했다. 아무리 간단한 검사라도 이건 우스운 시늉이라는 생각이 남자의 뇌리를 짧게 스쳐 지나갔다. 그러나 정수리가 가려워 긁적이는 동안, 그리고 하품을 하는 동안 남자가 품었던 질문은 쉽게 지워졌다. 남자는 동방의 이름이 새겨진 옷을 입고 의자에 앉았다. 동방의 정보입력 처리방식은 특이하게도 1950년대 도민증을 활용한 형태였다. 동방은 남자에게 출생지, 주소, 신장, 체중, 특징, 사용하는 언어, 혈액형 등의 사항을 물었다. 마지막 서류 하나가 남았다. 펜을 집은 남자는 문서에 알파벳 브이 표시를 쉬지 않고 그었다. 해양관리처 영역에서 탈퇴하겠다는 하단 문구 옆에는 자신의 사인을 남겼다. 그로써 행정학적으로 남자의 존재는 폐기되었다. 국가 차원에서는 사실상의 사망 처리였다. 이미 아무런 보호막이 되지 않아 남자의 마음속에서 먼저 죽어버린 나라였다.

＊

사마귀가 깨어난 곳은 자기 방의 책상이었다. 엎드려 자면 허리와 꼬리가 몹시 아팠는데도, 사마귀는 앉은 채로 자주 선잠에 빠져들었다. 엉덩이 부분이 뚫린 의자와 방석은 어머니 궁이 만들어준 것으로 마감 처리가 서툴렀지만 꽤 포근하고 아늑했다. 사마귀는 의자 구멍 사이로 굳은 꼬리를 이리저리 움직였다.

마을 밖의 어수선한 기운이 집 안으로도 들어왔다. 사마귀는 실눈을 뜨고 창밖을 봤다. 한심했다. 사마귀는 라디오에서 마음에 드는 노래가 나오길 바라며 전원을 켰다. 역시 허황된 바람이었다. 동방 유니버설의 방송은 확실히 감각이 떨어졌다. 해양관리처, 제분과 기름 회사에서 나오던 음악 역시 별로였지만 동방만큼 나른하고 태평한 선곡은 아니었다. 수개월이 지나도 적응이 어려웠다. 그래도 섬에는 동방의 주파수 단 하나만 수신되니 대안이 없었다. 물러간 회사들은 자신들의 회선을 완전히 차단했다.

사마귀는 집 안의 정적이 질 나쁜 음악보다 더 싫었다. 그래서 인내심을 갖고 속 편한 재즈 연주를 들었다. 제멋대로인 콘트라베이스 소리에 속이 울렁거렸다. 라디오를 끄려는 순간 새로운 노래가 흘러나왔다.

"세상에 끝이 온다 해도 좋아. 너와 나는 헤어지지 않을 거야. 잡은 손을 놓지 말아줘. 세상에 끝이 온다 해도 좋아. 아니, 끝이 오게 내버려둬. 그때 또 다른 세상이 열릴 테니까. 잡은 손을 놓지 않은 우리에겐 매일이 새날이야."

사마귀는 첫 소절을 듣자마자 얼굴을 일그러뜨렸다. 한가하기 짝이 없는 목소리였다. 노래가 끝난 후 동방 뉴스 속보를 통해, 선라이즈 생수 회사의 냉각수 유출 사고 소식이 전해졌다. 핵연료봉을 식힌 물 5백 톤이 지하수와 바다로 흘러들었다고 했다.

"이 기업은 사고 초기부터 내부 은폐에 급급했던 것으로 밝혀졌는데요. 동방의 검증된 기술과 현격한 차이를 보였던 선라이즈는 설비 부실에 대해 그동안 많은 비판을 받아왔음에도 불구하고 오류 극복을 위한 적합한 절차 마련과 개선을 미룸으로써 결국 끔찍한 사고를 내고 말았습니다."

"끔찍한 사고를 내고 말았습니다."

사마귀는 앵커의 말투를 따라 했다. 입매 근육을 아래로 바짝 내리고 고개를 좌우로 흔들면 금방이라도 어른이 된 것 같았다. 갑자기 키득거리는 소리가 났다. 얇고 까끌까끌거리는 음성이었다. 사마귀는 자세를 바로 하고 라디오 소리를 높였다. 그리고 목을 빼 방문 틈을 확인했다. 궁은 부엌을 지키고 있었다. 사마귀는 귀를 만지작거렸다. 라디오에서는 현장 보도가 계속 전해졌다. 흔한 소식이었다. 소금, 비누, 의류, 시멘트, 담배를 만드는 회사 모두가 원전 사고를 낸 전적이 있었다.

사마귀는 지구가 여태껏 가루나 곤죽이 되지 않고 여전히 구의 형태를 유지하고 있다는 사실이 이상하게 느껴졌다. 지금까지 보도된 사고를 합쳐보면 사람들은 죄다 불사신인 것이 틀림없었다. 그렇게 위험하다는 핵 사고가 연이어 일어났는데도 사마귀의 오늘은 어제처럼, 어제는 오늘처럼 느껴졌다. 사마귀는 속보를 듣는 내내 노트에 구형 미사일을 그렸다. 미사일이 지겨워지자 머리가 여러 개인 공룡과 로봇을 그렸다.

실내가 양배추 삶는 냄새로 꽉 찼다. 언제 맡아도 괴로운 악취는, 때와 머리카락으로 뒤덮인 하수구 냄새와 비슷했다. 사마귀는 집구석이 지긋지긋한 것인지, 양배추라는 식물 자체가 지긋지긋한 냄새로 구성된 것인지 분간할 수가 없었다. 궁은 양배추를 집요하게 삶아댔다. 마을 사람들이 세이브 마스터를 만들 때부터였다. 정신이 온전치 않은 궁을 붙잡고 주민들은 괴담을 늘어놓았다.

"이게 방사능 기계란다. 만졌으니 이제 눈썹에서 발톱이 자랄 거야."

궁은 울면서 가슴을 쳤다. 노동 인력에서 제외된 자들은 마을 사정에 어두웠다. 주민들은 백씨의 눈을 피해 궁을 틈틈이 괴롭혔다. 궁은 양배추가 몸 안의 방사성 물질을 인체 밖으로 배출시킨다는 소문을 맹신했다. 작은 창고와 아이스박스에 둥근 식물이 그득그득했다.

"방사선을 여드름이나 귓밥 정도로 생각하는 거야? 그게 몸에서 쑥 빠지는 거냐고? 라디오도 안 들어?"

궁은 대답하지 않았다. 사마귀는 양배추에 소화를 돕는 성분이 들어 있는 게 우스웠다. 소화할 음식도 거의 양배추뿐이었기 때문이다. 식탁에 앉으면 좀이 쑤셨다. 진력이 난 사마귀가 소리쳤다.

"그만 좀 삶아대. 이제 배추는 죽어도 못 먹겠어. 엄마가 말할 때마다 썩은 냄새가 나."

궁은 그날 이후로 아들을 볼 때마다 입을 가렸다. 말려도 소용없었다. 그리고 끝끝내 그것을 자신의 습관으로 만들었다. 사마귀는 궁을 볼 때마다 짜증이 치미는 한편 자신의 부주의와 경솔 그리고 사나웠던 그때의 외마디가 궁의 목소리를 단박에 뺏은 것 같아 속이 쓰렸다. 다시 한 번 그런 실수를 저지르게 될까 봐 전전긍긍했다.

궁이 방문을 열고 다가와 사마귀의 어깨를 툭툭 쳤다. 저녁을 먹으라는 손짓이 이어졌다. 이제는 완전한 농인 행세였다. 궁이 꾸며낸 초라함이 징그럽게 느껴지자 궁에 대한 염려와 다짐이 산산이 부서졌다. 사마귀는 손을 뿌리쳤다. 배가 부푼 궁이 고개를 수그린 채 음식을 입에 주워 넣는 꼴을 보기 싫었다. 울먹이는 표정도 보기 싫었다. 요즘 들어 궁의 혈색은 눈에 띄게 나빠졌다. 사마귀에게 활자를 가르칠 때 궁의 눈은 태양 아래 바닷물처럼 반짝였다. 하지만 그건 옛날 일이었다. 궁의 정신은 이제 짤따란 양초 불처럼 약한 자극에도 불안하게 흔들리곤 했다. 멀쩡한 행동을 하다가도 갑자기 홀로 가라앉기 일쑤였다. 지금의 눈빛은 완전히 시들어 정면을 보기가 힘겨웠다. 사마귀는 그때마다 달이 없는 밤바다 앞에 서 있는 기분이 들었다. 그는 공책과 연필을 집어 집 밖으로 나왔다.

몇 발짝을 떼기만 해도 온몸이 쑤셨다. 열세 살의 소년은 시린 무릎과 정강이를 익숙하게 주물렀다. 집 앞 돌무더기에 앉은 사마귀는 해안가를 차지한 사람들을 지켜보았다. 방조제 주변을 휘젓고 돌아다니는 사람들의 모습은 부지런한 암세포들의 활동과 다름없어 보였다. 돌과 돌 사이에서 꼬리가 휘휘 말렸다. 잘도 놀고 있다, 사마귀의 심사가 꼬였다. 섬이 그들만의 사유지인 것처럼 느껴졌다. 만삭의 어머니와 꼬리가 달린 자신을 반기는 이는 없었다. 아랫집 이웃이 오늘 행사에는 참석하지 말라고, 동방 사람들은 앞으로도 계속 방문할 거라고, 그때 검사를 받고 번호를 받으면 된다고 통보했다.

자신을 비롯해 몇몇은 원치 않았지만, 마을 회의의 결과라 어쩔 수 없다는 이야기도 빼놓지 않았다.

준공식을 겸한 입점 기념행사는 끝물에 다다르고 있었다. 동방의 사회보장번호는 열여덟 살 이상에게만 부여되었고 그 나이 아래, 천막 바깥 아이들은 내내 방치되고 있었다. 키가 작은 한 소년이 백사장 위로 피어오르는 연기를 노려보았다. 시선을 떨구면 까맣게 탄 고기 몇 점과 깨진 술병이 보였다. 골대가 없는 가짜 축구는 재미가 없었다. 아무런 목표 없이 달리는 일은 숨이 찰 뿐 가만히 있을 때보다 더 쓸쓸했다. 소년은 행사장 주변 헬륨 풍선 뭉치로 다가갔다. 깃대 몇 개를 뜯은 아이는 천막 뒤편으로 향했다.

그곳에 소년들이 서 있었다. 검은 앞니를 가진 소년이 풍선을 보고 피식 웃었다. 이빨이라 불리는 아이였다. 이빨은 무리 중에서 신체의 비율이 가장 아름다웠다. 곧은 팔다리를 휘저을 때마다 소년들의 눈이 바빠졌다. 외꺼풀 아래에는 높은 콧대가 자리 잡고 있어 얼굴에 비루할 틈이 없었다. 소년들은 말없이 인가 쪽으로 걸어갔다. 키가 큰 이빨이 대열을 이끌었다. 침묵이 길어지자 한 아이가 뒤를 돌아 자신들의 불규칙한 발자국을 바라보았다. 멀리 행사장이 터무니없이 작아 보였다. 해가 진 바닷가는 근사하지 않았다. 밤의 해안은 어른들의 눈처럼 컴컴하고 무정했다. 소년들이 갈 곳은 정해져 있었다.

"마귀 새끼. 이거 빨리 마셔."

이빨 무리는 사마귀를 둘러쌌다. 사마귀는 섬의 끝, 4구역에 거주하고 꼬리를 가졌다는 이유로 그렇게 불렸다. 꼬리라는 이름은 꼬리뼈에 염증이 있는 아이가 먼저 차지했다. 섬 아이들은 사마귀와 궁을 깔보았다. 사마귀는 두상이 조그맣고 목이 길었다. 무용수 같은 사마귀의 몸은 섬의 풍토에 어울리지 않게 고아한 데가 있었다. 큰 눈, 마늘처럼 작은 코, 날카로운 인중까지 꼭 겁이 많은 새끼 고양이처럼 보이기도 했다. 학교에 다닌 적이 없던 사마귀는 무리에게 거의 다른 인종이 되어 있었다.

사마귀의 어머니 궁은 보는 이에게 갑갑증을 불러일으켰다. 얼굴이 넙데데하고 눈빛이 탁한 궁은 풍화된 석조물과 같은 인상을 풍겼다. 가지런한 눈썹과 섬세한 콧날은 멍한 안구 아래 짓눌려 아무 광택도 나지 않았다. 주민들은 궁 모자가 배척받을 수밖에 없는 정확한 이유를 댈 수 있었다. 섬에 임신한 여자가 궁 하나뿐이었기 때문이다. 궁은 포궁의 줄임말이었다. 몇 해 전부터 주민들 대부분은 성욕을 느끼지 않았다. 일을 마치고, 잠을 자고, 잠을 자는 동안 가렵거나 아픈 곳을 매만지다 보면 다시 이튿날이 되기 일쑤였다. 그들에게 성교란 더럽고 천하며 쓸데없는 짓이었다.

사마귀의 사지는 돌무더기부터 골목까지 쉽게 끌려 나왔다. 입을 다문 사마귀는 소년들의 얼굴을 차례로 쏘아보았다. 도와달라고 소리치는 일이 소용없을 것 같았다. 사마귀와 눈이 마주친 소년이 사마귀의 몸통을 바닥에 내리꽂았다. 누군가가 억지로 사마귀의 입을 벌렸다. 풍선 바람이 입술 사이를 비집고 들어오자 사마귀가 도리질 쳤다. 사마귀는 애벌레처럼 몸을 뒤틀었다. 소년들은 지치지도 않고 풍선을 날렸다.

"방사능 괴물."

한 소년이 외쳤다.

"냄새나는 꼬리 귀신."

누군가 더 큰 소리로 외쳤다.

"아니야. 너희도 다 병이 있잖아."

사마귀가 대꾸했다. 짓눌린 목소리가 튀어나오자 아이들이 깔깔거렸다.

"뭐라는 거야. 우린 너랑 다른데. 그런 꼬리는 없는데."

귓불을 긁던 소년이 말을 길게 늘이며 비아냥거렸다. 소년은 주머니 속 라이터를 꺼내 사마귀의 꼬리에서 얼굴까지 불을 가까이 대고 흔들었다. 사마귀는 눈이 부시고 피부가 따가웠다. 라이터를 든 소년이 물었다.

"너희 엄마는 너를 도대체 어떻게 만든 거야?"

정적이 돌기 무섭게 아이들이 저마다 떠들어대기 시작했다.

"닭이라든가 개라든가, 그런 거랑 한 건가?"

"요새는 네 꼬리를 거기 넣는다며?"

누군가 신음을 냈다. 곧이어 아이들의 웃음소리가 골목을 채웠다. 사마귀는 몸을 굴려 일어났다. 관절 마디마디가 피로했다. 사마귀는 두 손을 뻗어 정면에서 웃고 있던 소년의 목을 조르기 시작했다. 사마귀보다 키가 큰 소년은 머리통을 마

구 허우적대는 척하다가 어깨 밑의 사마귀를 간단히 밀어뜨
렸다. 이빨이 사마귀의 얼굴 위로 공책을 던졌다.

"괴물이 아니라면 왜 숨어 있었어? 골방에 처박혀서 이런
거나 그리고."

소년들이 몰려들어 사마귀의 공책을 잡아챘다. 시답잖은
낙서가 가득한 종이 뭉치였다. 세계대전이라는 제목이 무색
하게 미사일의 생김새가 유약하기만 했다. 소년들의 화두는
곧 3차 세계대전에 대한 공상으로 옮겨 갔다. 차라리 전쟁이
났다면 좋았을 거란 푸념이 나왔다.

"핵만 터지면 다 끝나. 펑, 하고 완전히."

한 소년이 으스댔다.

"나도 알거든. 핵보유국들이 겁나서 전쟁을 일으키지 않는
거야."

핵보유국이라는 단어를 택한 아이가 이빨을 치켜보았다.
방금 자신이 내뱉은 말이 제법 뿌듯하게 느껴진 탓이었다. 아
이들은 오래전 전쟁을 벌인 나라들을 두둔하기 시작했다. 소
년 무리는 육지마다 벌어지고 있다는 소규모의 시위나 내전
이 아닌, 거대한 무엇이 자신들을 뒤흔들어놓길 바랐다. 사
건과 사고는 라디오 속 음성을 통해 접할 수 있을 뿐이었고
섬의 나날은 매일 비슷했다. 아이들이 시위대와 진압대의 편
을 나누기 위해 함성을 질렀다.

"한참 찾았잖아."

골목을 돌아 한 아이가 걸어왔다. 이빨의 동생 반점이었다.

소녀의 상반신에는 붉은 좁쌀 모양 흉터가 가득했다. 반점은 모로 누운 소년을 쳐다본 뒤, 바닥에 떨어져 있는 너덜너덜한 공책을 주웠다. 사라진 오빠가 패거리와 또 같잖은 작당을 꾸린 게 틀림없다는 사실을 알면서도 반점은 물었다.

"무슨 난리야?"

의미 없는 질문을 던진 반점은 조심스레 낯선 남자아이를 살폈다. 깡마른 소년의 숨이 거칠었다. 아주 심하게 맞은 것 같지는 않았다. 반점은 공책을 펼쳤다. 언뜻 봐도 그림과 낙서의 양은 상당했다. 반점은 종이를 차례차례 넘겼다. 소년은 상상 속의 대상만을 그린 것 같았다. 사람의 모습은 어디에도 없었다. 오랜 시간을 들여 그린 듯한 괴수들은 죄다 어깨가 좁고 몸이 비쩍 말라 있었다. 돌기와 송곳니는 전혀 위협적으로 보이지 않았다. 사각의 링 안에서 대치 중인 로봇과 공룡은 스스로 서 있기도 힘들어 보였다. 그런데도 이들의 형상이 인간보다 월등히 아름답고 신성하게 느껴졌다. 반점은 그림이 즉시 마음에 들었다. 반점은 공책에 묻은 시멘트 가루와 먼지를 털어냈다. 숨을 죽이고 반점을 지켜보던 이빨이 말했다.

"그 새끼야. 꼬리가 달린 자식. 쟤가 사마귀라고."

반점은 말없이 사마귀에게 다가섰다. 그리고 무릎을 굽혀 사마귀의 눈을 응시했다.

"이거 며칠만 빌려줄 수 있어?"

사마귀는 아무 반응도 할 수 없었다. 처음 보는 눈앞의 소녀는, 아이들이 뿜어내던 분노를 가볍고 우습게 취급하고 있었다. 소녀의 눈을 들여다볼수록 사마귀에게는 이전과 차원이 다른 두려움이 일었다. 뒷짐을 진 소년이 사마귀에게 소리쳤다.

"반점한테 대답하라고. 큰 목소리로 말해."

사마귀는 아까같이 칭얼대는 목소리가 나올 것 같아 마음을 졸였다. 소년들이 사마귀에게 달려와 발길질을 하려 들었다. 반점이 그들을 단번에 막아섰다. 그러고는 사마귀를 일으켜 세웠다. 둘의 모습을 조용히 지켜보던 이빨이 반점에게 말했다.

"발로 차. 제자리에 그대로 눕혀."

반점은 한숨을 쉬고 답했다.

"철없는 짓 좀 그만둬."

반점의 말에 이빨이 미소를 지었다. 검은 앞니가 확연히 드러났다. 반점은 소년들을 둘러싸고 있던 공기의 기류가 아까와 달라진 것을 깨달았다. 반점이 사마귀의 멱살을 거칠게 잡았다. 그러고는 사마귀와 함께 인가 쪽으로 걸어 나갔다. 사마귀의 야윈 몸이 질질 끌렸다. 반점이 고래고래 소리를 질렀다.

"이게 다 너 때문이야. 왜 집 밖으로 기어 나와."

사마귀의 귀가 얼얼했다. 집 밖에서 마주한 아이들은 예전보다 더 사납고 드센 기세를 자랑했다. 한두 명씩 마주쳤을 때와는 그 전투성이 달랐다. 사마귀는 입을 다문 채 계속 끌려갔다. 소년들이 멀어졌을 때 반점이 속삭였다.

"미안. 정말 미안해."

사마귀의 눈이 커졌다.

"해변을 돌아서 집으로 가. 빨리."

그리고 반점은 다시 무리를 향해 뛰어갔다.

✳

궁은 문 앞에서 한 소녀를 마주했다. 자신에게 처음으로 공손히 인사하는 아이였다. 궁은 문설주 뒤로 숨은 뒤 입을 가렸다. 아들을 찾아왔다고 했다. 처음 있는 일이었다. 아이는 몇 권의 도서와 행주처럼 보이는 공책 그리고 작은 화구 꾸러미와 뒤틀린 살구 한 줌을 들고 힘겹게 서 있었다. 궁은 아이를 실내에 들였다. 접시 위의 양배추 찜은 물기를 잃어 빳빳했다. 궁이 겉잎을 뜯어낸 뒤 그나마 덜 변색된 잎사귀를 아이에게 내밀었다.

사마귀는 방 바깥에서 두런거리는 목소리를 들었다. 두 여자의 음성은 낮고 희미한 데다 잘 들리지 않아 꺼림칙했다. 불길한 꿈이었다. 사마귀는 가위에 눌려 허우적거렸다. 아들을 깨우러 온 궁은 사마귀의 찬 이마를 가만히 쓸어내리고 다시 밖으로 나갔다.

"안녕, 나는 반점이야. 우리 만난 적 있지?"

얼마 뒤, 잠에서 깬 사마귀는 반점을 보고 깜짝 놀랐다. 집 안에 배인 하수구 냄새가 말할 수 없이 창피했다. 궁은 무척이나 위축되어 보였다. 그러나 입을 틀어막고 말을 하는 궁의 습관은 때와 관계없이 완강했다. 작은 목소리가 손바닥으로 막혀 있는 통에, 반점이 제대로 된 문장을 하나라도 알아들을 수 있을지 의문이었다. 자신과 반점 두 사람의 눈치를 보느라 희번덕이는 눈알의 움직임이 처참해 보였다. 아무리 애를 써도 숨이 가빠졌다. 궁을 연민으로만 읽는 일이 지리멸렬했다. 사마귀의 꼬리가 굳어가고 있을 때 반점이 다가왔다.

"이거 받아."

사마귀는 엉거주춤한 자세로 반점이 건네는 물건을 받아 들었다. 처음 보는 물감들은 다섯 가지 색으로 그동안 섬에서 본 색상 중 가장 선명하고 단호한 빛이었다. 앙상한 동물 털 같은 것이 달린 막대도 신기했다. 반점은 그걸 붓이라고 했다. 물감에 물을 섞은 뒤 붓으로 칠하면 그림이 된다는 설명은 신기루처럼 느껴졌다. 사마귀는 쉽사리 화구를 만지지 못한 채 내려뒀다. 그저 자신의 해진 공책만을 품에 안았다. 반점이 말했다.

"며칠 전 일은 대신 사과할게."

사마귀가 입을 벌렸다 닫았다.

"이 시리즈는 도서관에 새로 들어왔는데 혹시 네가 좋아할지 몰라 빌렸어. 반납일에 여기 다시 올게."

반점이 물감 옆 책등을 쓰다듬으며 말했다. 우주인들과 괴생물체들이 사투를 벌이는 표지 하단엔 동방 로고가 찍혀 있었다. 아동용이라는 문구가 무색하게 그림체가 꽤 사실적이었다. 사마귀가 책을 골똘히 보자 반점이 말했다.

"이 삽화보다 네 그림이 훨씬 좋아."

사마귀는 손을 휘저으며 웃었다. 방에서 혼자 웃을 때를 빼면, 완전한 타인 앞에서 거의 처음으로 짓는 미소였다. 입가가 따가웠다.

반점이 도서반납일에 맞춰 집에 다시 올 필요는 없었다. 둘이 바로 그 자리에서 함께 책을 읽었기 때문이다. 그림에 비해 줄거리는 엉망진창이다, 특히 마무리가 엉성하다, 주인공들의 행동이 너무 유치하다, 반점과 사마귀는 같은 의견을 내놓았다. 반점은 그날 이후 도서관을 더 부지런히 찾아갔다.

＊

"다같이 기쁘게 외쳐봅시다."

스피커에서 목소리가 흘러나왔다.

"오늘도 밝은 아침입니다. …오늘도 행복한 하루입니다. …오늘도 심신은 건강합니다."

동방의 아침 체조 방송이 시작되었다. '오늘도'로 시작하는 세 개의 구호 뒤에는 5초 가량의 여백이 같이 녹음되어 있었다. 아마도 성우는 주민들이 이 문장들을 따라 하길 바란 모양이었다. 그러나 섬에서 그 말을 복창하는 이는 아무도 없었다. 구호와 구호 사이의 텅 빈 몇 초는 우스꽝스럽고 불편한 시간이 되어갔다. 이어지는 동방의 사가는 섬의 적막에 도저히 섞여들지 않았다. 어슴푸레한 새벽, 잠을 설치고 집 밖으로 나온 노인 몇몇만이 운동을 이어갔다. 동세는 바람을 맞는 겨울 해송보다도 단조로웠다.

백씨가 창문 밖으로 노인들을 굽어봤다. 멀리 그들의 움직임은 기괴하고 처연해 볼수록 기분이 가라앉았다. 다시 팔룬을 씻기는 데 집중하는 게 나을 것 같았다. 몸에 물을 끼얹는 동안 아이는 이로 백씨의 손목을 계속 씹어댔다. 백씨는 팔룬의 등을 가볍게 내리쳤다. 아이는 놀라지도, 울지도 않았다. 그저 손 물기를 그만두지 않았다. 백씨가 손을 빼냈는데도 팔룬은 멍한 표정으로 턱을 움직였다. 백씨의 눈에 눈물이 고였다.

"괜찮아, 아가. 끝났어."

눈물을 훔친 백씨는 아이의 묽은 눈곱을 조심스럽게 떼어냈다. 여덟 개의 눈동자에서 나오는 눈곱을 합쳐가자 그것은 점점 가래와 같은 형상으로 변했다. 눈곱 덩어리는 하수구 마개 위에서 한참 후에야 사라졌다. 백씨는 으깬 소고기와 사과즙을 아침으로 먹었다. 날이 흐리고 근육이 저렸다.

✳

소년들이 우비를 입고 콘크리트 동굴 근처에 모여들었다. 비가 오는 날 방폐장 공사 현장은 아이들 차지였다. 축대의 높이는 며칠 전과 거의 비슷해 보였지만, 주변의 드럼통은 놀랄 정도로 늘어나 있었다. 소년 무리는 안전선을 쉽게 넘었다. 검문소와 임시 사무실은 텅 비어 있었다. 양성자연구센터는 현판만 없다면 흔한 컨테이너였다. 쪽창을 들여다보면 빈 담뱃갑과 찌그러진 생수병만이 버려져 있었다. 소년들은 현장 안내문이 적힌 쇠판을 발로 툭툭 찼다. 공사 마감일을 훌쩍 넘긴 날짜를 보다가는, 짜증 나는 어른들에 대한 험담을 한참 했다. 섬을 떠난 교사들에 대해서도 욕설이 이어졌다. 도주 소식을 듣고 교무실에 몰려들었던 어른들은 아이들보다도 길길이 날뛰었다. 외지인의 본성은 어쩔 수 없다고, 도망친 선생들이 원체 샌님처럼 굴었다고, 틈을 엿보다 떡하니 일을 낸 거라고 했다.

"차라리 잘됐어. 수학은 지겹기만 했지. 음악도 별로였고."

아이들은 서로의 얼굴을 바라보지 않은 채 지껄였다. 두 교사는 섬에서 자신들과 대화 비슷한 말을 나눴던 성인의 전부였다. 소년들은 그 사실이 분명해지지 않도록 자갈을 쉴 새 없이 찼다. 노동에서 해방된 어른들은 예전보다 더 멍청이가 된 것 같았다. 다들 방학을 맞은 것처럼 쉬고 또 쉬었다. 공장일을 하는 틈틈이 농사, 사냥, 물질을 병행했던 주민들은 이제 통조림에 의지하기 시작했다. 복숭아 조각은 다디달았고, 치약처럼 짜서 먹는 닭고기도 그런대로 맛이 좋았다. 간간이 밭을 일구고 잡초를 뽑아낼 때도 있었지만, 예전에 들였던 시간과는 비교도 할 수 없이 짧았다. 뒤엉킨 철망과 저울들이 창고에서 조금씩 녹슬어갔다.

이빨이 드럼통 위로 올라섰다. 그러자 다른 소년들도 각자 드럼통 위로 기어오르기 시작했다. 통 둘레를 감싼 돌기 세

줄이 디딤대가 되었다. 아이들은 위험하다는 말, 가지 말라는 말에 곧이곧대로 순응하는 것이 사춘기를 모독하는 행위라고 여겼다. 소년들은 무리를 지어 다니면서 각자의 무력감과 공포를 착실히 숨기는 방법을 터득했다. 감당할 수 있는 긴장이 임계치를 넘어섰을 때는 자신들보다 약한 대상을 찾아갔다.

통에 오르지 못한, 키가 작은 소년은 밀봉된 드럼통 입구를 뜯어내려 애썼다. 손바닥과 손톱만이 욱신거렸다. 성과는 없었다. 소년은 결국 자신의 약한 악력이 창피해진 나머지 드럼통을 두드려보는 척했다. 아이들은 무지갯빛 바다를 바라보며 잡담을 이어나갔다.

"방사선을 쐬면 거인으로 변신한대."

"개소리 하고 있네."

"내가 본 만화에서는 초능력자가 된다고 했어."

"바보냐? 헛소리 좀 그만해. 방사능에 노출되면 그냥 아픈 데가 더, 더 아플 걸."

"지금도 아픈데. 나는 머리, 너는 팔, 쟤는 발목."

"그건 공장 먼지랑 쓰레기 때문이고."

드럼통 상단에 올라앉은 이빨은 아무 말도 하지 않았다. 아주 가끔 자갈 몇 개를 만지작거릴 뿐이었다. 방폐장에서의 시간이 지루해진 이빨은 자갈을 드럼통 위로 팽개쳤다. 기분 나쁜 굉음이 소년들의 입을 다물게 했다. 드럼통 사이로 떨어진 조약돌은 바닥을 맞고 튕겨 나갔다. 키가 작은 소년이 기침하기 시작하자 아이들도 각자의 팔뚝을 손으로 비볐다. 소년들은 이빨을 조용히 훔쳐보았다. 드럼통에서 가볍게 뛰어내린 이빨이 마을 쪽으로 발을 틀었다. 아이들도 서둘러 드럼통에서 뛰어내렸다. 흐리고 둔중한 안개비가 소년들의 모습을 점차 지워나갔다.

*

반점은 식탁에 앉아 미동도 없이 책을 읽고 있었다. 사마귀에게 가져갈 잡지와 그림책들이었다. 책을 미리 읽고 가면 시시각각 변하는 사마귀의 표정을 더 잘 알아볼 수 있었다. 내용을 전부 다 알고 있는데도, 재밌는 장면이나 충격적인 결말이 나오기 전에는 가슴이 두근거렸다. 책을 처음 펼칠 때보다도 더 떨렸다. 혼자서 독서를 할 때는 경험할 수 없던 감정이었다. 반점은 홀로 거울을 보며 절망하고 낙심하던 시간이 소모적으로 느껴졌다. 여드름과 종기를 표독스럽게 짜던 나날도 덧없기는 마찬가지였다. 단지 열세 해를 살아온 반점은 자신이 스스로를 혐오하는 데 너무 많은 세월을 썼다고 생각했다.

이빨은 거울에 비친 반점을 내내 살폈다. 반점이 고개를 들 때마다 이빨의 심장이 크게 뛰었다. 이빨은 거울을 정면 가까이 붙이고 얼굴과 근육의 생김새를 골똘히 보는 척했다. 그러면 평소와 다름없이 자신의 외모에 한껏 고양된 오빠로 보일 것이다.

반점은 이빨의 허세와 자만을 십 대 아이의 특성이라 치부했다. 이빨이 한 살 많은데도 불구하고 반점이 늘 이빨을 관조하는 쪽이었다. 이빨은 입을 다물고 있는 동안 누구보다 차갑고 단단해 보였지만, 말을 시작할 때면 완전히 다른 얼굴이 되었다. 어깨와 목이 부자연스럽게 움츠러들었고, 이마부터 턱까지 흐르는 차분한 선은 무질서하게 비틀렸다. 이빨의 말은 장황할 뿐 대부분 요지가 없었다. 게다가 자신 혼자 모든 것을 다 알고 있다는 기색을, 타인 앞에서 억지로 풍기려 했다.

이빨은 반점이 혼자 책을 읽는 시간이 가장 괴로웠다. 반점 홀로 다른 세계를 자유롭게 유영한다는 판단은 이빨을 깊은 불안에 빠뜨렸다. 반점과 같은 방에 머물고 있으면서도 수십 킬로미터가 벌어진 느낌이 들었다. 나 같은 것은 어떻게 돼도 상관없다는 건가. 이빨의 자존감은 하루가 다르게 짜부라졌다. 이빨은 자신의 선명한 팔을 쓰다듬었다. 몸통에 붙어 있는 게 확실한 다리도 떨었다. 길고 더러운 손톱으로 컵의 표면까지 긁었다. 확실히 신경 쓰이는 소리가 났다. 그러나 반점은 여전히 문장과 문장 사이에 머무르고 있었다. 이빨은 맨손 체조를 시작했다. 근육이 단련되는 느낌은 들지 않고 뼈와 살에 통증만이 쌓여갔다. 이빨은 숨소리를 거칠게 뿜어냈다. 반점은 이빨의 행동에 조금도 동요하지 않았다. 이빨은 마지막 항변의 일환으로 웃통을 벗고 물구나무를 섰다. 겨드랑이의 털이 아직 가늘고 섬세한 것이 마음에 들지 않았지만 지금 자신의 모습이 반점에게 조금쯤은 훌륭해 보일 것이라 생각했다. 그래서 그 자세로 반점을 응시했다. 손목이 저리고 눈의 핏줄이 터질 것 같았다. 그래도 이빨은 꽤 오랜 시간을 참았다. 어깨와 팔꿈치가 부서질 듯했다. 결국 이빨은 큰 소리를 내며 꼬꾸라졌다. 모멸감이 빠른 속도로 온몸을 휘감았다. 이빨은 반점에게 휘적휘적 다가갔다. 그제야 자신을 올려다보는 반점의 얼굴이 야비해 보였다. 이빨은 책을 빼앗아 단호히 덮었다. 집 안이 적막에 휩싸였다. 반점에게 아무 말도 내뱉을 수 없었다. 그날 밤, 풍선의 헬륨 가스를 사마귀 대신 자신이 가득 들이마신 기분이 들었다. 실내의 모든 사물이 반점 아닌 자신을 책망하는 것 같았다. 이빨이 큰 소리로 웃기 시작했다. 모든 것이 간단한 장난이었다는 듯 굴어도 검붉어진 얼굴과 가쁜 숨소리를 숨길 수는 없었다. 반점은 따라 웃지 않았다. 대신 책으로 손을 뻗었다. 책을 펼친 반점은 읽던 지점을 공들여 찾아냈다. 귀가 새빨개진 이빨은 반점의 책을 다시 빼앗아 바닥에 던졌다. 눈시울이 뜨거워지고 손이 덜덜 떨려왔다. 이빨이 소리쳤다.

"우리는 부부야. 서로 떨어져서 살 수 없다고. 이렇게 개인행동을 오래 하면 안 되지."

반점이 한숨을 쉬며 대답했다.

"아니, 우린 남매야. 그리고 개인행동이니 뭐니 하는 소리는 네 똘마니들하고나 나눠."

이빨은 입을 벌렸다. 손을 맞잡고 몸을 포개고 입술을 부딫치던 반점의 모습이 흐려지고 없었다. 반점이 자신에게 지나치게 냉정하고 가혹하게 군다는 판단을 떨쳐낼 수 없었다. 독서량이 늘면서부터 반점은 자신을 자꾸 비참하게 만들었다. 두 번째로 책을 빼앗아 들 때 이빨이 반점의 눈에서 본 것은 흔들림 없이 명확한 적의였다. 이빨은 자신에게 말하듯 낮은 목소리로 반점에게 일렀다.

"분명히 해두자. 우린 남매이자 부부라고. 우리는 서로를 보호해야 해."

"무슨 놈의 위협으로부터? 아까 너랑 먹은 저 통조림의 날? 그래. 날카롭긴 하네."

이빨은 반점의 말이 가증스럽게 느껴졌다. 그래서 반점이 듣기 괴로워하는 말을 고르기 위해 잠시 숨을 죽였다.

"보호자인 부모가 우리를 버렸잖아."

"그렇지 않아."

반점은 반사적으로 이빨의 말을 막았다.

"그럼 이 집에 왜 우리 둘만 있는지 설명해봐."

"너와 나는 버려지지 않았어."

"그러니까 그 증거를 대보라고."

반점은 대답을 피한 채 바닥에 떨어진 책을 주웠다. 이빨이 그 앞에 바짝 따라붙었다.

"말해봐. 왜 우리 둘이 서로를 만져도 되는지. 왜 말리는 사람이 아무도 없는지."

반점의 손목을 잡은 이빨이 뇌까렸다. 반점이 손을 뿌리치는 순간 책 뒷장이 이빨의 눈꺼풀을 할퀴고 지나갔다. 눈을 감자 눈물이 주르륵 쏟아졌다. 이빨은 이 기회를 허투루 사용하고 싶지 않았다. 얼른 손으로 얼굴을 가리고 바닥에 무릎을 꿇었다.

"미안해. 괜찮아?"

이빨은 아까의 모욕감이 충분히 씻겨 내려갈 때까지 손으로 얼굴을 가렸다. 눈물은 그치고 더 나오지 않았지만 눈두덩을 여러 번 비벼 새빨간 눈알을 더욱 피로하게 만들었다. 반점은 이빨의 등을 쓸어내렸다. 이빨이 기다렸던 순간이었다.

"아파. 너무 아파."

이빨은 손날로 한쪽 콧구멍을 막고 말했다. 목소리에 물기가 배어들어 있었다. 반점은 이빨의 어깨와 이마를 차례차례 어루만졌다. 체구는 달랐지만 얇은 목뼈, 작은 얼굴, 머리카락에서 옅게 발산되는 먼지와 피비린내는 사마귀의 것과도 비슷했다. 조금 전의 치기와 방종의 근원이 모두 허약함이라고 생각하자 반점은 이빨의 몸을 계속 쓰다듬을 수 있었다. 이빨이 엉거주춤 반점의 입술에 자신의 입술을 포갰다. 그러고는 반점의 손을 끌고 침대로 걸어갔다. 그들은 이불 속에서 옷을 모두 벗었다. 반점의 입술 사이로 이빨의 찬 혀가 들어왔다. 둘은 서로의 성기를 만지작거리기 시작했다. 앞니로 물어뜯은 손톱이 반점의 보드라운 피부를 스치고 지나갔다. 손가락이 제멋대로 움직일 때마다 반점이 움찔했다. 이빨이 내뱉는 숨 때문에 이불 속은 순식간에 갑갑해졌다. 이빨의 성기는 부풀지 않았다. 자신의 성기를 쥐고 흔들어봐도 마찬가지였다. 반점이 이빨의 팔을 잡았다.

"더워. 나가고 싶어."

"가지 마."

이빨의 두 눈이 정신없이 흔들렸다. 반점은 둘이 벌이는 서투른 어른 흉내가 즐겁지 않았다.

"너무 졸려."

반점이 등을 돌려 누웠다. 성기가 따끔거렸다. 날이 밝아올 때까지 잠을 이룰 수 없던 반점은 가끔씩 자세를 고쳐 이빨의 섬약한 등뼈를 바라보았다. 그리고 자신의 목걸이를 하염없이 어루만졌다.

*

10개월 전 드럼통이 들어온 첫날, 동방인들은 마을의 배를 한 곳에 수거했다. 포클레인이 그것들을 깡그리 뭉갰다. 섬의 보트와 튜브는 소각되었다. 물에 몸을 띄울 수 있는 도구는 크든 작든 폐기 대상이었다.

"새로운 항로가 만들어질 겁니다. 신식 선박도 들여올 거고요. 주민들이 갖고 계신 건 세척도 보수도 어림없는 낡은 배예요. 다른 용품도 마찬가지로 위험하고 쓸모가 없어요."

반점의 부모를 비롯한 몇몇 가구가 이들의 약속을 믿지 못하고 항의했다. 사람들은 남은 배 앞에 진을 쳤다. 열 명 남짓의 조촐한 인원이었다. 동방인 하나가 그들 앞에 구겨진 설계도를 펼쳤다. 푸른색 도면은 어지럽고 복잡했다.

"이게 방재가 완벽한 해상 교통의 청사진입니다. 여러분이 이렇게 따지시면 공사를 시작할 수 없어요. 곧 있을 계약 역시 위태로워집니다."

잠잠해진 주민들이 서로의 얼굴을 살펴보았다.

"누가 뭐, 계약을 깬대요? 저게 짐짝 같아도 우리 배니까 그러지."

동방인이 폐기 반대 집단의 대표를 배 뒤편으로 데려갔다. 얼마 뒤 혼자 걸어 나온 대표는 주민들을 뿔뿔이 흩어놓은 뒤에 설득을 시작했다. 채 1시간도 걸리지 않아, 주민들이 뒷짐을 지고 집으로 묵묵히 돌아갔다. 대표가 마지막으로 상대할 자들은 이빨과 반점의 부모였다. 두 사람은 이제 섬에 기업이 들어오는 것 자체를 원하지 않는다고 주장했다. 오랜 시간이 걸리겠지만 이전의 방식으로 주민들이 생계를 꾸려갈 수 있다고, 그게 가능하다고 말했다. 대표는 코웃음을 쳤다.

"착각하시나 본데, 배 주인들은 그저 소유물에 대한 권리를 주장했던 것뿐입니다. 고기가 잡히든 안 잡히든 선박은 엄연히 재산이었으니까요. 그런데 동방이 이렇게 보상을 바로 해줍디다. 여긴 큰 기업이에요. 치졸하게 굴질 않아요."

대표는 그들에게 돈을 내밀었다. 마을에서 사용할 일이 없는 종잇장이었다. 그러나 그것은 한눈에 봐도, 작고 허름한 뱃삯으로 나쁘지 않은 액수였다. 주민들은 오랜만에 보는 지폐에 흥분한 것이 분명했다. 반점의 아버지가 말했다.

"이런 식으로 웅대하다가는 큰일이 날 겁니다."

대표가 모자의 먼지를 털며 답했다.

"다 끝난 일입니다. 받든지 말든지 배는 오늘 모두 폐기해요."

"배를 내준다는 게 무슨 뜻인지 몰라요?"

바닥에 떨어진 모자를 주우려는 대표를 향해 반점의 어머니가 더 크게 말했다.

"섬으로 들어오는 길만 있고, 나가는 길은 없다는 게 어떤 의미인 줄 정말 모르냐고요?"

반점의 어머니는 계속 언성을 높였다.

"식량부터라도 언제든지 끊길 수 있어요. 모래를 털지도 않은 미역을 씹고 기름이 둥둥 뜬 지하수를 마실 수도 있어요. 목을 빼고 음식을 기다리면서 아무 데나 붉은색 오줌과 똥을 쌀 수도 있단 말입니다."

"소설 써요? 무슨 개풀 뜯어먹는 소리야. 새 해로가 지어진다니까. 동방인들이 바보요? 바다 건너에서는 돈이 뭐 땅 파서 나온답니까? 육지랑 섬이랑 상호 호환이 되니까 거래하는 거 아니오. 거, 능력도 없는데 불만은 말도 못 하겠네. 괜히 재수 없는 소리 말고 일단 믿어봐요. 다 대책이 있겠지."

대표가 반말을 섞어 말했다.

"아니요. 아무것도 믿지 못하겠습니다."

말을 마친 반점의 아버지가 고개를 떨궜다. 반점의 어머니가 남편의 어깨를 가만히 감쌌다.

드럼통들이 두 번째로 들어오던 날, 협곡 아래 검은 밤바다에는 세 사람이 서 있었다. 전날 밤 반점의 부모는 오래도록 다퉜다.

"걔는 어떻게든 살아나갈 수 있을 거야. 사내아이잖아."

"미쳐가는 섬이라고. 계약이 곧 체결돼. 어떻게 두고 가?"

"아까 얘기했지? 육지에 정착하면 바로 데리러 오자고."

반점의 어머니는 울었고 아버지는 더 울었지만 두 사람은 결국 결심을 굳혔다. 어머니는 수영을 할 수 있었다. 아버지와 두 아이는 그렇지 않았다. 숨겨두었던 튜브는 단 하나였다. 무게 때문일까. 튜브가 작아서일까. 둘 다겠지. 잠에서 완전히 깨 바다를 바라보던 반점은 부모에게 아무것도 묻지 않았다. 반점의 어머니는 반점의 머리 아래로 줄 하나를 걸었다. 빠진 송곳니로 만든 목걸이였다. 반점은 조용히 튜브 구멍에 몸을 집어넣었다. 말없이도 알 수 있는 것은 많았다. 그러나 그날 새벽에 일어날 일은 그들 셋 모두가 까맣게 몰랐다.

✳

잠에서 깬 팔룬은 머리가 어질어질했다. 무시하기에는 큰 소음이 귓가를 맴돌았다. 간신히 몸을 일으켜 사방의 암흑을 더듬었다. 교무실 창문 밖의 하늘은 영원히 검고 우중충할 것만 같았다. 팔룬은 여덟 개의 눈을 전부 뜨지 못하고 하나의 실눈만을 떴다. 등을 돌린 백씨가 기묘한 손짓으로 무언가를 하고 있었다. 의자에 앉아 있는 백씨의 상반신이 심하게 떨렸다. 마을 쪽을 내다보며 몇 번이고 한숨을 쉬던 백씨는 다시 팔을 세게 흔들었다. 젖은 살과 살이 부딪히는 소리가 점차 커졌다. 의자 위 백씨의 오른손이 다리 사이에서 반복적으로 움직였다. 팔룬은 모든 눈을 가늘게 뜨고 그 모습을 지켜보았다. 입안이 마르고 어깨가 굳어갔다. 팔룬이 자리에 다시 누우려는 순간, 백씨가 뒤를 돌아보았다. 입가와 손에 검붉은 핏자국이 덕지덕지했다. 팔룬은 재빨리 눈을 감았다. 비스듬한 자세 그대로 조금도 움직일 수 없었다. 의자에서 일어난 백씨가 몸을 틀어 다가왔다. 이쪽으로 가까워질 때마다 소름 끼치는 쇳소리가 났다. 팔룬은 가슴이 터질 듯했다. 종아리 근육이 단단히 뭉쳤다.

"일어났구나. 너도 먹을래?"

백씨가 내민 것은 접시에 담긴 과도와 석류알 수십 개였다.

"껍질도 잘 안 까지고 터는 것도 어려웠어. 그렇지만 이렇게 붉고 황홀한 과육이라니, 정말로 예쁘지 않니?"

팔룬은 숨을 깊게 내쉰 뒤 고개를 젓고 자리에 누웠다. 석류를 전식으로 백씨가 아침 식사를 시작했다. 해가 점점 차올랐다. 백씨가 문밖에 나서고 한참이 지나서야, 팔룬은 자리에서 일어났다. 그리고 작은 손을 뻗어 책상 위에 놓인 빈 통조림 두 개를 끌어왔다. 다음엔 캔에 붙어 있는 통조림 뚜껑을 떼어냈다. 팔룬은 둥근 쇠판 두 개를 사물함에 밀어 넣자마자 문을 잠갔다.

✳

　이른 아침 섬에는 먼지바람이 가득 일었다. 동방의 사가가 울려 퍼지기도 전이었다. 쥐 떼가 서쪽으로 우르르 몰려갔다. 운동장에 헬리콥터 한 대가 도착했다. 오늘 보급은 지정일보다 아흐레나 늦었다. 지원 물품은 이제 선박의 트럭을 통해 들어오지 않았다. 물건은 비행 편을 통해서만 전달되었다. 상당한 종류를 자랑하던 구호물자는, 섬 한복판까지 겨울이 찾아왔을 즈음 식료품 하나로 축소되었다. 음식은 대부분 통조림과 전투식량 튜브뿐이었다. 동방이 꾸린 식품 항목에는 규칙이 없었다. 영양소의 균형 따위도 찾아볼 수 없었다. 한번은 통조림 전체가 황도 캔만으로 이뤄져 있기도 했다. 그렇지만 사람들은 그 상황에 자신을 또 욱여넣을 줄 알았다. 구호품을 기준으로 그들의 식생활 습관이 바뀌어갔다. 튜브에 담긴 고기를 바로 먹지 않고 햇볕에 말리는 집들이 생겨났다. 몇 개의 캔을 큰 솥에 부어 국인지 탕인지 모를 음식을 만들어내는 가구도 있었다. 그들은 차차 새롭고 효과적인 조리법을 공유했다. 2구역의 여자가 연어 통조림 하나를 남겨뒀을 때 3구역의 남자가 소문을 듣고 찾아와 꽁치 캔 두 개를 내밀었다. 냉동 아보카도를 쌓아둔 1구역의 노인과 포도즙을 모아둔 4구역의 노인이 서로의 물건을 교환했다. 밀가루를 쏟아부어 만든 전, 튀김, 전병에는 아주 적은 양의 식재료가 들어 있었지만 이 역시 섬의 주민들이 수시로 먹는 음식이었다.

헬리콥터 안에서 동방인 남자 한 명이 나왔다. 남자가 줄을 끌자 거기 묶인 짐이 밖으로 끌려 나왔다. 식량이 들어 있는 플라스틱 상자였다. 남자는 상자 속 크고 투박한 자루를 바닥으로 내던졌다. 어차피 깨질 데도 없는 제품이었다. 남자는 미간을 찌푸린 채 일했다. 자루 위에 자루를 한창 던지고 있을 때 신경을 긁는 소음이 났다. 남자가 뒤를 돌아보았다. 균형을 잃은 플라스틱 상자들이 뒤로 쏠리고 있었다. 상자에 밀린 드럼통 하나가 삐죽이 튀어나온 뒤, 곧바로 지면에 곤두박질쳤다. 드럼통은 기울어진 땅을 따라 빠른 속도로 굴러갔다. 모래와 부딪히는 통 표면에서 가볍고 청량한 소리가 났다. 남자는 그걸 가만히 바라보았다. 운동장 끝자락, 경사진 언덕을 타고 도랑에 처박힌 드럼통은 그대로 뚜껑이 열렸다. 납작하게 눌린 잿빛 물체들이 담벼락 밑 개망초밭에 쏟아졌다. 동방인은 운동장에 식료품을 놓아둔 채 잰걸음으로 헬기에 올랐다. 좌석에 앉은 남자는 두 손으로 연거푸 마른세수를 했다. 시동을 걸려고 했을 때 운전석 뒤편의 다른 드럼통이 눈에 들어왔다. 방폐장 입구에 다다라 나머지 고준위 폐기물을 내려놓은 남자는 황급히 헬기를 몰았다. 백씨를 만나지도 않은 채였다.

교실 문을 닫고 나온 다리는 복도에 서 있었다. 다리의 머리카락은 심하게 흐트러져 있었다. 다리는 바지 주머니 속에 찔러 넣은 비닐을 만지작거렸다. 백씨가 준 돼지고기 한 줌이었다. 다리는 얼마간 제자리에 멈춰 멍하니 있었다. 창 바깥을 바라보지도, 자신에 대해 생각하지도 않았다. 생고기를 손으로 만져볼 뿐이었다. 몸에 한기가 들어차자 다리는 상의 지퍼를 채워 올렸다. 운동장에 널브러진 자루들은 시선을 끌지 못했다. 정문을 통과하자마자 엄청난 허기가 몰려왔다. 다리는 돼지고기를 콩과 함께 끓이기로 마음먹었다. 붉은 살점을 불 위에 바로 굽고 싶었지만, 집 밖으로 새어 나올 냄새와 연기가 걱정이었다.

✳

소년 무리는 학교 후문에 모여 있었다. 뒤뜰 축사를 살피는 일은 아이들의 몫이었지만 배급품이 온 후로 관리는 눈에 띄게 부실해졌다. 타다 만 나무, 조각난 스티로폼, 해진 마대들. 온갖 쓰레기가 뒹구는 이곳엔 어른들의 발길이 끊긴 지 오래였다. 아이들은 축사 앞에 책상다리를 하고 앉아 닭장을 바라보았다. 키가 작은 소년이 10분째 닭에게 딱총을 쏘고 있었다. 가짜 총알의 태반이 철창살을 때리고 튕겨 나갔다. 닭장 주변에는 흰색 플라스틱 탄알이 산만하게 흩어져 있었다. 총을 쏘던 소년은 뒤를 돌아보았다. 목을 긁고 하품을 하는 소년들의 모습이 보였다. 키 작은 소년은 신발을 제대로 신는 척하면서 발치의 자갈 하나를 쥐어 들었다. 엄지와 검지에 바짝 힘을 준 소년은 가장 가까운 닭에게 곧바로 돌을 날렸다. 퍽, 하고 둔한 소리가 났다. 소년의 정면이 빛났다. 부리를 맞은 닭 하나가 그대로 바닥에 누워 몸을 뒤틀었다. 주변의 닭들이 서로의 몸을 할퀴며 조급히 돌아다녔다. 그제야 아이들의 볼에 핏기가 돌기 시작했다. 다시 발아래 돌을 찾던 소년이 소스라치게 놀랐다. 운동장 스피커에서 나온 목소리 때문이었다.

"제8차 보급입니다. 주민들께서는 운동장으로 집합해주십시오."

소년들이 엉덩이의 모래를 털며 자리에서 일어났다. 그리고 이빨의 뒤를 따라 걸었다. 닭을 쓰러뜨린 소년은 갑자기 방향을 바꿔 닭장 앞으로 다가갔다. 소년은 조심스럽게 닭장 문을 열었다. 그러고는 사료 통과 물그릇을 뒤집어엎은 뒤 다시 문을 잠갔다. 누워 있던 닭이 검고 작은 눈으로 소년의 발목을 바라보았다. 조각난 위쪽 부리에서 피가 흘러나왔다. 닭은 태어나서 지금까지 한 번도 높이 펼쳐보지 않았던 날개를 움직여보았다. 세균과 진드기와 기름때가 가득한 공간에서 먼지가 풀썩였다. 소년들이 운동장으로 향하는 동안 닭은 계속해서 몸을 꿈틀거려보았지만 어쩐 일인지 일어설 수는 없었다. 새는 자신이 바라보는 이 기울어진 세상을 전혀 이해할 수 없었다.

*

백씨는 아까 정돈해둔 식료품 자루 앞에서 마이크를 잡았다.

"늦은 보급이라 유감스럽습니다만, 이것이 긴급복지라는

사실도 아울러 알립니다. 방송을 통해 접하셨겠죠. 육지 저편은 계속되는 원전 사고로 상황이 아주 열악합니다. 내전의 규모는 심해졌고 대륙마다 신종 바이러스가 또다시 돌고 있다고 합니다. 파산한 나라와 기업은 속속 늘고 있습니다."

반점은 눈을 가늘게 뜬 채 구령대 위의 백씨를 바라보았다. 사마귀는 반점의 옆모습만을 지켜보았다. 음식과 책을 매번 반점에게 받고 있던 사마귀는 오랜만의 외출이 힘겹기만 했다. 그러나 보급이 불규칙해지면서 반점이 가져오는 구호품을 받는 일은 스스로가 생각해도 파렴치한 짓으로 여겨졌다. 방송이 나오자 사마귀는 같이 있던 반점과 집 밖으로 나올 수밖에 없었다. 사마귀가 작은 목소리로 말했다.

"번호를 못 받았는데 줄을 서도 될까? 사회보장번호 말이야."

"사보증 같은 건 아무도 신경 안 써. 이빨도 나도 계속 타왔는데, 왜."

"너희 둘은 미성년이지만 보호자가 없잖아. 그러니까 괜찮았겠지."

입을 다문 반점이 눈을 여러 번 깜빡였다. 반점의 얼굴을 보지 못한 채 사마귀가 다시 말했다.

"몸이 부은 엄마는 외출이 거의 불가능해. 그래도 난 아직 열세 살인데 자격이 있을까?"

"괜찮아. 너도 나도 여기서 무려 13년이나 산 거야. 그리고 방폐장은 마을 땅이니까, 마을 누구나 음식을 받을 수 있어."

줄 앞쪽의 이빨이 몸을 살짝 틀고 둘의 모습을 훔쳐봤다. 사마귀를 발견한 다른 소년이 휘파람을 불려고 했지만 이빨이 저지했다. 둘의 대화가 궁금했기 때문이었다. 내지의 불행한 소식을 연달아 전하던 백씨가 말을 멈췄다. 백씨는 긴 공백을 두다가 입을 열었다.

"여러분, 동방 유니버설은 섬과 긴밀한 공생 관계에 있습니다. 약간의 시행착오가 있습니다만, 착오는 여기뿐 아니라 전 지구적 차원의 문제죠. 동방은 현재 어떤 국가와 기업보다 신속하고 민첩하게 움직이고 있습니다. 그들의 관리지역 모두 안전합니다. 우리는 여러 난관을 잘 극복해나가고 있어요."

마이크를 내려놓은 백씨가 허공에 허리를 굽혀 인사하자, 주민들이 손뼉을 쳤다. 백씨는 맨 앞줄 아이의 머리통을 쓰다듬고 통조림을 건넸다. 처음에 백씨와 대화한 자들은 백씨의 정신이 오락가락하다고 했다. 기분을 종잡을 수 없는 자라고도 했다. 사람을 많이 죽였다는 풍문이 돌았다. 하지만 주민들은 곧 백씨가 누군가를 편협하게 대하기에 합당한 인물이 아니라고 판단했다. 이성적인 눈매, 얇고 단정한 입술을 가진 남성은 섬에 드물었다. 햇빛을 아무리 쐬도 백씨의 피부는 희디희었다. 게다가 낮고 깊은 목소리는 흠잡을 데 없는 언변과 잘 어울렸다. 조용히 웃을 때마다 생기는 여러 겹의 주름은 누가 보아도 따스했다. 백씨를 따르는 주민들은 백씨가 손을 뻗어 어깨를 두드려줄 때마다 묘한 정적에 휩싸였다.

"저 애를 봐. 혼자 나와서 쉽게 받아가잖아. 사회보장번호

따위를 누가 봐? 처음부터 확인 같은 건 필요가 없었어."

반점이 줄 앞쪽에 시선을 고정한 채 사마귀에게 말했다. 어딘지 꾸짖는 듯한 어조였다. 반점의 말은 지금껏 자신이 집에서 숨어 지냈다는 사실을 무겁게 일깨워줬다. 사마귀는 자신의 처지와 상황을 있는 그대로 받아들이기 위해 발바닥에 힘을 줬다. 그동안은 자신의 역하고 추한 모습을 모른 척했을 뿐이다. 신발 속 발가락들이 천천히 오그라들었다. 사마귀는 애써 담담한 투로 말했다.

"다행이다. 나는 등록 표식이 있어야만 하는 줄 알았어."

"너, 확인이 필요 없다는 말이 무슨 소리인 줄 알아?"

"글쎄."

"그들이 허술하다는 뜻이야."

사마귀는 마땅한 대꾸를 찾지 못했다.

"내가 악담 하나 해줄까?"

사마귀는 앞쪽으로 몇 걸음을 옮기며 반점의 말에 귀를 기울였다.

"섬 바깥 사람들은 이제 우리를 노골적으로 외면할 거야. 애초부터 우리를 다른 종으로 여기고 있을지도 몰라. 복지니 지원이니 하면서, 저런 사료 따위를 떨궈주는 걸 봐."

사마귀가 입술을 깨문 채 반점을 바라보았다.

"알아들을 수가 없어."

"교환이 아니라 지원이잖아. 처음엔 맞바꾼다고 했다가 이제는 돕는다고?"

"우리가 받은 건 어차피 전부 구호물자잖아."

"전에는 글자가 저렇게 크지 않았어. 우리도 분명히 땅을 줬는데, 봐봐. 지금 둘 중에 누가 여유를 부리는지."

사마귀는 지금까지 먹었던 동방의 음식이 양배추보다 훨씬 낫다고, 아니 훌륭하다고까지 느낀 적이 많았다. 당면이 박힌 햄과 다이아몬드 모양의 초콜릿은 눈을 감고 조심스럽게 삼켜야 할 만큼 짜릿한 맛이었다. 여러 구호품 중에서도 책은 특별히 소중했다. 그런데 지금 반점은 자신과 함께 책을 읽던 그 시간까지도 아주 잊었다는 듯이 굴었다. 반점이 손등의 물집을 터뜨리며 말했다.

"조만간 우리를 아주 미워하게 될 거라고. 아무 근거도 없이 간편하게."

"도대체 무슨 소리야. 뭐가 그렇게 마음에 안 들어?"

둘의 목소리가 제대로 들리지 않았다. 이빨은 몸을 가까이 붙인 채 대화를 나누는 반점과 사마귀가 거슬렸다. 이빨의 표정을 살핀 소년 하나가 둘을 향해 외쳤다.

"꼬리가 달린 놈은 입도 벌리지 말라고."

행렬 속의 반점이 고개를 내밀었다. 반점은 소년을 매섭게 훑어본 뒤 말했다.

"우리 중에 앓지 않는 사람은 없어, 배불뚝이."

움찔한 소년이 맞받아쳤다.

"우리는 잠시 앓는 것뿐이야. 그 자식처럼 이상한 게 달리진 않았다고. 징그러운 악마 새끼."

반점이 나른한 표정으로 배가 나온 소년에게 말했다.

"악마라고 꼭 꼬리가 달려야 할까? 좀 더 상상력을 발휘할 순 없어? 나 같으면 그렇게 눈에 띄는 걸 달고 나쁜 짓을 하기가 불편할 것 같은데."

사마귀는 이 소동에서 아무런 말도 할 수 없었다. 그저 몸 외곽에 점선을 두른, 그림책 속 투명인간처럼 자리에 머물 뿐이었다. 희미하고 비천한 자신에 비해 반점의 존재는 뚜렷했다. 사마귀는 옆에 있는 이 생생한 사람이 좋아서 견딜 수 없었다. 하지만 동시에 아무도 만나지 않던, 아무런 일도 일어나지 않던 골방에서의 시간이 그리웠다. 기나긴 줄 속의 자신이 더럽고 구차하게 느껴졌다. 어서 집으로 돌아가 노트를 펼치고 싶었다. 모조지 속 세상에는 이런 진짜 다툼이 없었다.

이빨은 까치발을 들고 반점을 지켜보았다. 가슴이 쿵쿵대고 등줄기로 땀이 흘러내렸지만 이빨은 팔짱을 풀지 않았다. 이빨이 열에 들뜬 소년들에게 말했다.

"오늘은 봐줘. 둘이서 할 얘기가 많은 것 같으니까."

반점은 말없이 이빨을 쏘아봤다. 무리의 중심에 숨어 자신을 바라보는 이빨이 전에 없이 비열해 보였다. 남매는 서로를 얼마간 더 노려보다가 시선을 거두었다.

✳

겨울비가 내리면서 숲이 점차 붉어졌다. 사마귀와 반점은 다용도 칼과 연장통을 챙겨 매일 저녁 해변에 나가기 시작

했다. 내킬 때마다 아무렇게나 들르는 헬기를 마냥 기다릴 수
없는 노릇이었다. 백사장은 빈 깡통으로 가득했다. 두 사람은
모래를 헤집었다. 혹시나 건질 수 있을 줄 알았던 식료품은
단 하나도 없었다. 얇은 손가락들 사이로 사고, 의지, 기억이
후드득 빠져나가는 기분이 들었다. 하지만 반점과 사마귀는
무섭다는 말을 내뱉지 않았다. 대신 하루도 빠짐없이 책을 읽
었다. 그리고 수영을 했다. 헤엄을 치면 피부가 간지럽고 따
가웠지만 상관없었다. 머리가 시끄러울 땐 물속에 들어가 있
는 편이 좋았다.

해안선 위로 새가 낮게 날았다. 반점은 줄에 걸린 듯 흔들
리는 새를 보고 달렸다. 뱃가죽이 비대하게 부푼 새는 오래
날 수 없었다. 새가 금세 추락했다. 기름으로 범벅이 된 새는
모래사장에 처박혀 몸을 일으키지 못했다. 검은 새라기보다
검은 비닐처럼 보이는 생물은 꽉 닫힌 부리를 벌리기 위해 애
를 쓰고 있었다. 반점이 새의 식도부터 위장까지 칼을 내려긋
자 울퉁불퉁한 내장과 함께 녹슨 나사, 깨진 플라스틱 조각,
등이 휜 새끼 숭어, 담배 필터, 비닐, 병뚜껑이 쏟아져 나왔
다. 부속물 태반이 작고 단단했다. 몸통에 덕지덕지 엉긴 잿
빛 점액질을 반도 걷어내기 힘들었다. 반점은 숭어를 모래로
대충 닦아 연장통에 넣었다.

아르르, 발치의 새는 사지를 뒤틀며 마지막으로 경련했다.
비명이 멎자 반점은 죽은 새의 뒷목을 잡아 올렸다. 핏물을
머금은 모래알이 동그랗게 뭉쳐갔다. 검고 긴 혀가 부리 밖으

로 늘어졌다. 기름막에 뒤덮인 눈알 위로 둘의 형상이 볼록하게 드리워졌다. 사마귀는 그만 자리를 뜨고 싶었다.

"가져가지 말자. 먹을 수 없을 것 같아."

사마귀의 말에 반점이 새를 내려놓았다. 둘은 엉덩이와 무릎의 모래를 털어내고 짐을 챙겨 걷기 시작했다. 몇 걸음 가지 않아 사마귀는 종아리가 가려웠다. 꼬리로 내려치자 벌레한 마리가 툭 떨어졌다. 지네였다. 주변으로 예닐곱 마리의 지네가 더 돌아다녔다. 지네를 잡은 아이들은 쭈그려 앉아 지네들의 다리를 일일이 떼어내기 시작했다. 소화가 잘 되지 않는 부분을 제하고 나서 몸통을 삼키면 손발에 어느 정도 힘이 들어갔다. 사마귀와 반점은 손질을 마친 먹이를 가지고 협곡 밑 모래밭에 앉았다. 바다 끝 건물 지대가 한눈에 들어왔다. 굴뚝에서 피어오른 흰 덩어리는 구름과 섞여 있다가 형세를 가다듬어 하늘로 솟구쳤다. 해안가에는 사마귀와 반점 둘뿐이었다. 마을 사람들은 집에서 좀처럼 나오지 않았다.

먹이 냄새에 나방 떼가 몰려왔다. 공장에서 날아온 나방은, 버려진 기계에서 피어난 곰팡이와 녹을 먹고 자랐다. 반점과 사마귀의 팔등 위로 쇳가루가 무수히 떨어졌다. 빨리 먹지 않으면 머잖아 더 많은 곤충들이 달려들 것이다. 길고 우악스러운 다리를 가진 섬의 벌레들은 공격성향이 집요한데다 먹을 부분이 전혀 없었다. 지네를 거의 다 삼켰을 때, 사마귀는 자신의 복사뼈 옆에 작은 빛이 반짝이는 것을 보았다. 바다 건너에서 종종 떠내려 오는 광고 전단이었다. 코팅된 종이는 빳빳하고 힘이 세서 물도 모래도 밀어냈다. '2083년 2월 OPEN'이라는 글자 아래 꼽등이처럼 마른 남자가 다리를 벌린 채 웃고 있었다. 성기 자리에 박힌 빨간색 하트 무늬는 얼핏 핏자국으로 보였다. 사마귀는 종이를 집어 올렸다. 아래 부착된 비닐엔 넉 달 전쯤 먹어본 적이 있는 사탕이 들어 있었다. 포장지에 엉긴 찐득찐득한 알을 꺼내 입술에 갖다 대려던 사마귀가 반점에게 사탕을 건넸다. 반점이 고개를 저었다. 사마귀는 눅진하고 붉은 알맹이를 천천히 입술 안으로 밀어 넣었다. 혀가 굳어버릴 만큼 달았다. 사마귀는 게슴츠레한 눈으로 바다 건너 마천루를 바라보았다.

"저곳은 너만큼이나 예쁘다."

사마귀는 자신이 이런 말을 할 수 있다는 사실에 놀랐다. 얼른 콧등을 찡그리며 바닥을 내려다보았다. 반점은 답이 없었다. 파도 소리가 아까보다 크게 들려왔다. 사마귀는 모래알을 쥐었다가 내려놓길 반복했다. 반점은 입술 아래 수포를 건조하게 뜯어내고 있었다. 핏물이 새어 나와도 표정에 아무 변화가 없었다. 사마귀는 반점의 옆모습이 엄정할 정도로 서늘하다고 생각했다. 사마귀는 다시 한 번 용기를 냈다.

"네가 더 예뻐. 잘못 말했다."

반점이 사마귀의 얼굴을 지그시 마주 보았다. 감당하기 벅찬 공기가 사마귀를 짓눌렀다.

"넌 저딴 곳이 왜 좋아?"

반점이 물었다.

74

"왜라니. 여기보다는 낫잖아."

사마귀의 답에 눈썹을 추켜세웠던 반점은 바로 고개를 돌렸다. 사마귀는 숨이 턱 막혔다. 반점은 이따금 이렇게 사마귀를 몰아세웠다. 기분이 나빠진 까닭을 도저히 짐작할 수 없었다. 영문을 모르고 당황할 때면 어느새 불쑥 상냥한 말을 걸어오는 반점이었다. 자신의 문으로 주저 없이 들어선 건 반점이었지만, 사마귀는 반점의 문이 어디 있는지 알 길이 없었다. 반점은 빛이 하나도 들지 않는 방에서 살아가는 것 같았다. 섬 밖을 향한 반점의 증오심을 사마귀는 이해할 수 없었다. 싫은 것은 당연히 이 섬이었다.

사마귀와 반점은 입을 다물었다. 맞은편 바다에서 불어오는 미풍이 둘의 얼굴을 쓸고 지나갔다. 겨울답지 않게 부드러운 바람이었다. 건물 지대에는 따스한 불빛이 총총했다. 사마귀는 바다 건너 사람들이 이곳을 미워할 거란 반점의 말을 믿을 수 없었다. 섬이야말로 자신을 미워하는 이들로 우글우글했다. 한 번도 보지 못한 육지 사람들이 주민들보다 훨씬 친밀하고 다정하게 느껴졌다. 원전 사고가 끊이지 않는다 해도 좋았다. 신종 바이러스가 사람의 골수를 파먹는다 해도 괜찮았다. 저긴 사탕처럼 붉고 아름다운 땅이었다.

"가짜 불빛이야."

어둠 속에서 사마귀를 지켜보던 반점이 말했다.

"저기서 우리를 감시하고 있어."

"거짓말."

사마귀는 작게 한숨을 뱉었다. 이번에는 틈을 주지 않고 말했다.

"뭘 한다고? 감시? 이 지루한 섬을 누가 관찰해? 저기는 그냥 도시야. 책에서도 봤어. 그렇게 후진 시설은 인류가 많이 없댔대. 인간은 진보하는 동물이라고."

반점은 사마귀의 눈을 물끄러미 들여다봤다.

"너는 설마 이 섬이 나아질 거라 생각해?"

사마귀는 제대로 답을 할 수 없었다. 방금 내뱉은 무구한 말을 주워 담고 싶었다. 궁을 생각하면 진보라는 단어 따위, 지네보다도 쓸데가 없었다. 반점은 말했다.

"난 마을의 책은 형편없는 것까지도 다 읽었어. 활자란 것은 분명히 위로를 주지만 동시에 많은 질문을 던지는 생명체야. 완전히 믿어서도 완전히 배척해서도 곤란해."

사마귀는 목을 푸는 듯 고개를 좌우로 저었다. 반점의 말이 이어졌다.

"그래서 좋은 책은 우리가 아는 것이 사실 하나도 없다고 말하지. 선택은 자신이 해야 하는 거야. 그런데 여기는 우리에게 뭘 선택하게 하지? 너와 내가 앉은 이 땅이 무엇을 묻지? 이 섬은 더 이상 아무것도 질문하지 않아."

사마귀는 눈을 감았다. 울화가 치밀었지만 그 이유를 조목조목 말할 자신이 없었다. 발밑의 섬이 엄마처럼 느껴졌다. 혼자서는 궁에 대해 얼마든지 절망할 수 있었다. 그러나 궁이 누군가와 함께 욕할 수 있는 대상이 될 수는 없었다. 반점의 내면은 사마귀의 짐작보다 몇 배는 더 새까맣고 추웠다. 반점은 섬도, 섬 바깥도 혐오하고 있었다. 자신과 타인 모두를 밀어내고 있다는 뜻이었다. 이제 보니 반점에게 자신은 한낱 미물 그 이상 이하도 아니었다. 사마귀는 입술을 꾹 다물고 있다가 낮은 목소리로 말했다.

"이해가 안 돼."

"이해하기가 싫은 거겠지."

"넌 우리가 할 수 있는 게 아무것도 없다는 말을 하고 싶은 거야?"

"아무것도 없어."

"나는 너를 만나 변해가고 있어. 그런데 너는 변하지 않네."

"내가 왜 그래야 해?"

사마귀는 꼬리를 안쪽으로 깊숙이 말았다. 처음으로 품은 희망이 치욕으로 고꾸라지는 데는 몇 초도 걸리지 않았다.

"그러니까 아무것도 달라질 게 없다고?"

"그래. 없어."

매가리 없이 진심만이 담긴 반점의 답은 사마귀를 막막하게 했다. 반점이 목걸이를 빼서 사마귀에게 내밀었다.

"이게 뭔지 알려줄까?"

사마귀는 고개를 숙이고 대답했다.

"알 게 뭐야?"

"우리 엄마 송곳니."

사마귀는 반점을 천천히 올려보았다. 바람에 날리는 반점의 머리카락 때문에 반점의 눈이 보이지 않았다.

"섬에서 폐유를 처리하던 외할아버지는 눈에서 계속 피가 났대. 무슨 일이 있어도 반드시 이곳을 떠나라는 게 마흔도 안 돼 죽고 만 할아버지의 유언이라 들었어."

사마귀는 차가워진 손을 주물렀다.

"지난봄에 부모님과 나는 이 바다를 건너려고 했어. 이빨을 여기 남겨둔 채로."

반점이 사마귀에게서 얼굴을 돌리고 말했다.

"하나뿐인 튜브는 내가 차지했어. 엄마가 내 앞에서 헤엄을 치고 아빠는 내 뒤에서 튜브를 잡고. 우린 엄마 허리에 묶은 줄로 이어져 있었어. 육지 쪽으로 한참을 나아갔을 때 어디선가 붉은 빛이 보였어. 눈이 부셔서 허우적거렸을 땐 이미 늦었지. 줄이 풀리고 튜브에서 몸이 빠진 거야."

반점은 정신이 나간 사람처럼 빠르게 말했다.

"나는 뾰족 바위를 붙잡고 앞을 봤어. 수많은 공장, 빼곡한 덤프트럭, 큰 건물들. 엄마가 내 이름을 불렀어. 그리고 그쪽을 바라본 순간, 엄마 머리가 터졌어. 고함을 지른 아빠는 그 자리에서 파편이 되었어. 순식간이었지, 헬기에서 그물이 내려온 건. 그들은 엄마의 몸통을 싣고 가버렸어."

"말도 안 돼."

"이빨 몰래 마을 어른들을 만났어. 아무도 믿지 않았지. 그 사람들은 엄마, 아빠가 섬에서 도망쳤다고 비난하기만 했어. 간신히 믿어준 두 할머니는 결핵과 암으로 세상을 떴어."

반점은 사마귀의 어깨에 손을 얹고 나지막하게 말했다.

"바다 건너 사람들은 미쳤어. 뭐든지 할 수 있다고. 성가신 건 그냥 쉽게 없앨 수 있어."

"왜 그런 거야? 왜 그런 짓을?"

사마귀의 꼬리가 빳빳이 서기 시작했다. 반점이 숨을 돌리고 바다를 쳐다보았다.

"눈에 안 보이니까, 느껴지지 않으니까, 자기 일이 아니니까."

말을 마친 반점은 울음을 터뜨렸다. 사마귀가 손등으로 반점의 눈가를 닦아내자 피부의 각질이 몇 겹씩 떨어져 나왔다. 끓는 물의 표면처럼 생긴 껍데기였다. 사마귀는 흠칫했다.

"미안해. 쓰라리지?"

"괜찮아."

사마귀는 꼬리로 모래사장을 휘저었다. 반점은 사마귀의 꼬리를 쳐다보지 않았다.

"근데 너, 내 말을 믿어?"

반점이 물었다.

"솔직히 네 말은 못 믿겠어."

사마귀는 답했다.

"하지만 너를 믿어."

둘은 잠시 서로를 껴안았다. 반점의 어깨는 비좁고 몸에서는 피비린내가 났다. 사마귀는 반점을 더 깊이 안았다.

"너의 말대로 이 땅은 아무것도 묻지 않아. 그래도 우리는 섬에 살고 있어. 무슨 문제건 이 안에서 해결을 봐야 해."

그토록 폄하하던 섬에 대해 사마귀는 이런 말을 꺼내고 있었다.

"그게 너의 결론이야?"

사마귀는 고개를 끄덕였다. 방금 내뱉은 말은 고개를 끄덕일수록 부실하게 느껴졌다. 사마귀는 반점의 손을 잡았다.

"할 수 있는 게 없다고 했지?"

"그래."

"할 수 있는 게 생겼어."

"뭐지?"

"그냥 너의 옆에 있는 것."

사마귀는 처음으로 입술을 비틀지 않고, 조소하지 않고, 있는 그대로의 표정을 얼굴에 드러냈다. 극심한 허언증에 시달리고 있는 반점을 감싸 안고 싶었다.

✳

뚜껑이 열린 드럼통을 발견한 건 키가 작은 소년이었다. 아이는 해가 저물어가는 운동장에서 혼자 공을 몰고 있었다. 우그러진 가짜 가죽 공 안에는 빗물과 모래가 가득 차 있어 발목이 아프기만 했다. 뛰는 것도 걷는 것도 아닌 걸음에는 활기가 전혀 없었다. 공은 뜻밖의 지점으로 달아났다. 마음대로 되는 순간이 한 번도 없었다. 무거운 공을 조금씩 움직이며 다니는 일이 자신의 시시한 삶처럼 느껴졌다. 무섭게 지겹다, 소년은 자리에 멈춰 생각했다. 그리고 울분을 잔뜩 담아 발치의 공을 찼다. 마지막 힘을 다해 걷어찬 공은 경사진 운동장 끝으로 굴러갔다. 미련 없이 학교를 나오려던 소년은 한 번만 더 공을 쫓아 걷기로 했다. 멋대로 자란 풀과 먼지 낀 음료수병 주변으로 오줌 냄새가 훅 끼쳐왔다. 표독스러운 바람이 악취를 계속 헤집어냈다. 아이는 몸서리를 치며 공 찾기를 포기했다. 그 순간 눈에 띈 것은 개망초밭, 갈대 안에 모로 누워 있는 드럼통이었다. 구멍 밖으로 꽉꽉 눌린 옷가지와 연탄같이 딱딱한 덩어리가 쏟아져 있었다. 소년은 장갑에 손을 뻗었다.

어지러운 줄이 가득한 옷감은 더럽고 뻣뻣했지만 아이들은 그 속으로 팔다리를 집어넣길 주저하지 않았다. 드럼통에서 나온 물품들은 소년들을 흥분시켰다. 며칠째 아이들의 화제는 그것뿐이었다. 깨진 측량기와 장화는 소년들의 상상력을 부추겼다.

"이건 핵 로봇을 만들던 박사가 쓰던 거야."

"그런데 다 완성도 못 한 로봇이 막 공격을 한 거지."

"폭발 버튼을 누르고 연구실을 도망쳐 나오는데…."

"10, 9, 8, 7, 6, 5, 4, 3, 2, 1. 펑!"

"로봇은 더 커지고 박사는 죽었어."

소년들은 전에 없이 들뜬 대화를 나눴다. 한 소년이 갑자기 자신의 이마를 내려쳤다. 무리는 일제히 그 아이를 향해 고개를 틀었다.

"우라늄 광산을 찾자. 그러면 로봇을 만들 수 있어."

소년들의 눈이 번쩍였다.

"우라늄이랑 플루토늄으로 핵을 만든다고 했잖아. 광산을 찾으면 우리도 핵 로봇을 만들 수 있어. 조종하는 대로 움직이는 크고 무서운 로봇!"

반론을 꺼내는 아이는 한 명도 없었다. 웃기고 자빠졌네, 말도 안 되는 소리 그만둬. 평소 같으면 눈을 가늘게 뜨고 서로를 비아냥댔을 테지만 이번에는 달랐다. 서로에게 모욕을 가하고, 다시 아무렇지 않게 어울리는 짓이란 이제 진저리가 났다. 소년들은 빠르게 동요했다.

"용맹대. 우리는 앞으로 소년 용맹대야."

예전에 핵보유국이란 단어를 사용했던 소년이 단체의 이름을 지었다. 구성원은 이전과 같았지만 새롭게 결성된 모임엔 미지근한 기운이 감돌기 시작했다. 용맹대원들은 부서진 계기판 위에 손등을 포갰다. 나이에 맞지 않는 꺼끌꺼끌한 피부가 서로를 내심 놀라게 했다.

"대장은 이빨이 맡아. 우리는 앞으로 각 부서를 꾸리고 대표를 뽑을게."

볼이 붉어지고 손금마다 땀이 솟아난 것은 거의 몇 해만이었다. 한 아이가 집에 달려가 매직을 들고 나왔다. 방호복 뒷면에 적힌 세 글자 '용맹대'는 비뚤비뚤했다. 자음과 모음의 위치가 맞지 않고 초성의 크기가 너무 컸다.

*

　소년들은 방폐장으로 향했다. 드럼통에서 더 많은 수확물을 꺼내기 위해서였다. 거의 모든 통이 열리지 않았다. 하지만 아이들은 쉽사리 단념하지 않았다. 여러 명이 매달려 뚜껑을 열면 된다는 생각이었다. 공사는 중단된 지 오래였다. 동방은 더 이상 건축자재를 보내지 않았다. 어른들은 계속해서 더 많은 휴식을 원했다.

　통과 씨름하던 아이들이 하나둘씩 공터에 원을 지어 앉았다. 잘못 자란 묘목들처럼 모두의 자세가 구부정했다. 이상하게 조금만 움직여도 삭신이 쑤셔왔다. 아이들은 어깨와 허리와 무릎을 가만히 두드렸다. 키가 작은 소년은 양쪽 관자놀이를 꾹꾹 눌러댔다. 며칠 전부터 시작된 편두통이었다. 소년들은 짓다 만 건축물과 두 개의 굴과 굳게 닫힌 드럼통을 지켜보았다. 아무것도 변한 게 없었다. 그들은 방폐장 입구를 향해 소리를 질렀다. 목젖이 간지러워진 소년이 곧 죽을 노인처럼 기침했다. 무리는 시멘트 가루를 들이마시며 마구 웃어댔다. 그때 방폐장 입구를 통해 몇 배나 커진 자신들의 목소리가 되돌아왔다. 자리에서 일어난 소년 하나는 그들의 그림자가 거인처럼 커진 것을 보았다.

　소년들은 괴상한 방호복을 입고 마을을 돌아다니기 시작했다. 내가 드럼통을 뜯어 찾아낸 거야, 각자의 대답은 정해져 있었다. 아이들은 속으로 거짓 무용담을 연습해볼 때마다 득의양양해졌다. 그러나 섬의 어른들은 무리에게 별다른 관심을 내보이지 않았다. 몇몇 아이들이 흥분을 못 삭이고 입을 열었지만 부모들은 단번에 말을 잘랐다. 시끄럽게 굴지 말고 자라는 소리가 응대의 전부였다. 엉덩이를 맞고 울다 자는 소년도 둘 있었다.

"왜 이렇게 늦었지?"

이빨이 반점에게 말했다. 그러고는 옷을 갈아입는 반점을 곁눈으로 빠르게 살폈다. 자그마한 젖꽃판이 순식간에 나타났다 사라졌다. 유두는 꼭 으스러진 팥알처럼 보였다.

"사마귀와 책을 읽고 왔어."

반점의 말에 이빨은 깜짝 놀랐다. 이렇게 당당하고 솔직한 답변을 바란 게 아니었다. 이빨은 뻔한 공격을 시작했다.

"이 시간까지 그 새끼랑 있었다고?"

"너는 그 꼴로 그 새끼들이랑 뭘 하고 돌아다니는데?"

이빨은 고개를 내려 옷차림을 확인했다. 반점이 탄복할 줄 알았던 방호복 바지는 이제 보니 추레할 뿐이었다. 오른손에 쥐어 든 벨트는 쭈글쭈글했고 옷의 주름에는 하나같이 검은 때가 빼곡했다. 녹이 잔뜩 낀 지퍼는 아예 움직이지도 않아 반점이 귀가할 때까지 오줌을 꾹 참아야만 했다. 이빨은 반점과 사마귀가 같이 있는 동안 자신이 무엇을 하고 다녔는지 말할 수 없었다. 유치하기 짝이 없는 짓거리, 낮에는 잘 깨닫지 못했지만 해가 저물고 집에 홀로 남겨지면 명백해지는 사실이었다. 이빨은 구석에서 이를 물고 바지를 벗었다. 지퍼에

긁힌 허벅지가 따가웠다. 용맹대는 가당치도 않은 이름이었다. 등판의 큰 글씨가 꼴사나웠다.

✳

사마귀의 집은 응달 아래 숨어 있었다. 석양은 대문 앞에서 정확히 끊겼다. 이빨은 그곳을 오랫동안 훔쳐보았다. 누군가 사마귀의 집 지붕을 지키고 서서, 햇빛이 들 때마다 그 면을 날 선 가위로 도려내는 것 같았다. 책 세 권을 옆구리에 낀 반점이 문을 열고 들어섰다. 이빨이 사마귀의 집 쪽으로 발을 옮기기까지는 생각보다 긴 시간이 필요했다. 이빨은 환풍구 아래 창에 간신히 몸을 붙였다. 용맹대 아이들이 자신의 동선을 지켜봤다면 대장 자리는 박탈이었다. 이빨은 주먹을 쥐고 창 안을 들여다보았다. 둥근 원반 같은 것이 움직였다. 처음에는 그것이 무엇인지 잘 분간할 수 없었다. 이빨의 시야에 천천히 들어온 것은 궁의 부푼 복부였다. 그렇게 커다란 배는 처음이었다. 그 안에 아이가 들어 있다는 사실은 더 기이하게 느껴졌다. 섬에는 그런 여자가 없었다. 사마귀의 어머니가 자신의 게걸스러운 욕망을 드러내는 데 거리낌이 없다는 소문은 사실이었다. 이빨은 뒷걸음질 쳤다. 발아래 물컹한 것이 밟혔다. 바닥에 발을 비비자 배가 터진 지네가 떨어져 나왔다. 이빨은 짧게 욕을 내뱉고 다시 고개를 들었다. 창에 희뿌연 얼굴 하나가 가까이 와 있었다. 궁의 눈과 마주치는 순간, 이빨은 숨이 멎을 것만 같았다. 올챙이배를 가진 여자는 이 말끔하게 생긴 소년을 향해 환한 미소를 지었다. 이빨은 있는 힘을 다해 달아났다.

✳

병들고 굶주린 닭들은 사람의 기척에도 놀라지 않았다. 알들의 크기는 제각각이었다. 깨진 껍질 몇 개는 닭장 바닥에 말라붙어 있었다. 소년 용맹대가 학교 축사에 모여들었다. 자신들이 꼽은 첫 임무를 수행하기 위해서였다. 체육부장으로 임명된 아이가 방호복 주머니에서 칼 두 자루와 노끈을 꺼냈다. 소년은 도구를 높이 들어 아이들의 이목을 집중시켰다. 이빨이 긴장한 아이에게 말했다.

"잠깐. 너한테 임무 하나를 더 줄게. 아주 중요한 거야. 잘하면 장관이 될 수도 있어."

아이들이 두리번거리며 서로의 표정을 살폈다.

"사마귀의 집을 감시해. 그 자식, 우리에게 복수 같은 걸 한다나 봐. 이상한 꿍꿍이를 쓸 수 있으니 잘 지켜보라고. 일격을 가할 수 있게 섣불리 나서진 말도록 해. 일이 끝나면 매일 내게 보고하고."

"그런 거라면 우리 모두 할 수 있어. 매일 조를 나눠서 갈게."

"더 잘하는 부서에서 장관을 뽑도록 하자."

소년들은 의기투합해 소리쳤다. 이빨은 어깨를 과장되게 올렸다 내리는 것으로 아이들의 뜻을 수락했다. 체육부장은 마른 침을 두어 번 삼키고 닭장으로 걸음을 옮겼다. 부원이 그

뒤를 따랐다. 두 소년은 다리를 절룩이는 닭과 모래집이 비대한 닭을 차례대로 철장에서 꺼냈다. 목을 꽉 움켜쥐지 않아도 제대로 서 있지 못하는 닭들이었지만 소년들은 땀이 밴 손으로 닭의 가는 목을 거세게 잡아들었다. 두 닭의 눈이 빠르게 껌뻑였다. 목뼈 근처 핏줄이 세차게 뛰었다. 아이들은 부러뜨린 칼날과 닭발을 노끈으로 묶었다. 닭이 허둥대자 부원의 손가락에서 피가 새어 나왔다. 발목에 날카로운 칼 조각을 매단 닭들은, 걷는 방법을 잊어버린 것처럼 비틀거렸다.

"준비, 시작."

소년들의 상상은 무참히 짓이겨졌다. 막힘없는 돌진, 팽팽한 대치, 긴박감 넘치는 혈투 따위 눈을 씻고 보려 해도 볼 수 없었다. 근육이 움츠러든 새들에게 그런 의지와 결기는 전혀 없었다. 눈앞에는 햇빛 아래 졸고 있는 늙은이처럼 무력한 닭들이 있을 뿐이었다. 부장은 두 닭의 몸을 밀착시켰다. 부원은 닭의 한 발을 들어 다른 닭의 등을 긁어내렸다. 거꾸로 뒤집힌 칼등이 닭털을 힘없이 긁고 내려왔다. 새 두 마리는 서로의 몸을 기대고 선 채 미동조차 없었다. 구경하던 소년들이 볼을 벅벅 긁었다. 체육부장은 모래집이 잔뜩 부은 닭의 왼발을 다시 들어 올린 뒤 노끈의 매듭을 강하게 조였다. 남에게 먼저 상처를 입히는 법, 공격이 들어올 때 더 큰 공격을 가하는 법, 약한 대상을 자비 없이 완전히 제압하는 법. 아이는 눈빛이 산만하고 머리가 주먹만 한 조류들에게 부단히 그런 것을 가르치려 들었다.

"대체 언제까지 봐야 하는데?"

이빨이 소리쳤다. 바로 그때 한 발로 서 있던 닭이 풀썩 주저앉았다. 동시에 발에 매달린 칼날이 닭의 모래집을 그어 내렸다. 연두색에 가까운 짙은 고름이 허공까지 튀었다. 연이어 솟아오른 핏물이 닭의 한쪽 눈과 어깨를 적셨다. 새는 모로 쓰러졌다. 목울대가 파르르 떨렸다. 고름과 핏물이 터졌지만 두 발 사이로 드러난 모래집은 아직도 포도송이처럼 울퉁불퉁했다. 한 소년이 먹은 것을 게워내기 시작했다. 이어서 두 명의 소년도 구토를 했다. 가느다란 침 줄기를 닦자마자 무리는 누가 먼저랄 것도 없이 그곳에서 도망쳤다.

✳

궁의 두 다리 사이에서 물컹한 것이 쏟아졌다. 궁은 순간 자신이 오줌을 싼 것은 아닌지 염려했다. 하지만 악취가 나진 않았다. 책을 읽고 있던 아이들이 코를 막고 자신을 돌아보지도 않았다. 궁은 허리를 굽혀 자신이 흘린 점액질을 만져보았다. 곧바로 강력한 통증이 시작되었다. 손발이 얼음처럼 차가워지는데도 인중에서 땀이 솟았다. 공중의 누군가가 자신에게 발길질을 해대는 것 같았다. 궁은 그 자리에 나동그라졌다. 고개를 돌린 반점과 사마귀는 천장을 향해 버둥거리는 궁의 손발을 보았다.

"뜨거운 물과 수건을 가져와. 부엌 서랍에 있는 가위도."

궁은 몇 해 만에 처음으로 분명한 의사표시를 했다. 입을 가리지 않은 채였다. 작게 치대는 목소리도 아니었다. 아이들은 잠시 머뭇거리다가 궁의 지시대로 움직였다. 궁은 누운 자세로 집 안을 둘러보았다. 진통이 극심했다. 부엌의 연통, 먼지가 굴러다니는 바닥, 헐거운 의자 기둥. 무심하고 인색한 사람들과 똑같았다. 모두 보고 싶지 않은 풍경이었다. 출산이 임박한 지금, 궁은 자신이 혼자라는 생각을 지울 수 없었다. 섬에 도착한 이래 혼자가 아닌 적은 없었다. 너무 많은 충격이 궁을 잠시도 내버려두지 않고 뒤흔들었을 뿐이었다. 끔찍한 기억이 꼬리에 꼬리를 물고 떠올랐다. 궁은 한층 독살스러워진 통증을 참으며 몸을 뒤틀었다. 그리고 문지방 쪽으로 기어갔다. 한 지점에 가만히 머무는 것이 더 힘겨웠다. 그런 판단도 자신이 내릴 수 있는 게 아니었다. 보이지 않는 맹수가 자신의 하반신을 잡아챈 뒤, 질질 끌고 간다고밖에 여길 수 없었다. 사마귀가 수건으로 자신의 이마를 연신 닦아냈다. 아들의 손은 생각보다 작고 찼다. 벌린 다리 사이에는 반점이 앉아 있었다. 아이는 또렷한 눈으로 한 공간을 응시했다. 골반의 살점과 뼈가 산산이 갈리는 듯하더니 이제는 허리 아래 아무 감각이 느껴지지 않았다. 반점의 손이 자신에게로 향하는 순간 붉은 울음소리가 터졌다. 궁은 입을 벌리고 창밖을 내다보았다. 누군가의 시선이 어른거렸지만 궁의 눈에는 모든 것이 허깨비 같았다.

아이가 태어난 곳은 사마귀의 방 입구였다. 새로운 생명에게 탄생, 축복, 기쁨 같은 수식은 도저히 어울리지 않았다.

그것은 고구마처럼 생긴 포유류로, 보는 이에게 아무런 감정을 불러일으키지 않았다. 궁은 풀린 눈으로 천장을 보았다. 다시 시작된 하체의 어마어마한 고통은 이제 그 자체로 고유한 인격을 가진 것만 같았다. 사마귀와 반점은 궁 곁에서 두 손을 놓고 있었다. 아이들은 출산이 끝나고도 궁의 몸에 엉켜 있는 핏줄 덩어리들을 어떻게 처리해야 할지 알 수 없었다. 가까스로 자리에서 일어난 궁은 다리 사이의 아이를 쳐다보았다. 아무 표정이 없던 반점과 사마귀의 얼굴이 조금씩 무너져 내리고 있을 때 궁의 눈썹이 올라갔다. 아이에게는 없는 것이 하나 있었다. 성기였다. 상체에도 하체에도 아무런 표식이 없었다. 생식기관의 작은 흔적도 없었다. 궁은 비스듬한 자세를 바로 하고 아이를 들어 올렸다. 그러고는 몸의 앞뒤를 샅샅이 살폈다. 탯줄이 거추장스럽게 흔들렸다. 궁은 아무 말도 하지 않은 채 방바닥을 치면서 눈물을 흘렸다. 궁의 몰골은 방금 발목에 쇠 구슬이 채워진 노예처럼 보였다.

"문을 잠가."

아무도 찾지 않는 집이었지만 궁은 그렇게 말했다. 세 사람은 아이의 특성을 비밀에 부쳤다.

✳

궁은 깊은 잠에 빠졌다. 옆의 아기는 우레탄 인형처럼 표정이 없었다. 태어난 것을 관조한다는 듯 자신의 모습을 조금씩 확인할 뿐이었다. 한참 후 아기는 고단한 성인의 얼굴을 하고 눈을 감았다. 잠든 아기 곁에 반점과 사마귀가 누웠다.
창밖은 어두컴컴했다. 바람도 불지 않는 검푸른 밤 아래 네
명의 숨소리만이 오르락내리락했다. 사마귀는 악령 같은 동
생이 무섭기만 했다. 섬 안에서 이보다 더 비참한 일이 벌어
질 수 있을까. 사마귀의 볼을 타고 따뜻한 눈물이 흘러내렸
다. 메마른 손 하나가 사마귀의 얼굴을 쓸어내렸다. 사마귀는
어둠 속에서 빛나는 반점의 눈을 발견했다.

"없어."

사마귀가 말했다.

"없어."

반점이 말했다. 그들은 새 생명에게 무무, 라는 이름을 붙
였다. 반점이 사마귀 곁에 몸을 바짝 붙였다. 사마귀 역시 반
점에게로 몸을 가까이 틀었다. 사마귀의 손끝에 반점의 손끝
이 닿았다. 곧이어 둘의 손바닥과 손바닥이 맞닿았다. 반점이
조용히 말했다.

"널 지켜줄게. 날 지켜줘."

사마귀는 고개를 끄덕이면서 반점의 머리카락을 쓸어내렸
다. 눈물로 범벅이 된 얼굴로, 둘은 서로의 이마를 붙였다. 반
점의 입술이 사마귀의 입술로 다가왔다. 사마귀는 반점의 가
슴으로 손을 뻗었다. 마르고 편평한 젖가슴은 소년들의 가슴
판과 다를 게 없었다. 사마귀와 반점은 오랫동안 머리통을 맞
댔다. 이 밤으로부터 달아나는 길은 그것뿐이었다. 꼭 껴안은
둘의 몸에 점차 온기가 돌았다.

불쑥 일어난 사마귀가 방에서 라디오를 들고 나왔다. 볼륨을 제일 작은 숫자 눈금에 맞추고 전원을 누르자 재즈가 흘러나왔다. 사마귀는 중얼거렸다.

"가사 있는 음악을 듣고 싶었는데."

"아니야. 나른하고 좋아."

"솔직하게 말해. 너도 느글느글하지?"

"응. 느글느글해."

반점이 조용히 웃었다. 그러고는 금세 입을 벌리고 잠에 빠져들었다. 새벽 내내 흘러나온 갈색 핏물이 반점의 속옷에 가는 선을 남기며 굳어갔다. 아주 적은 양이었지만 그건 반점이 맞은 첫 월경이었다.

궁은 누렇게 뜬 얼굴로 아기를 안고 있었다. 자리에서 일어난 사마귀는 아직 잠에서 깨어나지 못한 반점에게 이불을 좀 더 끌어다주었다. 궁이 사마귀에게 시선을 돌리자마자 아기가 악다구니를 쓰며 울어 젖혔다. 사마귀는 무무를 가만히 바라보았다. 말린 홍합살처럼 작고 못생긴 동생의 얼굴은 진물로 가득했다. 눈곱과 콧물은 겹겹이 굳어서 궁이 조심스럽게 떼어내도 피가 배어 나왔다. 쭈글쭈글한 피부는 노파와 다르지 않았다. 섬의 남자 중 동생의 아버지가 누구인지 알 수 없었다. 아버지가 불분명하다는 점은 자신도 마찬가지였다. 그들 얼굴에 공통점이라곤 없는 것 같았다. 사마귀가 알기로 집에 들렀던 남자는 마을의 수장이자 궁의 사촌인 백씨뿐이었다. 양배추 외의 식량은 매번 백씨가 가져온 것들이었다.

외출이 가능했던 시기에 궁이 어딜 얼마나 돌아다녔는지는 알 도리가 없었다. 사마귀는 연장통을 열고 상 위에 분홍색 가지 두 개를 꺼냈다. 끝이 썩어 문드러지고 있었지만 그 부위를 잘라내고 열을 가한다면 어떻게든 먹을 수 있었다. 어차피 악취는 집 안의 양배추 향과 태반 냄새에 섞여 사라지고 없었다.

✳

소년들 사이에 소문이 빠르게 퍼져나갔다. 사마귀의 집을 정찰한 아이는 이튿날이 되자마자 이빨에게 달려갔다.

"처음에는 무슨 생선인 줄 알았다니까."

"확실히 그게 없었어?"

장광설을 풀어놓고 싶은 소년의 욕망을 무시하고 이빨은 단답형을 요구했다.

"어. 다리 아래 아무것도 없었어."

이빨은 미소를 지었다. 지금은 남 앞에서 검은 앞니가 전부 드러나도 신경 쓰이지 않았다. 집에 돌아온 이빨은 문이 열리기만을 기다렸다.

"어젯밤에는 어디서 잤어?"

"알 거 없잖아."

이빨은 천천히 목운동을 마친 뒤 기지개를 켜면서 말했다.

"하나만 더 물어볼게. 그 집 있잖아. 이상한 게 있다며?"

이빨이 반점에게 다가갔다. 반점은 이빨이 검지로 이마를 툭툭 쳐도 소리를 지르지 않았다. 이빨이 반점의 귓가에 속삭였다.

"사마귀 동생 말이야. 신기하게 아무것도 없다지."

이빨은 반점의 양어깨를 잡고 두 눈을 들여다보았다. 복잡한 실핏줄 안쪽으로 눈물이 가득 차오르고 있었다. 처음으로 동생다운 얼굴을 한 반점이었다. 이빨을 노려보던 반점이 말했다.

"입 다물어."

"마을 사람들이 그 애를 가만둘까?"

"너는 사람에게 성기가 전부라고 생각해?"

"너처럼 생각한다면, 다 알아도 문제없겠네."

반점은 눈을 질끈 감았다. 우박이 쏟아지는 밤이었다. 금방이라도 지붕이 내려앉을 것 같았다.

✳

키가 작은 소년은 귀를 틀어막고 천장을 올려다보았다. 골이 흔들리고 관자놀이가 쑤셨다. 어머니인 다리는 닭죽을 쑤느라 정신이 없었다. 말이 죽이지 그건 통조림 바닥에서 긁어모은 닭의 살점에 물과 밀가루와 녹말을 쏟아부어 만든 개차반 같은 음식이었다. 소년은 이토록 귀가 아픈 저녁, 다리의 강건한 식욕이 천박하게만 느껴졌다.

"엄마, 집이 무너질 것 같아. 저 바깥 좀 어떻게 해봐."

"이것만 먹고."

보급이 시작되면서 다리의 관심사는 오로지 먹을 것에 국한되었다. 식재료가 엉망이어도 심지어 끼니를 걸러도 다리의 살집은 계속 부풀어 올랐다. 어제도 오늘도 마른 나뭇가지 같은 팔다리를 달고 있는 아들의 발육 상태에 다리는 전혀 관심이 없었다.

"엄마, 나 너무 추워. 머리가 아파."

소년은 귀를 더 세게 틀어막고 한숨을 쉬었다. 아이의 작은 콧구멍에서 피가 흘러내리기 시작한 것은 그때였다. 미지근한 혈액이 인중을 타고 내려오기 무섭게 걸쭉한 혈병이 코 밖으로 왈칵왈칵 쏟아져 내렸다. 소년은 멍한 얼굴로 핏덩어리를 만져보았다. 표면은 소년이 다른 소년들과 함께 언젠가 잡아 죽인 황소개구리처럼 반질거렸다. 혓바닥으로 그릇을 핥고 있는 어머니의 모습이 키 작은 소년이 본 세상의 마지막 풍경이었다.

※

우박은 긴 겨울비를 몰고 왔다. 불그스름했던 숲은 폭우를 맞는 동안 피 칠갑을 한 것처럼 번들거렸다. 주민들은 곧 봄이 시작될 거라 장담했다. 그러나 몇 마지기 안 되는 텃밭과 흙 이랑에 좁다란 잎이 솟아나자마자, 섬의 생태는 급격히 뒤틀리기 시작했다. 새로 태어나는 것 모두 엉망진창이었다. 생물체는 하나같이 무질서한 형태로 자라났다. 구조에 있어 좌우와 대칭을 찾아볼 수 없었다. 팽창과 분열뿐이었다. 맨드라미의 수술이 꽃 밖으로 흘러넘쳤다. 토마토는 한 자리에서 하나씩 열리지 않고, 열매가 열매를 낳는 식으로 부글부글 맺혔다. 마을에 하나뿐인 개는 발이 다섯 개인 새끼를 낳다 즉사했다. 섬의 새로운 세대 중 스스로 서 있을 수 있는 생명이란 없었다. 군락은 혼돈이었다.

사마귀에게 무무는 이 마을의 마지막 인간이자 재앙의 결정판이었다. 태어난 지 수십 일이 지났는데도 동생이 사람처럼 보인 적은 단 한 순간도 없었다. 무무는 손가락의 악력이 없었다. 텅 빈 시선이 무엇을 좇고 있는 것인지 도대체 분간할 수가 없었다. 언어 능력과 지능 같은 것은 영영 갖추지 못할 것 같았다. 그러나 아이에게는 더 치명적인 약점이 있었다. 성기가 없는 동생을 생각할 때마다 사마귀는 어딘가로 한없이 떨어지고 있는 기분이 들었다. 섬의 변화는 자신의 집안, 망조와 악귀가 들린 이 집구석에서 시작된 것이 분명했다. 사마귀는 식구들의 면면을 떠올리며 자조했다.

그러나 반점의 말은 달랐다. 이 모든 사태의 근원이 잔류 방사능 탓이라고 했다.

반점이 사마귀를 이끌고 도서관으로 향했다. 반점은 자연 과학 열람실이 아닌 자료실 구석의 신문과 잡지 책장에서 이 재해에 관한 이야기를 찾아냈다. 세이브 마스터 공장이 돌아갈 당시의 기사였다. 월간지 칼럼 코너는 반으로 접혀 있었다. 반점은 자신이 접어뒀던 지면을 펼친 후 글자를 손으로 짚어가며 읽었다.

관리공단과 의료센터를 비롯한 국가 산하기관은 매번 거짓말을 했다. 장애의 원인은 기후 변화였다가 마그네슘 부족이었다가 바닷속 플랑크톤 개체수 증가가 되었다. 사람이 죽는데도 일시적 질병이란 발표가 나왔다. 민원이 폭주하자 센터는 결국 예상 가능한 답변을 내놓았는데 원인을 알 수 없는 질병이니 대책을 강구할 때까지 손발을 잘 닦고 영양 상태에 주의를 기울이며 충분한 휴식을 취하라는 권고가 다였다. 약사들은 근육과 신경세포가 소멸해가는 아동에게 감기약을, 귀에서 피가 흐르는 신생아에게는 비타민을 주었다. 소수의 고령자 집단만이 보건소의 편이었으나 직원들은 정작 노인들과 접촉하기를 꺼렸다. 방문자가 늘어나자 센터는 문을 닫기에 이르렀다. 머리가 풍선처럼 부푼 손자가 태어나고, 눈이 여덟 개인 아이가 자라나면서 일부 노인들의 신념이 꺾였다.

2069년 3월에 발행된 한 환경잡지였다. 사마귀가 알고 있기로, 눈이 여덟 개인 아이는 백씨의 딸 팔룬이었다. 머리가 풍선처럼 부푼 다른 아이는 뇌막염으로 1년을 채 살지 못했다고 들었다. 다음 달 폐간된 잡지는 더 이상 이 섬에 대한 보도를 진행할 수 없었다. 반점은 사마귀와 함께 열람실로 내려갔다. 기사 아래 적힌 관련 도서 몇 종을 다시 찾기 위해서였다. 누렇게 바랜 책들은 익살스러운 삽화와 쓸데없는 설명을 많이 달고 있었지만 그래도 방사능에 관한 기본적인 사실들을 알려주고 있었다. 사마귀는 제목에 핵이 들어간 책들을 찾아 바닥에 내려놓았다. 반점은 그 책들을 집지 않았다.

"쓰레기장."

말없이 서 있던 반점이 말했다.

"폐기물은 이미 들어와 있었어. 이 섬은 예전에도 지금도 앞으로도 쓰레기 처리장이야."

사마귀가 흩어진 책들을 한데 모았다. 반점이 다시 말했다.

"수가 틀리면 우린 바로 적이 돼. 아니, 우리가 가진 병을 봐. 우린 이미 그들의 적이야."

＊

키 작은 소년의 장례는 볼품없이 끝났다. 살과 뼈 위로 올라오는 연기는 그저 모깃불 같았다. 실패한 닭싸움을 계기로 주춤했던 용맹대의 활동은, 키 작은 소년의 죽음을 맞이해 완전히 공중분해되었다. 다리는 화장을 마칠 때까지 아들의 이름을 떠올릴 수 없었다. 다리는 불똥을 바라보는 내내, 그때 구워 먹지 못했던 돼지고기 한 줌에 대해 생각했다. 늙은 개처럼 침이 턱으로 자꾸 흘러내렸다. 주민들이 혀를 차며 다리의 등판을 몇 번 두드려주었다.

섬에는 자신과 타인의 본명을 깨끗이 잊은 사람들이 수두룩하게 생겨났다. 별 문젯거리도 아니었다. 애초부터 질병이 이름 같기만 했다. 새로운 호명, 친교는 하등 필요가 없었다. 마을 사람들은 각자의 곤혹으로 지쳐 있었다. 그럼에도 주민들은 동방을 꾸준히 신뢰했다. 땅에 드럼통이 빽빽이 쌓여가고 궁색한 음식물을 불규칙하게 섭취해도 괜찮았다. 라디오로 전해 듣는 육지의 소식이 이곳보다 더욱 참담했다. 지원에 매달리지 말고 다시금 섬을 일궈보자는 사람은 한 명도 없었다. 내지의 문제가 어느 정도 일단락되면, 동방이 섬의 문제를 또 해결해줄 수 있었다. 그러나 그렇게 기다리던 한 달 사이 몇 사람이 더 돌연사했다. 식량은 깜깜무소식이었다. 주민들은 찬장 선반에 놓인, 몇 개 남지 않은 통조림에 쉽사리 손을 뻗지 못했다.

겨울나무가 곤봉처럼 부풀었다. 나무는 손끝에 활엽수와 침엽수를 동시에 매달고 있었다. 광택제를 쏟아부은 듯 잎사귀가 맨질맨질했다. 개체수가 급작스럽게 불어난 쥐들은 숲과 방폐장을 무리 지어 돌아다녔다. 쥐들의 찰진 등에는 윤기가 흘렀다.

주민들은 뿔뿔이 흩어지고 점점이 떠다녔다. 떼 지어 다닐 일이 없었다. 한 공간에서 같은 입장에 처한 채, 누군가의 적이 되었다는 사람들은 서로의 사소한 차이를 강조하고 부각하기 바빴다. 섬의 환경이 변이되면서 목소리가 안 나오는 사람은 목소리가 나오는 사람을, 걸을 수 없는 사람은 걸을 수 있는 사람을 강렬하게 미워했다.

백씨가 마을 회의를 열었다. 백씨는 재해대책방안 모임이라는 글자 앞에 특별이란 말을 덧붙였다.

"몇 번을 말해야 하나. 이게 다 저 방폐장 때문이야. 이젠 매일 뼈가 아파."

아침마다 동방 체조를 거르지 않았던 노인이 허리에 손을 짚고 말했다. 이어서 위궤양에 시달린다는 여자가 있는 대로 인상을 쓰고 말했다.

"어르신, 그곳은 안전해요. 이건 우리가 신을 믿지 않기 때문이에요. 하루속히 마을에 교회를 세워야 해요."

종일 코피를 흘린다는 남자가 말했다.

"아니, 그 망할 놈의 붉은 숲 때문이야."

사람들이 이어 외치기 시작했다.

"나는 자꾸 설사를 해."

"머리털이 빠지기 시작했어."

"나른해 죽겠어. 토만 나와."

"조용히 하라고. 요사이 몇 사람이 죽어 나갔는지 알아?"

말 사이에 기침과 재채기 소리가 뒤섞이기 시작했다. 아수라장 속에서 누군가 손을 들었다. 얼굴이 붉은 물집과 뾰루지로 뒤덮인 반점이었다.

"여러분, 우선 비를 맞지 않도록 모두 조심하세요. 오염된 물입니다. 숲이 붉어진 건 방사성 낙진 때문이에요. 방사능이란 건 눈에 보이지도 느껴지지도 않아요. 하지만 그게 세포핵을 붕괴시켜요. 생물체 내의 질서가 손상되는 거죠."

반점을 훑어보던 몇몇이 종아리를 긁었다.

"우리는 앞으로 저항력을 잃을 거예요. 섬 생물의 징후, 지금 여러분의 증상 모두가 그 증거예요. 우리 성격과 지능도 차츰 희미해질 겁니다. 언제가 끝일진 몰라도 이 재앙은 막을 수 없어요."

한 여자가 자리를 박차고 일어나 반점의 뺨을 후려쳤다. 얼마 전 백혈병에 걸린 사람이었다.

"뚫린 입이라고 헛소리야. 나는 이렇게 힘이 세."

반점은 여자를 바라보며 말했다.

"아주머니는 언젠가 저를 때린 사실도 기억하지 못할 거예요. 자면서 오줌을 쌀 거고요."

"얘 좀 봐, 이 버르장머리 없는 게."

얼굴이 붉어진 여자가 주저앉아 흐느끼기 시작했다. 여자의 커다란 등이 마구 흔들렸다.

"아이 때문인데. 사마귀의 동생이요."

정적 속에서 이빨이 말했다. 주민들이 일제히 고개를 돌렸다.

"아랫도리에 아무것도 없어요. 확인해보면 알아요. 섬이 이 꼴이 난 건 그 애 탓이에요. 그 집에서부터 저주가 시작된 거라고요. 가서 사마귀 식구들을 한번 봐요. 우리와는 근본부터가 다른 꼴이잖아요."

회관에 모인 자들이 술렁였다. 그리고 오랫동안 보지 못한 궁을 떠올렸다. 백씨의 먼 사촌이라는 그 여자는 거의 박테리아처럼 생활하는 것 같았다. 그러면서도 매번 무서운 아이들을 세상에 내놓았다. 비윤리와 퇴폐라는 단어를 쓰고 싶었던 한 남자는 그 말이 생각나지 않아 주먹만을 불끈 쥐었다. 사람들은 쉬지 않고 사마귀와 궁에 대한 불만을 토로했다. 집안에 틀어박혀 지내는 그들 모자는, 낯선 사람에서 나쁜 사람이 되어갔다. 단상 앞의 백씨는 사람들의 말을 듣기만 했다.

✳

　회관에서부터 집까지 오누이는 한마디 말도 나누지 않았다. 뒤따라 걷던 이빨은 반점의 어깨에 차마 손을 뻗을 수 없었다.

　"내가 도대체 무슨 잘못을 했는데?"

　방에 들어선 이빨은 큰 소리를 낸 뒤, 성마른 표정으로 캔 뚜껑을 땄다. 남매가 아껴 두었던 양고기 통조림이었다. 이빨은 숟가락으로 차가운 고기를 한 입 퍼먹었다. 입술 위로 굳은 비곗덩어리가 묻었다. 좁은 집 안에 비린내가 진동했다. 반점이 서랍을 열고 몇 벌의 옷을 꺼내기 시작했다. 어정쩡한 자세로 일어난 이빨이 서랍 주위를 서성였다. 식탁 위를 굴러다니던 먼지 덩어리와 머리카락이 이빨이 내려둔 숟가락에 천천히 달라붙었다.

　"뭐 하는 거야? 지금 어딜 나가?"

　반점은 고개를 돌려 이빨을 쳐다보았다. 그리고 이빨의 얼굴에 시선을 고정한 뒤 답했다.

　"떠날 거야. 사마귀와 살려고."

　이빨은 목젖이 따끔거렸다. 입안에 남아 있는 양고기 조각이 누가 씹던 종이처럼 느껴졌다.

　"그 집에 들어가겠다고? 미쳤어? 거긴 이상한 균이 있다고."

　"사마귀를 좋아해."

　집 안은 고요해졌다. 이빨이 피식 웃었다. 검지와 엄지로 입가의 고기 기름을 닦아내면서 다음 대꾸를 열심히 생각했지만 아무런 말도 떠오르지 않았다. 이빨은 새것과 다름없는 통조림을 벽에 던졌다. 캔은 둔탁한 소리를 내며 떨어졌다. 연갈색 기름이 벽지를 타고 느릿느릿 흘러내렸다. 바닥에 흩어진 고기 조각들이 토사물로 보였다. 이빨은 제자리에서 몇 번을 뛰어올라 양고기를 짓이겼다. 이미 뭉개진 채로 통에 담겨 있던 고깃덩어리는 이빨의 발 아래서 점차 배설물과 같이 변했다. 미끄러운 고기 곤죽에 발을 헛디딘 이빨은 중심을 못 잡고 엉덩방아를 찧었다. 반점은 바닥에 나동그라진 이빨을 무덤덤하게 내려다보았다. 그건 반점이 지금까지 봐왔던 이빨의 모습 중 가장 외롭고 막막해 보이는 순간이었다. 반점은 눈을 감고 숨을 골랐다. 이빨과 보낼 내일, 다음 날이 여전히 궁금하지 않았다.

"끝났어."

말을 마친 반점은 짐을 멘 뒤 이빨에게 다가가 손을 내밀었다. 마지막으로 일으켜주겠다는 표시였다. 이빨은 넘어진 자리에 그대로 앉아 반점의 손을 보지 못한 척했다. 지금의 상황을 도저히 받아들일 수 없었다. 문이 열리고 닫히는 소리가 들렸다. 반점은 너무도 쉽고 가볍게 집을 떠나갔다.

＊

교무실 밖으로 옅은 백열등 불빛이 새어 나왔다. 백씨는 책상에 앉아 육포를 씹고 있었다. 그러면서 봉지에 적혀 있는 식품 성분 표시를 골똘히 읽었다. 소고기보다 소고기 향을 내는 합성제의 함유량이 더 많았다. 백씨는 입안의 음식을 손바닥에 뱉어 코끝에 가져갔다. 처음에는 고소한 빵 냄새가 피어오르는가 싶더니 뒤따라, 오래 갈아입지 않은 옷 냄새가 훅 끼쳤다.

"맛이 없네요."

백씨는 손바닥의 쓰레기를 재떨이에 닦으며 노래하듯 말했다. 육포 냄새는 팔룬이 풍기는 체취와도 흡사했다. 백씨가 책상 위 수납함으로 손을 뻗었다. 앞쪽 구석에 있어야 할 알약들이 손에 잡히지 않았다. 백씨는 서랍 옆구리를 주먹으로 쳤다. 그래도 약이 나오지 않았다. 수납함을 통째로 흔들던 그는 상자를 거꾸로 뒤엎었다. 기업들 편에 보내지 않은 서류가 책상 위로 흩어졌다. 종이 뭉치 사이에 수면제와 각성제가 든 봉투가 보였다. 알약은 각각 한 알로 충분했다. 머리카락을 매만진 백씨는 책등으로 그것을 천천히 빻았다. 손끝으로 모은 가루는 팔룬의 물컵 가장자리와 바닥에 얇게 골고루 묻혔다. 몇 개 남지 않은 의약품이었다. 하지만 팔룬은 이제 약을 먹이지 않아도 만성적으로 잠에 취해 있었다.

청소를 마친 백씨는 무료하다는 듯이 창밖을 지켜보았다. 이른 아침이었다. 하늘빛은 그날과 똑같았다. 그는 다리의 얼굴을 떠올리고는 고개를 휘저었다. 어리석은 짓이었다. 백씨는 그 여자를 다시 한 번 학교로 들이느니 혀를 깨물겠다고 다짐했다.

학교 정문에 나타난 남자들을 본 백씨는 깨끗한 책상을 다시금 정돈했다. 등이 굽은 남자는 백씨가 말한 사람들을 데리고 본관으로 들어섰다. 섬에서 그나마 거동이 용이한 자들이었다.

"여러분은 제가 마을에서도 특별히 신뢰하는 분들입니다. 이미 들으셨겠지만, 섬의 안전을 위해 아무래도 확인해야 할 것이 있어요. 눈이 침침한 제게 진실을 알려주셔야 합니다."

그들이 도착한 곳은 섬의 가장 외딴곳, 사마귀의 집이었다. 문 앞에 선 백씨는 한참을 머뭇거린 후 턱 끝으로 손잡이를 가리켰다. 얼마 지나지 않아 집 안에서 울음소리가 터져 나왔다. 주민들의 고성도 집 밖으로 뾰족하게 튀어나왔다. 백씨는 창문 밖에서 손을 느리게 움직였다. 백씨의 손을 본 남자가 밖으로 뛰어나왔다.

"진짜 없어요. 당장 확인해보세요. 저, 저 귀신 같은 것들."

"그렇군요. 그 아이의 말이 틀리지 않았네요. 제 사촌이 그런 자녀를 낳았다니."

"아이고, 죄송합니다. 제가 깜박하고 험한 말을."

"아닙니다. 마을의 안위를 잘 살피지 못한 제 잘못이죠."

백씨는 여전히 고개를 숙인 채 말했다.

"모두가 모인 자리에서 회의를 다시 열도록 하겠습니다. 섬 주민분들을 한 명도 빠짐없이 데려오세요. 함께 이 난제를 의논해야 하니까요."

＊

회관 공기는 매캐했다. 사마귀와 반점 그리고 궁과 무무 네 사람을 보는 주민들의 눈에 기이한 광채가 돌았다. 식도암 이 진행되고 있는 여자가 그들 곁에 앉기 싫다며 난동을 부렸 다. 자리를 두고 크고 작은 몸싸움이 오갔다. 사마귀와 반점 이 그들의 실랑이 속에서 느낄 수 있는 건 딱 한 가지 감정이 었다. 정신이 파리한 궁도 알아챌 수 있었다. 주민들의 손짓, 발짓마다 꽉 들어찬 그것은 순도 높은 이기심이었다. 소년 몇 몇이 팔짱을 끼고 사마귀 일가 근처를 돌았다. 반점이 소리쳐 도 소용없었다. 무리는 발목을 다친 영양 곁에 모여든 하이에 나들 같았다. 그들 모두 입가에 웃음을 띠고 있었다. 군내로 가득한 실내는 어수선하기 그지없었다. 백씨가 강단을 두드 린 후, 손바닥으로 사마귀를 가리켰다. 백씨의 목소리가 회 관을 가득 채웠다.

"여러분, 진정하세요. 저 아이의 꼬리는 저주도, 방사능 탓도 아닙니다. 사마귀는 그저 원래부터가 기형아였죠. 섬에 새로 태어난 아이 또한 마찬가지입니다. 무척 회귀한 사례이 긴 해도, 그 특질 역시 선천적인 질병이에요."

주민들은 백씨의 말에 귀를 기울였다.

"우리 모두 하자가 있습니다. 이 섬에 질병이 없는 사람은 없어요. 상대적으로 약한 자는 반드시 있기 마련입니다. 그러 니 그런 자들을 존중하셔야죠."

백씨는 잠시 숨을 고르고 말했다.

"저와 여러분은 매일 통증에 시달리지만, 그 때문에 살아 있다는 사실도 느끼지 않나요? 어쩌면 생명체에게 있어 질병이란 성숙의 표식일지도 모릅니다."

이빨이 소년들을 돌아본 뒤 턱짓을 했다. 자리에서 일어난 이빨은 손가락으로 무무를 가리키며 이죽거렸다.

"그런데 저런 걸 과연 인간이라고, 생명이라고 부를 수 있어요?"

소년 무리가 잽싸게 궁을 포위했다. 사마귀와 반점이 그들 사이를 파고들어도 여러 겹의 어깨와 등은 틈 없이 공고하기만 했다. 아이들은 궁의 포대기를 거칠게 잡아 뜯었다. 옷과 함께 묶은 매듭이 풀리면서 궁의 바지가 내려갔다. 궁은 입을 막고 자리에 주저앉았다. 악취가 사람들을 더욱 화나게 할지도 몰랐다. 사마귀와 반점이 궁의 바지를 잡아 올리고 흐트러진 매듭을 다시 맸다. 궁의 입에서 느리고 알아듣기 힘든 말이 비어져 나왔다. 품에 아이가 없었다. 이미 빼앗긴 뒤였다. 사마귀와 반점은 뒤를 돌아봤다. 주민들은 소문의 아이를 한껏 혐오할 준비가 끝난 상태였다.

백씨는 아이를 데리고 강단에 오르는 소년들에게 자리를 비켜주었다. 뒤로 물러난 백씨는 눈을 감고 숨을 천천히 들이마셨다. 달려 나오는 사마귀를 주민 하나가 낚아챘다. 다른 주민은 반점의 손목을 꺾고 입을 틀어막았다.

"잘 보세요. 이게 섬의 괴물이에요. 이 애가 태어나면서부터 돌연변이 생물들이 나오기 시작한 거라고요."

이빨의 말에 이어 소년들이 아이를 겹겹이 감고 있는 천을 내던졌다.

"아니야. 아니라고."

사마귀가 소리쳤다. 팔뚝이 억센 여자는 사마귀의 어깨를 꽉 쥐고 놓아주지 않았다. 진물과 피고름이 묻은 옷감이 회관 바닥에 하나씩 떨어졌다. 몸에 붙은 마지막 천 조각을 향해 이빨이 손을 뻗었다. 이빨은 자신을 뚫어지게 지켜보는 이들에게 부드러운 미소를 지어 보이고는 단번에 천 끝을 잡아당겼다. 순간 아이의 전신이 모든 이들에게 드러났다. 회관은 정적에 휩싸였다. 얼어 있던 무무가 자지러지게 울기 시작했다.

입꼬리가 올라가 있던 소년 하나가 갑자기 쓰러졌다. 발로 소년의 오금을 꺾은 것은 사마귀였다. 쓰러진 소년은 옷을 툭툭 털고 일어나 사마귀의 턱을 휘갈기려 했다. 주먹을 피한 사마귀는 머리로 소년의 배를 들이받았다. 그들은 바닥을 구르며 보잘것없는 다툼을 벌였다. 몇 분도 안 돼 사마귀의 입술이 터지고 눈이 풀렸다. 사마귀는 시시하리만치 쉽게 나가떨어졌다. 이빨이 무무를 뒤로하고 그들에게 걸어왔다.

"여기서 이렇게 버러지처럼 지내지 말고, 그냥 나가 죽지 그래."

이빨은 사마귀의 어깨를 발로 밟고 침을 길게 뱉었다. 눈썹과 눈썹 사이에 떨어진 침은 왼쪽으로 기울면서 사마귀의 이마를 타고 내려왔다. 주민들을 비집고 나온 반점이 이빨을 쏘아보며 외쳤다.

"엄마와 아빠는 우리를 버린 게 아니야. 너만, 너만 버렸어. 네가 이런 놈일 줄 누구보다 잘 알았던 거야."

반점은 오래전 그날 밤, 부모가 자신을 데리고 해안가에 나간 일에 대해 남김없이 말했다.

"웃기고 있네."

이빨은 헛웃음을 지었다. 그러나 반점의 얼굴을 가만히 쳐다보던 이빨에게서 어느새 미소가 사라졌다. 이빨은 회관의 소년들과 어울리지 않은 채 집으로 혼자 돌아갔다.

✳

섬은 초록 천지였다. 질서도 배열도 없이 놓인 드럼통 위에 또 다른 드럼통이 쌓여갔다. 방폐장 단지의 통들은 바람결에 무너져 회색 바닥을 이리저리 뒹굴었다. 철과 철이 부딪힐 때마다 누군가 이를 바득바득 가는 소리가 들렸다. 드럼통들은 이제 방폐장 공터엔 물론이고 마을 내 시설과 집의 뒷마당까지도 파고들었다. 식량 없이 폐기물만 내려진 적도 잦았다.

섬사람들이 사흘 전 받아든 구호품은 개 사료였다. 주민들은 알루미늄 통에 그려진 검은 개의 사진을 한참 동안 바라보았다. 자신들의 머리털보다 숱이 많고 결이 고운 털을 가진 짐승은 우스울 정도로 맑고 생기 넘치는 표정을 하고 있었다. 배에 담석이 한 움큼 들어찬 남자는 개를 가리키며 휘파람을 불었다. 캔을 뜯어본 여자가 의외로 냄새가 좋다며 호들갑을 떨었다. 어쩌면 다른 식량들보다 영양소가 풍부할 거라고 말하는 이도 있었다. 주민들은 동방의 실수를 관대하게 용인하기로 했다. 다른 길은 없었다. 물품을 반송하는 일이 불가능했다. 이 식량을 버리고 다음 식량을 기다리는 일도 우매한 짓이었다. 대부분의 섬 사람들은 군말 없이 캔을 배급받았다.

멀리서는 인가의 삭막한 나날을 조금도 엿볼 수 없었다. 초록색 통들이 섬을 점령하는 모습은 아름다워 보였다. 위성으로 보면, 때 이른 여름이 찾아든 것만 같은 섬이었다. 하루가 다르게 녹음이 무성해지는 그곳은 마치 고급 휴양지처럼 보였다.

사마귀와 반점은 돌무더기에 서서 드럼통으로 가득 찬 대지를 바라보고 있었다. 그들은 이 풍경에서 무엇을 읽어내야 하는지 알 수 없었다. 섬이 어려운 활자처럼 느껴졌다. 사마귀가 갑자기 탄성을 질렀다.

"여기서 잠시만 기다려줘."

사마귀는 단숨에 집으로 들어섰다.

"잘못했어요. 잘못했어."

눈을 감은 궁이 두 손바닥을 비비고 있었다. 눈을 뜬 무무는 꿈속에 갇힌 궁을 우둔한 눈길로 쳐다보았다. 사마귀는 빠른 걸음으로 방에 들어갔다. 문을 닫자마자 굵은 눈물이 떨어졌다. 염분이 닿은 입술이 찢어질 듯 아팠다. 사마귀는 손바닥으로 얼굴을 아무렇게나 훔쳤다. 책상 아래 화구 꾸러미가 보였다. 몇 번밖에 열지 않은 물감 상자 위엔 먼지가 수북했다.

사마귀는 구아슈 하나를 들어 굳게 닫힌 뚜껑을 열어보았다. 손아귀가 따갑게 쏠렸지만, 튜브 속 물감 색은 다행히 선명했다. 사마귀는 화구를 품에 안았다. 털이 사방으로 뻗친 붓 두 개와 물그릇도 챙겼다. 노트는 다 쓰고 없었다. 더 이상 남은 종이가 없었다.

반점과 사마귀는 드럼통 위에 그림을 그리기 시작했다. 반점이 목덜미에 듬성듬성 털이 난 파란 기린을 만들었다. 사마귀는 그 옆에 노란 공룡을 그려 넣었다. 둘의 생김새에는 별다른 차이가 없었다. 기린과 공룡은 하나같이 어리고 겁먹은 타조처럼 보일 뿐이었다. 아이들은 계속해서 여러 종의 생물체들을 그려댔다. 나뭇잎을 뜯어 먹는 초식동물들은 체구와 서식지가 달랐다. 그렇지만 눈망울만큼은 모두 유리구슬처럼 크고 빛났다. 마르고 목이 긴 짐승들은 누군가를 공격하기보다 공격받기 좋은 사지를 달고 있었다. 둘은 마지막으로 바다와 고래를 그렸다. 물그릇의 노란색과 파란색이 섞이면서 그림은 밝은 초록빛으로 변해갔다. 너무 길게 그린 고래의 속눈썹은 파도 물결처럼 보였다. 붓을 쥔 아이들은 쉴 새 없이 웃음을 터뜨렸다. 그림을 그리는 동안은 섬의 어제도 내일도 보이지 않았다.

반점은 그림의 테두리를 따라 금색 야광 물감을 덧발랐다. 반짝거리는 안료가 들어간 튜브였다. 해가 저물어가면서 둘이 만든 피조물은 찬란하게 발광했다. 사마귀와 반점은 맞은편 드럼통 위에 올라서서 눈앞의 풍경을 바라보았다. 빛이

들지 않는 어두운 밤, 거무죽죽한 통 위에 수놓은 생명들은 아무리 봐도 질리지 않았다. 그들은 손을 잡고 자신들이 지은 새로운 세계를 구경했다.

"너는 무슨 색이 좋아?"

반점이 사마귀에게 물었다. 섬에서 그런 질문을 하는 사람은 반점이 처음이었다. 사마귀에게 세상의 모든 처음은 반점일지도 몰랐다.

"나는 초록색이 좋아. 풀과 나뭇잎 색. 섬에서 밀려 나가는 잎사귀들의 빛깔."

사마귀는 공을 들여 대답했다.

"초록색은 사실 나뭇잎이 제일 싫어하는 색인 거 알아? 걔네들이 뱉어내고 밀어낸 색이 그대로 이파리 빛이 된 거야. 그리고 바보야. 이 드럼통들을 봐. 난 초록이 지겨워 죽겠어."

반점이 넌덜머리를 내며 대답했다. 입가의 미소는 사라지지 않은 채였다. 사마귀는 반점의 손을 꽉 잡고 말했다.

"상관없어. 누가 뭘 미워하건, 누가 날 미워하건. 나는 네가 좋아."

반점이 사마귀를 바라보며 말했다.

"나도 네가 좋아."

＊

빈집을 나와 이빨이 찾은 곳은 축사였다. 이빨은 주머니 속에 손을 찔러 넣고, 닭들에게 던질 돌멩이들을 차례차례

굴려보았다. 이빨은 손 안의 돌을 모조리 비워도 자신의 기분이 나아지지 않으리라는 사실을 잘 알고 있었다. 며칠째 혼잣말을 내뱉고 있는 이빨이었다. 너만, 너만 버린 거야. 잠이 오지 않는 밤, 이빨은 히죽거리며 그 말을 따라 해보곤 했다. 반점의 표정도 머릿속을 떠나지 않았다. 텅 빈 방에 담긴 이빨의 몸은 자꾸 말라갔다. 꿈속에서 이빨은 볍씨와 같이 작은 몸집으로 줄어들었다. 그러면 기다렸다는 듯 적들이 나타났다. 엄청나게 커진 닭이 자신을 쪼아대려 했다. 배가 터진 지네가 뒤에서 몸을 끌며 쫓아왔다. 하지만 제일 끔찍했던 악몽은 무무와 궁이 자신을 쳐다보며 말없이 웃고만 있는 꿈이었다. 그날 새벽 이빨은 등이 다 젖을 만큼 많은 양의 땀을 흘렸다. 조각조각 난 잠에서 깨어날 때면 사마귀의 집에 쳐들어가 반점을 데리고 나오겠다는 상상이 말도 안 되는 모험담처럼 느껴졌다. 그 집을 향해 걸음을 떼는 일이 높은 성에 기어올라가 용의 머리를 절단하는 것보다 훨씬 어려운 임무 같았다. 소년들이 뿜어내는 소음과 삐쭉삐쭉한 그림자를 벗어난 이빨은 자신의 심장이 늘 이렇게 빨리 뛰고 있었는지 의아하기만 했다.

갈 곳을 정한 이빨이었지만, 느릿느릿 길바닥을 배회하는 그의 모습이란 아무 목적지가 없는 사람처럼 보였다. 이빨은 자리에 잠시 멈춰 섰다. 두 발이 운동장을 가로질러 후문의 뜰로 가고 있는 것이 낯설게 느껴졌다. 바닥에 보이는 조약돌 몇 개를 주머니에 더 찔러 넣으면서 이빨은 닭장 앞에 다

다랐다. 웅크려 앉은 이빨은 숨을 쉬지 못했다. 손발의 피가 모두 빠져나간 것처럼 오한이 일었다. 눈에서 가는 눈물이 비어져 나왔다. 이빨이 본 것은 자신이 괴롭히기도 전에 이미 죽어버린 닭 떼였다. 소년들이 다녀간 게 확실했다. 밀가루 더미를 덮어쓴 채 누워 있는 새들은 이빨의 내부를 시커멓게 만들었다. 이빨은 입을 벌리고 눈물을 흘렸다. 자신이 왜 울고 있는지 알 수 없었다.

축사 철장이 덜덜거렸다. 얇은 머리카락이 볼을 세차게 때렸다. 이빨은 귀를 막았다. 운동장 가까이 나타난 헬기에서 바람이 불어왔다. 밖으로 달려 나간 이빨은 고개를 들어 곤충처럼 생긴 기계를 노려보았다. 헬기는 땅 바로 위에서 배변하듯 식량 포대 몇 덩이를 툭, 툭 떨어뜨렸다. 이빨은 소리쳤다.

"가져가. 줘도 안 먹어!"

주머니 속의 조약돌을 헬리콥터로 던져댄 것은 즉흥적인 행동이었다. 그러나 한 번 발동이 걸리자 자갈이 연달아 손 밖으로 튀어 나갔다. 제어할 길이 없었다. 정글짐 꼭대기에 뛰어오른 이빨은 헬기를 향해 정신없이 조약돌을 투척했다. 마지막 큰 돌이 프로펠러 사이에 끼어들어 갔다. 헬리콥터는 기우뚱거리다 간신히 운동장에 착지했다. 귓등부터 목덜미까지 피가 흘러내리는 남자가 기체에서 나왔다. 남자의 두 눈은 뜨거워 보였다. 남자는 자리에서 꿈쩍도 못 하고 있는 이빨에게 성큼성큼 다가갔다. 이빨은 부리나케 정글짐 한가운데로 숨었지만 남자의 걸음걸이는 막힘없었다.

＊

　궁은 아이스박스 속 낡은 자루에서 조심스럽게 설탕을 퍼 냈다. 돌처럼 굳은 당분 조각은 한참을 때려야 잘게 부서졌 다. 사마귀가 밀가루 반죽을 내밀자 반점은 달궈진 냄비에 기 름을 부었다. 잠시 후 얇은 전 위에 양초 하나가 꽂혔다. 설탕 과 밀가루가 재료의 전부인 케이크였다.

　사마귀의 집 밖으로 작고 온순한 불빛이 새어 나왔다. 앙상 한 잔치였다. 세 사람은 무무의 백일을 축하하는 노래를 불렀 다. 하지만 촛불 앞에 있는 작은 생명체에게 선뜻 눈을 맞추 는 이는 없었다. 자세히 들여다볼수록 마음을 혼탁하게 만드 는 얼굴이었다. 아기는 달콤함, 선율, 불빛과 가장 먼 곳에 자리하고 있었다. 모든 것이 무의미해, 제발 아무 노력도 하 지 말아줘. 무무의 표정은 이런 말을 실어 나를 뿐이었다. 아 기는 덤덤한 눈길로 세 사람이 있는 실내를 바라보았다.

　그들은 애써 의식을 지켰다. 입을 모아 촛불을 끄고 손뼉 을 쳤다. 이스트, 소금, 버터, 크림, 장식이 빠진 탄수화물 덩 어리는 기름 위에서나 접시 위에서나 처음 모양 그대로 납작 하기만 했다. 세 사람은 금세 식어가는 음식을 맛있게 뜯어 먹었다. 궁은 손등으로 눈물을 훔치며 웃었다. 평화로운 찰나 였다. 사마귀는 궁의 정신이 휘발될까 조바심이 났다. 엄마가 글자를 알려줄 때의 눈빛을 하고 있었기 때문이었다.

　궁이 급히 일어나더니 서랍 앞으로 걸어갔다. 무릎을 꿇은 궁은 맨 아래 칸에서 헝겊에 싸인 조그만 기기를 꺼냈다. 폴라로이드 사진기였다. 아이들은 그것과 궁을 번갈아 쳐다보았다. 궁은 사마귀와 반점과 무무가 함께 있는 모습을 렌즈에 담았다. 두껍고 흰 비닐이 밀려 나온 뒤 몇 초 지나지 않아, 작은 평면 위에 세 사람의 모습이 분명하게 나타났다. 반점이 탄성을 질렀다. 궁은 사진 아래 2083 겨울, 이라는 글자를 적어 넣었다. 열에 들뜬 궁이 다시 서랍으로 향했다. 그리고 풀어진 헝겊 아래 있던 상아색 앨범을 꺼내 왔다. 궁은 방금 찍은 사진을 그 속에 끼워 넣었다.

"이게 뭐야?"

사마귀는 책자를 들어 찬찬히 살폈다. 책자에는 글씨가 없는 빈 공간이 더 많았다. 앞장을 펼친 사마귀는 눈을 끊임없이 깜빡였다. 누런 사진 한 장이 사마귀의 시선을 잡아끌었다. 자신이 알고 있는 이들이 분명했다. 그러나 두 얼굴은 처음 보는 기분이 들 만큼 생경했다. 사진 속 궁과 백씨는 환하게 웃고 있었다. 궁의 볼에 백씨가 입술을 붙이고 있었다.

*

"여보, 내 말 잘 들어. 우린 여길 나갈 거야."

"아파. 아프다고. 이 몸으로 어딜 움직여. 위염이 계속 심해져."

"여기 있다가는 죽게 될 거라고. 정신 차려."

"그게 무슨 말이야? 노역은 곧 끝나."

116

섬에 궁과 백씨, 두 탈옥수가 들어온 것은 14년 전 여름이었다. 사내 창고에서 철근 3킬로그램을 빼낸 대가는 혹독했다. 두 사람은 보류 기간 없이 곧장 감옥으로 이송되었다. 점유 이탈물 횡령죄는 중죄였다. 불법행위에 있어 계도와 교정은 없었다. 사소한 실수 모두가 규정 위반으로 처벌받았다. 동방은 원자력 발전소가 가동되었던 곳을 감옥으로 사용했다. 섬 바로 앞의 건물은 동방 각 지구의 범죄자가 모이는 교도소로, 다른 말로는 본사라 불렸다. 그리고 본사 뒤에는 거대하고 높은 차폐벽이 들어서 있었다.

장벽 뒤는 새로운 도시였다. 석유와 원자력의 시대는 완전히 막을 내리고 있었다. 육지인들은 옛 세대들이 쌓아둔 오물을 오랫동안 닦아냈다. 그들이 내렸던 비이성적 판단은 두고두고 비난을 받았다. 과오는 정밀히 기록되었다. 소모와 낭비가 더 이상 없어야 했다. 벽 너머의 사람들은 대체에너지를 주요 동력으로 삼았다. 바람과 태양과 불의 에너지원 그리고 수소 연구가 차례차례 자리를 되찾아가는 중이었다. 작은 기계들은 다시 커졌고, 그 기능과 쓰임새가 단순하게 변모했다. 시간을 거슬러 오르는 길만이 가장 경제적이고 현실적인 해결책이었다. 많은 시행착오가 행해졌다. 남은 문제는 골칫덩이인 원자력 발전소와 그 터, 그리고 거기서 나온 폐기물이었다. 기업들은 오염수를 비롯한 핵 쓰레기 처리에 고질적인 애를 먹고 있었다.

동방을 비롯한 몇몇 기업들은 땅의 중앙에서부터 청소를

시작해나갔다. 국제기구의 눈을 피해 갖가지 교묘한 술수가 벌어졌다. 하지만 사실을 알고 있는 기구들도 환경복구를 위한, 어느 정도의 오류는 용인하겠다고 공표했다. 삶의 터전을 다시 일구는 것이 우선순위였다. 거기엔 자신들이 세운 적법한 인가 기준을 지키는 시늉이라도 한 뒤, 방폐장을 지으라는 속뜻이 있었다. 그러면서도 기구들은 앞다투어 기업의 윤리와 사회적 역할을 강조하는 선언문을 발표했다. 단체들의 제재와 단속이 심해진 연말 연초에는 기업들이 허술하게라도 일 처리를 하지 않으면 곤란했다. 폐기물을 처리할 장소를 선별한 뒤에는 몇 가지 물밑작업이 따랐다.

가장 먼저, 도시 공동체가 쓰고 있는 광대역 회선망은 방폐장 선정 지역민들을 제외한 그들끼리의 수단으로 좁혀졌다. 이 섬에는 동방 본사의 간수 몇이 틀어대는 라디오 방송이 전송되었다. 음악과 음악 사이 원고는 아무렇게나 작성되었지만, 간혹 몇몇 열성적인 간수들이 조작에 자발적으로 참여하는 일도 있었다. 그들은 지나간 핵 사고를 다룬 다큐멘터리, 재난 영화, 과학 소설을 참고해 대본을 짜는 일에 흥미를 느꼈다.

폐기물이 묻힐 곳에 뿌릴 홍보물과 책자도 제작되었다. 분쟁이 심했던 지역을 다룬 자료는 수없이 많았다. 장난에 가담하는 본사 기술자들이 점점 늘어났다. 작업을 맡으면 복리후생이 좋아질 거란 소문이 돌았기 때문이다. 그들은 화면에 자막을 입히고 서로 다른 내용의 영상물을 짜깁기했다. 조금만 익히면 그다지 어렵지 않은 편집이었다.

환경협회는 뒤늦게 방폐장 설립에 대한 원칙을 완성했다. 폐기물에 방사능 마크를 반드시 장착할 것, 쌍방 간의 문서 계약을 통한 동의서를 확보할 것, 방폐장으로 활용되는 지역에는 정기적으로 구호품과 식량을 배송할 것. 이 밖에도 세세한 목록은 열 가지가 넘었다. 위반 시 큰 벌금이 부과될 예정이었지만, 초국적 기업들에게 그 액수는 무시할 정도로 적었다. 동방은 필수 사항만을 이행하려 들었고 그마저도 엉망으로 치러나갔다.

입점식이 있던 날 섬에 들어온 트럭 네 대 중, 앞의 두 대에는 동방 간수들이 있었다. 뒤의 두 대에는 모범수들이 있었다. 수행원 대부분이 절차를 무시했다. 되는대로 꾸린 약식으로 행사가 진행되었다. 동방의 각종 재고를 비롯해 전량 폐기될 의류, 유통기한 스티커를 떼어낸 식품, 소각 직전의 도서들이 차량에 가득 실렸다. 신체검사 입력 방식은 허접하기 짝이 없었고 내용이 보존되지도 않았다. 사보증이 제작되고 그것이 카드로 발급되는 일도 물론 없었다. 동방은 퇴락한 다른 지역도 같은 식으로 운영하겠다는 내부 방침을 갖고 있었다. 분열국의 남자들과는 말이 잘 통했고, 그들 가운데서도 대표격의 남자들은 더더욱 다루기 쉬웠다.

범죄자들을 도시의 벽 밖으로 밀어내고, 외곽의 섬을 그들의 마지막 쓰레기장으로 쓰는 것. 무너질 나라에 들어오는 기업인들은 그것이 어쩔 수 없는 결정이라고 말했다. 부득이,

불가피, 필요악이라는 표현도 여러 번 사용되었다. 그들은 이 생존책이 앞으로 인류에게 다시없을 유일한 차악으로 남을 것이라 판단했다.

＊

궁과 백씨의 노역은 원자로 4단지 터에서 이뤄졌다. 탈출 계획을 세운 것은 백씨였다. 수용소 쪽창에 기댄 백씨는 매일 밤, 섬을 침울히 내다보았다. 갈 곳은 저기 한 군데였다. 배가 부푼 아내가 교도소 내 병원에 머무르는 이 주간이 기회였다. 병원은 시설 안에서 감시가 가장 취약한 곳이었다. 원자로 단지에서 일한 자들이 어떻게 처리될지 백씨는 똑똑히 알고 있었다. 백씨가 잘못 들어간 건물에 그 증거가 있었다. 지게차를 찾아 헤매던 어느 오후, 백씨는 폐쇄된 단지 후문에 멈춰섰다. 경첩과 걸쇠가 다닥다닥한 문은 예상외로 쉽게 열렸다.

아무도 찾지 않은 건물 안엔 그만큼의 시간이 덩어리로 고여 있었다. 콘크리트 더미와 고철, 의미를 알 수 없는 서류 뭉치, 부서진 계기판과 유리창, 비닐로 만들어진 보호복과 장화 몇 점. 백씨는 시커멓게 그을린 건물 내부로 더 들어갔다. 걸음을 뗄 때마다 한 살씩 어려지는 듯했다. 모든 것이 어렵고 무서웠던 시기로 성큼성큼 다가서는 기분이 들었다. 얼마나 오래 걸었을까. '원자 2호로'라고 쓰인 기둥이 보였다. 원형 주변으로 부서진 벽돌이 산더미처럼 쌓여 있었다. 벽돌 더미 안을 봤을 때 백씨의 무릎 힘이 풀리고 말았다. 몇 구의 시신인지 알아볼 수도 없었다. 해골들은 모두 입을 벌린 채 누워 있었다. 앉아서 죽은 사람의 척추는 옥수수로 만든 지팡이 과자처럼 보였다. 그들 몸의 반을 석회가 덮고 있었다. 엉성하고 성급한 처리였다. 백씨는 이를 꽉 다물고 달리기 시작했다. 잘못 밟은 시멘트 조각 사이로 쥐가 튀어나왔다. 발목이 부서질 것처럼 아팠다.

백씨는 달이 없는 밤을 기다렸다. 시신들 옆에서 만든 스티로폼 배가 완성된 직후였다. 배는 섬까지 편도용으로 쓰기에 무리가 없었다. 가짜 신분과 직업은 바다 위에서 붙여졌다. 백씨는 얼굴이 하얗게 뜬 궁에게 당부했다.

"당신은 당분간 나와 떨어져 살아야 해. 먼 사촌이라고 할게. 말을 아껴."

섬에 도착했을 때 궁의 손발은 그들이 훔쳤던 고철처럼 차갑고 딱딱했다. 통증은 위장에서 시작된 것이 아니었다. 산기였다. 궁의 첫 출산이 임박했다. 그들이 숨어 들어간 학교에는 한 줌의 온기도 없었다. 산모의 체온이 점차 떨어졌다. 백씨는 교실 구석에서 아내의 팔다리를 주물렀다. 궁의 눈알이 뒤집히려고 할 때마다, 백씨가 아내의 뺨을 때렸다. 둘의 몸은 발바닥에 지뢰 조각이 박힌 노루들처럼 고통스럽게 떨렸다.

팔룬을 받은 것은 백씨였다. 궁은 눈이 여덟인 아이를 보고 그대로 쓰러졌다. 백씨는 아이의 얼굴을 집중해서 바라볼 수 없었다. 발전소에서 잉태된 아이는 두 사람의 과거를 고스란히 신체에 싣고 나타났다. 백씨 역시 정신의 한 부분이 하얗게 타들어가는 것 같았다. 아이는 마을에서 배척당할 것이 자명했다. 정확히는 주민들에게 살해될 것이었다. 백씨는 아이를 창문 밖으로 집어 던지려다가 그만두었다. 그리고 투명할 정도로 자신을 빼닮은 아이를 다시 품에 안았다. 백씨는 학교 뒤뜰에서 닭 한 마리를 잡아 삶았다. 궁은 몇 모금도 떠넘기지 못한 채 구역질을 했다.

"저는 새로 온지 얼마 안 된 교사예요. 선생님이 누군지, 동방 본사가 뭔지 몰라요. 제발 진정하세요."

아침에 교문을 통과해 들어온 선생들은 모두 백씨의 손에 죽었다. 백씨는 축사에서 두 구의 시신을 불태웠다. 타지 않는 부위들은 마대에 담아 창고로 옮겼다.

"교사를 청소하고 마을도 정비할 겸 섬 한 바퀴를 돌았습니다. 그런데 해안 절벽에서 아기 울음소리가 나는 겁니다. 스티로폼을 타고 내려온 모양인데, 아무래도 도시의 부모가 버린 것 같네요."

"육지인들이 그렇게나 악독한가. 쳐 죽일 것들이네."

백씨는 자신의 아이를 수양딸로 삼았다. 마을 사람들은 새로 부임한 교사와 그 일가에게 아무런 의심을 품지 않았다. 오히려 젊은 선생의 과감한 결단은 주민들의 칭송을 받았다. 백씨가 창고를 깨끗이 비운 뒤였다.

"정말 낳을 거야?"

"상관 말아."

"제정신이야? 이 섬에서 아이를 낳는 게?"

"당신이 그런 말 할 자격이 있어?"

"닥쳐."

"애초에 여기로 들어오자고 한 게 누군데?"

"수용소에서 살아남을 수 있었을 것 같아?"

"차라리 거기서 죽는 게 나았어."

새벽이 밝아올 때까지 둘은 낮은 목소리로 자주 다퉜다. 싸움이 길어질 때마다 백씨는 궁을 밀쳤다. 책을 좋아하고 가사가 섬세한 음악을 즐겨 듣던 청년, 눈빛과 성정이 맑은 인간. 섬에 도착한 이래 궁이 좋아한 백씨의 모습은 온데간데없었다. 남편은 이미 사람 두 명을 죽인 낯선 남자가 되어 있었다. 그리고 그런 생각을 하는 자신의 머리를 발로 걷어차고 있었다. 뒤이어 태어난 둘째 자식 사마귀는 백씨의 관심사에서 완전히 벗어났다. 꼬리가 달린 아들의 몸 같은 건 쳐다보기도 싫었다. 자신의 아이일 수도, 아닐 수도 있었다.

✳

교무실로 사람들이 들어찼다. 백씨는 주민들을 쉽게 내보낼 수 있을 거라 짐작했지만 볼이 푹 꺼지고 눈가가 거무튀튀한 자들의 고집은 남달랐다.

"새로운 선박을 기다리지 말고 우리 배를 다시 돌려받읍시다."

"동방을 설득하죠. 바다로 나가 뭐라도 잡아들여야 하겠는데요."

"배가 고파 죽겠습니다. 식량이 보름째 끊겼어요."

"사료도 다 떨어졌는데. 헬리콥터는 언제 도착하나요."

백씨는 두 손을 높이 들었다.

"동방과 이행한 약속은 지켜야 합니다. 인내심을 좀 갖고 기다리세요."

사람들은 며칠째 쥐를 구워 먹었다. 섬에 쥐 외의 다른 포유류는 드물었다. 배에 썩은 물과 촌충이 가득한 쥐 고기는 질기고 억셌다. 살아 있는 쥐의 질감은 그보다 부드러워도 잡기가 어려웠다. 드럼통과 드럼통의 틈 그리고 대지 위로 자꾸만 두꺼워지는 먼지층이 쥐들을 숨겨주었기 때문이다. 이제 방폐장 주변은 곰팡이 두께가 한 뼘도 더 될 것 같았다. 이따금 그곳의 먼지 더미는 엄청나게 풀썩였다. 쥐 떼가 이동하고 있다는 뜻이었다. 회색 뭉게구름이 회색 안개로 천천히 바뀌는 풍광은 멀리서도 뚜렷이 보였다. 백씨는 눈을 비비고 창밖을 지켜보았다. 그리고 자못 진지한 투로 말했다.

"알겠습니다. 함께 사냥을 나갑시다. 바다 말고 저 방폐장 쪽으로요. 이 땅에서의 생존방법은 당분간 그뿐일 테니까요."

"쥐는 이미 잡아들이고 있어요. 우리는 근본적인 개선을 말하는 겁니다. 사냥을 안 해보셨어요? 고기가 얼마나 형편없는지 몰라요?"

"살 맛이 씁쓸하죠. 쥐들은 빠르니 사냥도 어렵고요."

주민들의 대꾸가 없었다. 백씨는 이제야 혼자 있을 수 있게 되었다고 생각했다. 한 여자가 백씨 앞에 섰다.

"널린 게 쥐 떼예요, 백씨. 골목마다 죽어 나자빠진 게 몇 마리인 줄 아세요?"

"그야 제 눈이 안 좋다 보니."

"쥐가 안 보일 정도라뇨. 단상엔 잘 오르시잖아요."

백씨가 말을 멈추고 주민들을 밖으로 내몰기 시작했다. 당황한 기색을 감추기 위해 백씨는 바닥만을 내려다보았다. 그들과 간신히 문 앞에 섰을 때 한 남자의 눈이 번쩍였다. 남자는 옆 사람의 어깨를 친 후 한곳을 가리켰다. 곧이어 수십 개의 눈동자가 배 위의 등불처럼 흔들렸다. 그들의 눈에 띈 것은 백씨의 책상, 그 위에 놓인 그릇이었다. 말라비틀어진 닭 뼈와 사과의 속대가 비현실적으로 보였다. 살점 위에는 담뱃재가 붙어 있었다. 한 주민의 시야에 반쯤 먹다 내버린 망고스틴 통조림도 들어왔다. 그들이 맡았던 방 안의 퀴퀴한 향은 각종 음식물 쓰레기가 발효되고 있는 냄새였다. 무리의 눈빛이 날카롭게 다듬어졌다.

"평소에 이렇게 먹어?"

누군가 큰 소리로 질문했다. 주민들의 몸짓이 금세 난폭해졌다. 그들은 철제 수납장과 서랍을 열어젖혔다. 곳곳에서 식량이 쏟아져 나왔다. 비축된 통조림의 종류는 수도 없었다. 냉장창고에는 백씨가 빼돌린 1차 신선식품들이 들어 있었다. 누런 봉투를 뜯자 주민들이 몇 년 동안 한 번도 본 적 없던 견과류와 말린 과일이 바닥으로 튀었다.

"언제부터였어?"

"긴급, 긴급 식량들이에요. 손대지 않고 보관하고 있던 겁니다."

백씨의 말에 귀 기울이는 자는 없었다. 다들 옷가지에 식량을 쑤셔 넣기 바빴다. 사람들은 옆 사람의 통조림을 빼앗느라 자신이 주워 담았던 식량을 계속 떨어뜨렸다. 치즈를 챙기던 여자가 백씨를 노려보았다. 여자는 파인애플 통조림 하나를 백씨에게 있는 힘껏 던졌다. 백씨는 몸을 틀어 통을 피했다. 쇳덩이는 백씨의 발치까지 가지 못하고 나무 바닥에 떨어졌다. 선 자리에서 짜디짠 소시지를 씹어 먹던 남자가 소리쳤다.

"어디 다른 사람들 앞에서도 해명해봐. 쥐새끼 같은 놈아."

＊

고무보트는 서서히 모양을 갖추었다. 백씨는 펌프에서 손을 뗀 뒤, 턱을 타고 떨어지는 땀을 닦았다. 체온이 내려가자 뒷덜미가 서늘했다. 갯돌에 어른거리는 보트 그림자가 식인 상어처럼 보였다. 백씨는 배 앞머리의 먼지를 털어냈다. 순간 종아리에 심한 통증이 일었다. 하지정맥류인가. 그는 인상을 찌푸리며 생각했다. 연이어 엄청난 고통이 일었다. 다리를 짚은 손바닥이 축축했다. 발목을 타고 내려와 모래를 적신 것은 자신의 피였다. 바로 뒤 팔룬이 서 있었다. 아이는 손에 빛나는 것을 쥐고 있었다. 통조림 뚜껑들을 접고 두드려 만든 흉기였다. 팔룬은 날카롭게 벼린 알루미늄 딱지를 몇 개나 지니고 나왔다. 톱니 모양으로 불규칙하게 엇갈린 쇠판은 수십 개의 완강한 칼날이 되어 있었다. 팔룬은 백씨를 보트에 넘어뜨린 후 가슴팍을 짓눌렀다. 백씨의 목 위로 빛이 들끓었다. 핏방울이 튀면서 팔룬의 눈이 멸치 떼처럼 빛났다. 백씨는 소리쳤다.

"진짜 딸이야, 너는 내 진짜 딸이라고."

팔룬은 백씨의 말을 전혀 듣고 있지 않았다. 팔룬은 백씨의 목 위로 단호하게 붉은 선을 그어 내리는 중이었다. 깊숙이 꽂힌 칼날은 단숨에 백씨의 동맥을 찢었다. 모래사장에 발을 디딘 팔룬은 보트의 고무 손잡이를 잡아 바다에 그대로 밀었다. 수면에 뜬 보트가 취한 사람처럼 물길을 나아갔다.

✳

붉은 살점을 쪼고 있는 새가 한 여자의 눈에 띄었다. 바다 건너에서 날아온 회색머리아비였다. 배에 검은 기름을 잔뜩 묻힌 생물은 먹이를 뜯는 데 온 신경을 모으고 있었다. 머리카락이 없는 여자는 더러운 새를 잡기 위해 조심조심 걸음을 옮겼다. 잠시 후 마을 어귀까지 여자의 비명이 울려 퍼졌다. 새가 뜯고 있는 것은 백태가 낀 사람의 혀였다.

뭍에서 두 시체가 한꺼번에 발견되었다. 방조제 사이에 몸이 낀 한 구, 갯돌 위에 빨랫감처럼 널린 한 구였다. 안면이 함몰된 이빨과 호흡기에 자상이 심한 백씨였다. 백씨의 기도 안에는 썩은 소라 껍데기가 붙어 있었다.

바다는 어제처럼 탁하고 따듯했다. 가까이서 보면 근육이 하나도 없는, 헐렁하고 남루한 물결 그대로였다. 신발 한 켤레와 남성용 줄무늬 팬티와 고무 패킹이 밀물과 썰물을 어지럽게 떠다녔다. 해변가의 변화는 사람의 주검에 더해 새들의 주검이 늘었다는 사실뿐이었다. 섬에 발을 디딘 이후 떠나지 못한 아비들의 시신이 모래밭에 즐비했다. 주민들의 행렬 뒤에 선 사마귀는 발치 끝, 백씨의 얼굴을 무심하게 내려다보았다. 사진 속 눈부신 미소는 떠나가고 없었다. 다리와 목이 난잡하게 뜯긴 백씨의 몸은 햄처럼 보였다. 사마귀는 처음 들여다보는 아버지의 낯이 자신과 무척 닮았다고 생각했다. 의미 없는 감상이었다.

맞은편의 반점은 무릎을 꿇고 있었다. 사마귀는 반점 앞의 시신이 누구인지 빨리 알아볼 수 없었다. 백씨보다 오래 방치된 몸이었다. 이빨의 아름다웠던 정면은 아주 사라지고 없었다. 반점의 품에는 발효된 밀반죽 같은 이빨의 육신만 남았다. 사마귀는 반점 옆에서 오랫동안 자리를 지켰다. 죽은 이들의 표정은 더 이상 사납지도, 어렵지도 않았다.

육지에서의 지원은 완전히 중단되었다. 드럼통도 식량도 오지 않았다. 몇몇 주민들이 동방이 화가 난 게 아니냐고 물었다. 답을 해줄 사람은 없었다. 사냥과 낚시를 허락받을 일도 없었다. 재배를 다시 시작하자고, 축사 관리에 관심을 기울이자고 누군가 제안했지만 그 의견은 금세 묵살되고 말았다. 너무 순진하고 허약한 말이었다. 주민 하나가 힘겹게 가래를 뱉어낸 뒤, 허튼소리를 지껄인 자를 노려보았다. 제대로 된 씨앗, 목숨이 붙어 있는 동물은 이 섬에 남아 있지 않았다. 통조림이 바닥나기 전에 배를 만들어야 했다. 당연한 수순이었다. 그러나 이제 주민들에게 배라는 사물은 허망하고 막막한 추상어처럼 느껴졌다. 얄은 의지조차도 생기지 않았다. 나무를 베고 못질을 할 수 있는 사람은 없었고, 주민 모두가 적어도 자기 자신만큼은 그런 역할에 합당한 자가 아니라고 생각했다. 그들은 각자의 손을 앞뒤로 바라보았다. 누런 손톱과 부종을 달고 있는 신체 기관은 낯설고 엉성했다. 이 몸뚱어리의 기원을 알 수 없었다. 누군가의 배 안에서 오래 자라난 생명체라는 사실이 조롱처럼 여겨졌다.

✳

반점은 말수가 점점 줄어들었다. 물 밖으로 나온 이빨이 다시 불로 지워진 날부터 입이 열리지 않았다. 사마귀와 반점은 침묵 속에서 드럼통의 빈 면을 채워나갔다. 사마귀는 거의 뼈밖에 남지 않은 동물들을 그렸다. 자신들의 몸을 그대로 닮은 사슴은 타이어만 한 머리통 아래 철사 같은 다리를 매달고 있었다. 반점은 며칠째 그림 대신 욕설을 잔뜩 적었다. 철제 그림 일기장엔 매일 매일 날짜가 적혔다. 글귀는 유치한 도시 괴담처럼 보였다.

"3차 세계대전 같은 것은 일어나지 않았다. 대신 우리를 망하게 한 것은 관성이었다. 섬들은 방폐장이 되었다. 사람들은 콘크리트 벽을 쌓아 폐기물을 버린다고 했지만 그런 게 만들어지기도 전에 드럼통이 들어왔다. 식료품의 질은 자꾸 나빠졌다. 지원은 몇 달도 안 돼 끝났다. 땅이 좁아지자 사람들은 폐기물이 가득 찬 드럼통 사이에서 살아갔다."

사마귀는 이제 다른 말을 쓰고 싶었다. 라디오에서 들었던 노래를 떠올렸지만, 귀를 스쳐 지나간 선율은 잘 잡히지 않았다.

"세상에 끝이 온다 해도 좋아. 너와 나는 헤어지지 않을 거야. 잡은 손을 놓지 말아줘. 세상에 끝이 온다 해도 좋아. 아니, 끝이 오게 내버려둬. 그때 또 다른 세상이 열릴 거니까. 잡은 손을 놓지 않은 우리에게 매일이 새날이야."

사마귀는 반점과 함께 그 노래를 다시 한 번 듣고 싶었다. 아무 말도 하지 않고 그냥 그 음악을 들려줄 수 있다면 얼마나 좋을까. 사마귀는 입술을 깨물었다. 영영 들을 수 없는 노래였다.

＊

반점과 손을 잡고 잠든 사마귀는, 어느새 반점의 손을 놓친 채 혼자 꿈속의 섬을 거닐고 있었다. 헬리콥터 소리를 듣고 밖으로 뛰어나온 반점이 하늘에 손을 흔들었다. 헬기에서 내려온 것은 아크릴 수천 가닥을 꼬아 만든 줄이었다. 줄은 반점의 머리 위에서 방사형 그물로 퍼졌다. 망에 갇힌 반점은 온몸을 뒤틀었다. 반점을 포획한 헬기는 바다를 유유히 건너

갔다. 반점은 몸서리치며 사마귀를 불렀다. 사마귀는 헬기를 따라 정신없이 달렸다. 처음 보는 해안이 나타났다. 그곳엔 백사장이 없었다. 물과 뭍의 경계도 없었다. 모든 것이 회반죽 같았다. 광고 전단만이 휘지 않고 물 위를 떠다녔다. 거기에 낯익은 얼굴이 보였다. 사마귀는 손을 뻗어 종이를 주웠다. 마스크를 낀 반점이었다. 철창 안의 반점은 맨몸이었고 두 눈엔 야광 빛이 돌았다. 다리 한쪽엔 사슬이 채워져 있었다. 관광상품, 우리에 든 피폭 소녀. 글자는 굵고 야만적이었다. 도시가 반점을 사냥해 갔다. 눈을 감은 사마귀의 얼굴이 무참하게 구겨졌다.

꿈의 다음 장면은 더욱 거북했다. 반점은 유리관 안에 들어가 있었다. 반점의 몸은 대재앙의 시대라는 제목을 달고 미술품 시장에 나왔다. 앉은 자세에서 손 하나를 허공으로 뻗고 있는 반점의 모습은 인류가 광기에 휩싸인 한 시기의 비극과 절망을 전시하는 용도였다. 관 아래에는 이것이 원자력을 사용하던 당시의 산물이라는 안내 문구가 붙어 있었다. 열세 살 소녀라고는 믿기 힘든, 열악한 신체 상태에 대해서도 자세한 기술이 이어졌다. 남학생 하나가 반점의 모습을 촬영하다 직원에게 주의를 들었다. 한 여자아이는 반점의 얼굴을 지켜보다가 울음을 터뜨렸다. 아이의 부모가 무릎을 굽히고 아이 머리통을 부드럽게 쓰다듬었다. 몸을 뒤척이던 사마귀는 간신히 잠에서 깼다. 입이 마르고 침은 썼다.

사마귀는 나날이 초췌해지고 있는 반점 그리고 무무와 궁

의 모습을 하나하나 눈에 담았다. 새벽빛이 드리워진 세 얼굴
은 끝없이 창백하고 가난했다. 사마귀는 한쪽 귀가 없다는 화
가가 그린, 감자를 먹는 사람들의 몰골을 떠올렸다. 사마귀는
조용히 연장통을 챙겨 집을 나섰다. 식량을 구해야만 했다.

바다 건너 거대한 회백색 땅에는 반점이 말한 첨탑이 서
있었다. 이렇게 시시한 섬의 나날을 보기 위해 지어진 건물이
라는 사실은 믿기지도 않았고, 믿을 수도 없었다. 반점은 모
든 상황을 비관적으로 파악하는 데 익숙한 아이였다. 자신이
만든 최악의 상상 속에서만 안전한 기분을 느끼는 것인지도
몰랐다. 그러니 반점이야말로 허약했다. 집 밖을 나와 혼자
걷는 사마귀는 이제야 반점의 위악과 고독을 떠안을 수 있는
심정이 되었다. 그저 움직여야만 했다. 컴컴할 뿐인 이 섬에
지켜야 할 것들이 계속 생겨나고 있었다. 사마귀의 마음이 자
꾸 부풀었다. 사마귀는 사람들이 이런 감정에 취해 다음 날,
그다음 날도 살아갈 수 있는 거라고 생각했다.

✳

방폐장의 드럼통과 드럼통 사이는 쥐가 가장 많은 곳이었
다. 그 속엔 더 많은 먹이가 있을지 몰랐다. 사마귀는 지면 위
로 꼬리를 탁탁 쳤다. 각오와 다르게 방폐장 안에 깊숙이 들
어와 있는 자신이 바보처럼 느껴졌다. 사마귀는 생각을 끊고
꼬리로 먼지와 곰팡이를 쓸어나갔다. 놀란 쥐 떼가 빠르게 이
동했다. 앞니가 손가락만 한 쥐들은 자신들의 몸집과 부피를

한 번도 상상하지 않은 것 같았다. 그들은 여전히 겁이 많았다. 마치 불안과 공포를 뚝뚝 빚어 만든 생물체 같았다. 사마귀는 쥐들을 제치고 앞으로 나아갔다. 발등 위로 부드럽고 따듯한 털이 계속 스쳤다. 연장통에 담긴 몇 마리의 쥐들은 서로를 공격하느라 정신이 없었다. 사마귀는 자리에 멈춰 재채기를 했다. 잿빛 사방이 먼지로 가득 차올랐다. 어둠 속에 너무 오래 머물러 있지 않았나. 사마귀는 입구 쪽으로 방향을 바꿨다. 한 걸음 한 걸음 뗄 때마다 귀가 점점 아파 왔다. 굉음은 하늘에서부터 시작되고 있었다. 엄청난 소나기였다. 폭우 사이로 헬리콥터가 보였다. 사마귀는 굴 입구에서 손을 흔들었다. 그러나 헬기는 멀기만 했다. 보급이 재개된 사실을 반점에게 알려야 했다.

출구가 가까워질수록 사마귀는 귀가 쓰라려 견딜 수 없었다. 하늘을 꽉 메운 기계들이 엄청난 소음을 뿜어댔다. 사마귀는 고개를 빼고 기체를 자세히 올려다보았다. 폭우는 헬기로부터 나오는 중이었다. 그들이 비를 쏟고 있었다. 사마귀는 다시 방폐장 안으로 뛰어갔다. 그리고 멍하니 구름 없는 하늘을 바라보았다. 눈이 침침해졌다. 굴 안에 웅크린 사마귀는 하품을 멈출 수 없었다. 연장통을 내려놓고 조금만 자면 피로와 허기가 옅어질 것 같았다. 물을 다 퍼부은 헬기들이 바다 건너로 멀어졌다.

자리에서 일어난 사마귀는 시멘트벽에 오줌을 쌌다. 화장실을 찾을 시간이 없었다. 바지를 고쳐 입은 사마귀는 굴 입구에 그대로 멈췄다.

방폐장 바깥은 쑥대밭이었다. 입을 벌린 사마귀가 마을로 발을 틀었다. 무릎까지 물이 차올랐다. 드럼통이 수면 위를 둥둥 떠다녔다. 쥐들의 배는 뒤집혀 있었다. 사마귀는 부러진 각목 하나를 집어 들었다. 온몸이 욱신거렸다. 사마귀는 물속을 각목으로 휘저으며 걸음을 옮겼다. 나무 끝에 검붉은 것이 걸리자 눈이 질끈 감겼다. 마음을 무너뜨린 건 불어터진 맨드라미꽃이었다.

마을 입구에 다다르자 등으로 서늘한 바람이 불어왔다. 사마귀의 찬 손이 축 늘어졌다. 눈앞의 광경을 믿을 수 없었다. 폐허였다. 집과 땅과 바다가 개밥처럼 뒤섞여 있었다. 무너진 지붕과 축대 위로 얇은 나뭇가지들이 들러붙었다. 열린 창틈으로 누군가의 허연 발이 보였다. 사마귀가 고개를 돌릴 새도 없이 물살을 타고 몸이 흘러나왔다. 초점이 사라진 눈이 보였다. 숨은 이미 끊겨 있었다. 물길을 헤집고 앞으로 나아갈 때마다 주민들의 시신이 보였다. 사마귀는 집을 향해 속도를 냈다. 기왓장과 유리창이 허벅지를 할퀴었다. 떠내려 오던 다리의 시체가 사마귀의 꼬리를 쓸고 지나갔다. 집이 있어야 할 자리에는 아무것도 없었다. 이곳엔 동서남북부터 없었다. 사마귀는 물 위에 토를 했다. 궁과 무무의 모습이 보이지 않았다. 반점도 없었다. 섬은 생명을 완전히 놓아버린 것 같았다. 악몽이 왜 부서지지 않는지, 왜 장면이 바뀌지 않는지 알 수 없었다. 온갖 쓰레기로 뒤덮인 해안가는 지옥처럼 어수선했다.

무릎을 꿇은 사마귀의 눈에 다시 몰려오는 헬기들이 보였다. 그들은 이번에 마을 위로 회색 덩어리를 쏟아붓기 시작했다. 종이 반죽 같은 물질이 닿자 물 위의 모든 것들이 움직임을 멈추고 굳어가기 시작했다. 섬에는 식량 대신 몇천 톤의 독성 용액과 콘크리트 더미가 쏟아졌다. 동방은 이빨을 죽인 남자의 진술을 앞세워, 섬이 벌인 심각한 도발 행위를 용인할 수 없다고 결론지었다. 다른 기업들과의 논의는 없었다. 바다 위를 헬기 수십 대가 비행했다. 기체들은 지치지도 않고 섬으로 열 지어 날아왔다.

무무를 안고 있던 궁이 굳어갔다. 팔 하나를 올린 채로 궁의 몸이 딱딱해졌다. 사마귀와 반점이 그린 드럼통의 그림일기는 죄다 지워졌다. 진회색 곤죽만이 땅을 메워갔다. 사마귀는 오래전 우박이 쏟아지던 밤, 코피를 쏟다 죽었다는 키 작은 소년을 생각했다. 사마귀가 해안 한계선을 향해 달음박질쳤다. 희끄무레한 불빛이 보였다. 그는 달리기를 그만두고 점을 향해 무작정 헤엄쳤다. 식도로 더러운 바닷물이 몇 모금 들어왔다. 멀리 보이는 건물에서 무언가 뜨거운 것이 날아왔다. 사마귀의 왼손에서 새끼손가락 하나가 떨어져 나갔다. 그는 눈물 때문에 앞을 잘 볼 수 없었다.

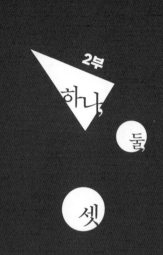

2부

하나, 둘, 셋

"절대로 들키면 안 돼. 한 번에 끝내야 해. 같은 날 전부 죽여야 해."

어느 날 갑자기 지구의 모든 동물과 식물이 인간을 습격했다. 사람들은 말을 하다가, 밥을 먹다가, 웃다가, 역정을 내다가, 멍하니 있다가 단숨에 죽었다. 아스팔트를 뚫고 나온 나무뿌리들이 승객들의 몸을 휘감았다. 뾰족한 줄기 끝이 서너 명의 심장을 연이어 파고들었다. 소 떼가 건물 유리문으로 돌진했다. 치타와 삵이 도망치는 사람 등에 올라탔다. 고래가 어선을 뒤집었다. 벌들이 사람들의 얼굴을 뒤덮었다. 사람들은 소리를 오래 지르지 못했다. 동물들은 사람들의 목덜미 오른쪽 경동맥 자리에 송곳니를 정확히 박아 넣었다. 순식간이었다. 거리마다 피가 솟구쳤다. 머리와 분리된 몸통은 살육된 고깃덩어리와 같은 모습이었다. 나무들은 말했다.

"이건 어느 면으로 보나 공평하고 한적한 풍경이야."

"그래. 우리는 전부 빼앗겼지. 사람들은 도로를 달리는 소를, 동물원에서 나와 느릿느릿 걷던 호랑이를, 운동장 구석에 숨은 멧돼지를 사살했어. 마취총을 쏴서 원래 자리로 옮겨도 되는데 죽였어. 이미 쉬지 않고 죽이면서도 더 죽일 걸 찾았어."

"땅뿐이었어? 바다도 훔쳐 갔잖아. 비좁은 양식장에서 빠르게 헤엄치는 연어들을 봤어. 먼지에 뒤덮인 산호도. 영원히 숨이 찰 것 같았어. 남은 인간들도 어서 으스러뜨려야 해. 한 명도 남으면 안 돼. 생존자가 있으면 재앙이 반복될 거야. 돌아올 수 없게 짓이겨야 해."

"아무것도 이해하지 말자. 베어내는 것도 모자라 우리 몸에 구멍을 뚫고 제초제를 붓는 종족이야. 화가 난다고 숲에 불을 지르는 놈들."

변이는 고목들로부터 시작되었다. 뿌리 바로 위의 구멍이 쓰레기로 막혔던 나무들은 숨을 쉬기 위해 생장점을 뒤틀었다. 그 틈이 벌어지는 동안 그들에게 지각 능력이 생겨났다.

"함께 일어서자. 함께 걸어 나가자. 함께 새 세상을 만들자."

나무들은 꾸준히 신호를 보냈다.

"함께 일어서자. 함께 걸어 나가자. 함께 새 세상을 만들자."

씨앗과 잎새는 멀리멀리 이야기를 전했다. 인지력을 갖게 된 동식물들은 잠자코 있었다. 신중해야 했다. 동물들은 여전히 서로를 사냥하는 척하다 인간이 사라지면 입을 벌렸다. 털이 조금

젖은 눈앞의 존재는 먹이가 아니라 같은 생명체였다. 자신들 영역에 발을 들이는 즉시 소리를 지르며 이를 드러내는 인간은 오래전부터 고등생물이 아니었다. 우열의 개념을 만든 자들은 지구에 해로웠다. 인간이 아닌 존재들은 이미 그 해악을 충분히 견뎌왔다. 인류는 희생되는 게 아니었다. 그렇게 숭고하고 진지한 단어를 사용할 필요가 없었다. 진작 치워져야 했다. 그들의 수명은 그동안 한정 없이 연장된 것에 가까웠다. 사람들의 비명이 끊이지 않았다. 살려줘, 살려줘.

카펫 위로 펜이 툭 떨어졌다. 실내엔 은은한 계피 향이 돌았다. 저녁의 창밖 풍경은 호젓했다. 사마귀는 지금까지 쓴 이야기를 읽어보았다. 형편없었다. 얼마 전에 읽은 만화와 비슷한 얼개였다. 세 권짜리 시리즈였는데 아무도 빌리지 않았는지 내지가 얼룩 없이 누리끼리했다.

사마귀는 살려줘, 라는 마지막 대사에 빗금을 여러 번 그었다. 밑도 끝도 없는 복수와 파국. 얄팍하고 허술한 구조. 만화는 그나마 끝까지 읽을 수 있었지, 적개심과 설명이 범벅된 이 글은 자신마저 독자가 되기 어려웠다. 머릿속에서만 질서 정연했다. 글로 나온 덩어리는 조각조각 이지러져 보였다. 이야기의 배경이 전 세계인 것부터가 글러 먹었다. 지구 전체에서 일어나는 일이라고 하더라도 특정한 시간과 장소를 골라 둬야 했다.

동물 이름이 나올수록 동물의 세계가 비좁게 느껴졌다. 나무 이름은 아예 없었다. 글자를 늘어놓을수록 모르고 있는 것들이 여실히 드러났다. 모르는 걸 가리려다 보니 글이 점점 장황해졌다. 자신이 그리는 세계를 의심하며 쓴 것부터가 문제였다. 초조한 심정이 행간에 다 들어가 있었다. 일격이나 몰살역시 인간적인 개념에 불과했다. 인간이 아닌 대상이 이렇게 추할 리 없다. 그들이 아름답지 않을 리 없다.

그럼 후반부를 이렇게 틀까. 한 나무가 한 아이에게만 비밀을 말하는 것. 꼭 도망치라고, 눈에 띄지 말라고. 사마귀는 미간을 찌푸렸다. 아이는 곁의 소중한 사람들에게 이들의 계획을 말할 것이다. 나무의 근심과 애정 따위 곱씹지 않는다. 아이의 말을 전해 들은 사람들은 무리를 지어 궁리한다. 살아남기 위해 수단과 방법을 가리지 않는다. 아이와 몰래 대화했던 나무는 숨이 멎고 인간이 아닌 존재들은 다시 어둠 속으로 기어들어 간다. 아이는 나중에 나무의 죽음을 깨닫고 운다. 눈물과 콧물을 쏟는다. 역겹다. 알고 있었잖아. 짐작했잖아. 약속을 바로 어겼으면서, 나무가 어떻게 되어도 상관없었으면서.

사마귀는 이야기가 이렇게 끝나길 원하지 않았다. 그렇고 그런 흐름. 이용당하는 존재가 늘 이용당하고, 이용하는 존재는 늘 이용하는 줄거리. 구도와 화면을 매혹적으로 잡으면 이들이 눈에 띄지 않는다. 주인공 주변이 어이없게 치워지는데도 사람들은 이런 종류의 서사를 의심하지 않는다. 이야기가 계속 움직여도 되는지 묻지 않는다. 아무도 비밀을 누설한 아이를 비난하지 않는다. 아니, 사람들은 이 아이를 위험을 무릅 쓰고 자신들을 구한 수호자로 여길 것이다. 재건, 되찾은 평화, 인류의 승리. 사람들은 어떤 경로를 거치든 사람들이 다시 살아가는 결말을 원하기 때문이다. 사마귀는 다수가 좋아하는 이야기가 이렇게 귀결된다는 사실을 알고 있었다. 무슨 흐름을 겪든 거기 깔린 태도는 같았다. 인간을 모독하거나 모독하고 있다고 여겨지는 글은 널리 읽히지 않았다. 질문을 던지는 결말도 마찬가지로 인기가 없었다. 맞아. 내가 너라도 그랬을 거야. 우리가 답을 찾았어. 사람들 대부분은 지내던 대로 지내도 된다는 교훈을 좋아했다.

동식물들은 인지 능력이 생긴대도 전부 이전처럼 침묵을 택할 것이다. 복수를 단념할 것이다. 늘 그랬듯 덤덤히 양보할 것이다. 이들에겐 애초부터 주인공과 그 밖의 이들이란 인식 틀이 없다. 그래서 전투 따위 치르지 않는다. 사마귀는 얼마 후에야 생각을 더 이어 갈 수 있었다. 그들은 동방이 섬에 한 짓을 절대 하지 않을 것이다. 처음부터 품었던 판단이었다.

✳

호텔은 어제처럼 깨끗하고 쾌적했다. 모양이 제각각인 전등이 방에 부드러운 빛을 드리웠다. 귓가엔 잔잔한 피아노 선율이 흘렀다. 〈어린이의 정경〉, 슈만의 곡이었다. 사마귀는 갑갑한 실내화를 발가락 끝에 걸었다가 내동댕이쳤다. 바닥을 덮은 두툼한 금색 카펫은 테두리 장식이 현란해서 볼 때마다 다른 무늬 같았다. 카펫 바깥은 화분들 차지였다. 둥글고 검푸른 잎들이 기름을 머금은 듯 번쩍였다. 사마귀는 창틀에 팔꿈치 하나를 올렸다. 물결이 호수처럼 잔잔했다. 수영장을 낀 단정한 숙소들이 눈에 들어왔다. 실눈을 뜨자 멀리 완만한 산이 보였다. 웅크린 당나귀의 몸을 닮은 산등성이는 자리에 그대로 있었다. 아마 5백 년 정도는 움직이지 않았을 것이다. 지금까지 뭘 쓰고 그린 건지 실감 나지 않았다. 작업을 보러 온 큐레이터에게 전할 수 없을 것 같았다. 입은 옷이 더 크고 헐렁하게 느껴졌다. 바지 속 꼬리가 아래로 늘어졌다. 창피했다.

뒤돌아선 사마귀는 그동안 패드에 저장한 메모와 스케치를 빠르게 넘겨봤다. 주제와 상관없는 지저분하고 산만한 이미지, 유치하고 해괴한 글귀. 아무리 봐도 좋은 구석을 발견할 수 없었다. 단절과 공포의 변주뿐이었다. 그 속에 들어가 있어야만 안심하는 스스로가 보였다.

책이나 영화 속 악당들에겐 공통점이 있었다. 바로 자기과신과 자기연민. 사마귀는 사과 한 알을 떠올렸다. 잘 익은 과육은 싱그러워 보이지만 열매를 부풀린 건 그 속의 보이지 않는 씨앗이다. 과신과 연민도 일종의 과육이었다. 중요한 건 그게 아니다. 작고 어두운 빛깔의 씨앗, 그러니까 딱딱하게 완결된 형식을 봐야 한다. 씨앗이 품고 있는 자기모멸을 읽어야 한다. 악당들이 자신을 과하게 믿고 가엾게 여기는 습관을 버리지 못하는 이유는 뭘까. 그건 사실 자신을 믿을 수도, 가엾게 여길 수도 없기 때문이다. 거울을 쏘아보는 그들은 하나

같이 무엇도 보고 있지 않았다. 겁에 질려서다.

사마귀는 섬에서의 나날을 제대로 옮길 수 없었다. 빗대어 다르게 말하거나, 튀어나오지 않게 꽉 눌러야 했다. 섬의 모습이 불투명하게 드러날 수 있는, 둥글고 두꺼운 여과 장치가 필요했다.

"해변이 무척 아름다워요. 여기 이 절벽도."

아무것도 채우지 않은 해안만 그릴 때였다. 스케치를 본 큐레이터는 쉽게 말했다. 사마귀는 멸망이란 개념을 아름답다, 아름답지 않다 정도로 말하는 일이 가능한지 의아했다. 그 풍경엔 말도 판단도 필요 없었다.

물 아래에는 사마귀가 나고 자란 섬이 있었다. 폐선, 공장, 방폐장, 사람이 살았던 집, 주민들이 이룬 마을. 사마귀에게만 보이는 세상이었다. 콘크리트로 덮인 그곳엔 다시 따개비가 달라붙었을까. 산호초와 게들이 집을 지었을까. 예상대로 그저 잿빛 폐허일까.

사마귀는 섬이 흐릿해질 때마다 자신을 괴롭혔던 소년들을 생각했다. 방호복 등판의 용맹대라는 이름이 여전히 괴로운 농담으로 여겨졌다. 아이들은 근육질의 영웅과도, 자연 발화한 불기둥과도 거리가 멀었다. 아이들과 닮은 건 정형 행동을 하는 앵무새, 녹슨 오발탄, 밤길 외곽의 그로테스크한 허수아비 정도였다. 나는 거기서 얼마나 달라졌지. 사마귀는 거울로 손을 뻗었다가 그대로 멈췄다. 얼굴을 보는 대신 탁자를 짚었다. 손바닥에 힘이 고루 들어갔다. 저릿저릿한 곳이 없었다. 사마귀는 왼손 새끼손가락을 천천히 만졌다. 봉합 부분은 거의 티가 나지 않았다. 자세히 보면 다른 곳과 색이 약간 달랐지만, 어느 때는 자신도 의식하지 못했다. 멀쩡한 손가락을 만질수록 모든 게 꿈결 같았다. 바다 건너 이 땅, 육지는 사마귀의 짐작과 전혀 다른 곳이었다. 이곳에 대해 수없이 들었던 소문은 전부 틀렸다.

✳

치료를 받는 동안 섬에 관한 이야기를 들어준 이들은 많았다. 의료진들이 늘 떼로 몰려왔다. 그들이 이야기를 믿는지, 안 믿는지는 알 수 없었다. 관심이 있는지, 없는지도 판단할 수 없었다. 잠시 멈칫한 이들 그리고 시선을 떨군 견습생 몇몇이 있었지만, 모두 평소와 다름없는 행동을 하려고 애쓰는 것 같았다. 한 가지 분명한 건 사람들이 자신을 보고 짓는 표정이 거의 비슷하다는 사실이었다. 안타깝다. 불쌍하다. 그래서 대하기 힘들다.

조심히 고개를 틀어 하품하던 남자를 보던 날, 사마귀는 남자를 밀어뜨리고 싶었다. 팔목 위의 수액 봉지를 움켜쥐어 터뜨리고 싶었다. 하지만 남자에겐 잘못이 없었다. 매일 졸음이 쏟아졌다. 자도 자도 눈이 아팠다. 여러 기계 안에 들어갔다 나오면, 렌즈가 몸의 외부와 내부를 훑으면 머리가 어지러웠다.

"저 여자들, 왜 저렇게 축구를 해요?"

어느 날 병상 창밖을 쳐다보던 사마귀는 간호사에게 물었다.

간호사는 다시 말해달라고 했다. 목이 오래 잠겨 쉰 소리가 났기 때문이다.

"상의 없이 축구를 하네요."

"당연히 상의하지 않아도 되죠."

"아니요. 윗옷을 안 입었다고요."

"네, 그래서 어떤 점이 궁금하신 거죠?"

처음에는 공을 차는 이들이 여자인지 남자인지 헷갈렸다. 대부분 머리카락이 짧았고 목과 팔에 문신이 가득했다. 껌을 질겅질겅 씹으며 서로의 어깨를 세게 밀쳤다. 골대를 가리키며 악을 쓰기도 했다. 하지만 공을 향해 달릴 때 모두 가슴이 흔들렸다. 가슴이 흔들리자 이상하게 그들의 어깨와 무릎뼈가 좁아 보였다. 사마귀는 여자들의 유방이 살덩어리로 보일 때까지, 살덩어리가 특징 없는 신체 일부로 보일 때까지 그들을 바라봤다. 잔디밭을 구르는 이들의 체구가 작다고 생각했지만, 정작 자신의 몸은 그들의 반도 안 되는 것 같았다. 여기도 환자는 많았다. 하지만 섬에서 온 이들은 아니라고 했다. 자신처럼 태어날 때부터 아픈 사람만 있는 게 아니었다. 놀랍게도 건강히 살다가 사고로 몸을 다치는 사람들도 있었다.

＊

사마귀의 회복세가 두드러지자 사람들의 말은 이전보다 길어졌다.

"지금 이미지는 좀 중의적이고 모호한 데가 있어요. 제가 말씀드린 방향은 르포인데, 그러니까 섬에서의 기록을 부탁드린 건데. 너무 고즈넉하달까요. 열려 있달까요. 그래도 전시까지 시간은 충분하니까 여유 있게 더 풀어보세요."

큐레이터는 섬의 폭력성을 더 가감 없이 표현해달라는 요구를 우아하게 표현했다. 여유 있게 더 풀어보세요. 복잡한 문제가 아니니 차근차근 풀라는 소리. 풀려면 풀 수 있다는 의미. 섬의 모습을 얼마든지 감당할 수 있을 듯한 표정으로.

사마귀는 큐레이터가 되돌려준 패드를 골똘히 내려다봤다. 노을이 낀 바다, 고래 위에 앉은 자신. 이걸 평온한 정경으로 해석한 건가. 죽은 고래의 피가 노을빛과 섞인 모습을 제대로 파악하지 못한 걸까. 시체 위에 올라앉아 고래와 한덩어리로 있는 자신이 안 보이나. 큐레이터는 이 그림을 자신과 다른 방식으로 읽었다. 손댈 곳이 거의 없는 자화상이었다. 사마귀는 죽은 고래를 바라보지 않고, 거기 올라탄 채로 고래의 숨결을 느끼고 싶었다. 거리를 두지 않은 채로 고래를 애도하려는 뜻이었다. 호흡이 끊어져가는 고래를 홀로 둘 수 없었다. 그림 속에서 살결을 어루만지면 그 순간은 영원히 붙박인다. 그러면 고래도 자신도 덜 추울 것 같았다. 하지만 큐레이터의 말을 듣고 그림을 보니, 애초의 의도는 온데간데없이 흩어졌다. 왜 이런 걸 내보였는지 알 수 없었다. 사마귀는 조심스럽게 물었다.

"배치가 좀 촌스러운가요?"

큐레이터는 흠칫 놀란 기색이었다. 들어서는 안 될 말을 들은 듯, 작은 목소리로 반문했다.

"왜 그런 표현을 쓰세요? 상당히 위험한 발언인데."

사마귀는 패드와 큐레이터를 번갈아 쳐다봤다. 또 뭘 잘못한 거지. 큐레이터가 뒷짐을 지고 말했다.

"그건 철저히 고르다 중심적인 개념이에요. 고르다가 중심부이고 고르다 밖은 주변부다, 주변부는 촌이다, 촌은 어딘가 낙후되고 결핍된 장소다. 아니에요. 모두가 중심부이거나 모두가 주변부죠."

"섬은 여기 바깥인데요."

사마귀가 대꾸하자 큐레이터가 숨을 짧게 두 번 들이마셨다.

"안과 바깥, 중심과 주변은 서로를 필요로 합니다. 대등한 가치를 지녀요. 내가 있는 곳이 더 중요할 수 없죠. 위치는 상대적인 거예요. 촌뿐 아니라 무엇'스럽다'라는 서술어도 위에서 아래를 내려다보는 평가적 시선에서 불거진 거고요. 이해하셨다면 그런 말은 하지 말아주세요."

사마귀는 큐레이터의 지적에 선뜻 동의할 수 없었다. 논리의 문제가 아니었다. 사마귀는 고르다에서 나고 자란 큐레이터가 섬에서 온 자신에게 하는 소리가 어딘지 우스웠다. 유난하고 과도한 저지 같았다. 이런 태도는 고르다 사람들이 다른 구역 출신자들을 보며 실제로 내리는 판단을 숨기기 위한 치장일 가능성이 컸다. 사마귀에게 고르다의 언어 수평 운동은 작위적으로 느껴졌다.

"생각을 생각으로 두는 것과 입 밖으로 내뱉는 것 사이에는 큰 차이가 있죠."

큐레이터는 말을 덧붙였다. 더 설명이 필요하다고 여겼을까. 설명할수록 문제가 해결된다고 믿는 걸까. 혼이 나고 있다는 기분에 사마귀는 자기 손등을 꼬집었다. 목구멍이 좁아지는 기분이 들었다. 그래도 생각 자체는 그대로인 거잖아. 세련되지 않다, 시대착오적이다, 볼품없다. 모두 앞이 누락된 표현. 그러니까 무엇에 비해? 사마귀는 누군가에게 상처를 주지 않는 문법의 형식이 주어나 목적어를 생략하는 것뿐인지 궁금했다. 일단 치우면 되나. 지칭하는 대상을 없애면 끝인가. 얼마 후면 멀쩡한 단어가 그 뜻을 대신하지 않나. 그 단어도, 다음 단어도 밀치면 남는 말은 뭐가 될까. 정화? 청소? 매일매일 거리의 쓰레기를 치우는 일과 비슷한 건가. 큐레이터의 말엔 틀린 곳이 없었다. 그래도 이런 훈계는 어설프고 조급한 가르침에 가까웠다.

지적당한 단어는 이 밖에도 많았다. 큐레이터를 비롯한 홍보부 직원들은 친절하고 사려 깊게 사마귀가 쓴 말들을 짚어냈다. 사마귀는 그럴 때마다 목을 한 바퀴 돌렸다. 다들 온건하고 합리적으로 굴었지만, 편하지 않았다. 사마귀는 섬사람들이 서로를 어떻게 불렀는지 알게 되면, 그곳에 존칭이 없었다는 사실을 알게 되면 이곳 사람들이 입을 틀어막고 기절할지도 모르겠다는 생각이 들었다. 섬을 떠올리면 고르다 사람들이 자주 쓰는 윤리, 실천, 무해 같은 단어가 몇 개의 이미지로 떠올랐다. 썩은 양배추, 구더기에 뒤덮인 등뼈, 폭우에 무너진 가옥. 모두 힘이 없는 심상들이었다. 손댈 수 없이 무너지는 형상만 나타났다. 어쩌면 고르다보다 평등한 곳은 섬이었을지도 몰랐다. 함께 있었지만, 그뿐. 섬사람들은 한 명도 빠짐없이 서로를 천시하고 하대했으니까. 그러다 똑같은 날 똑같은 방식으로 끝났으니까.

✳

"더 대화하고 싶지만, 오늘은 늦었으니 여기까지 얘기 나눠요."

큐레이터는 사마귀의 머릿속을 짐작하고 있다는 듯 어깨를 가볍게 두드렸다.

"혼자 가라앉지 마세요. 표현이나 생각에 관한 문제는 우리 말고도 많은 사람이 오랫동안 고민했죠. 언어가 먼저인지, 사고가 먼저인지 택하는 건 쉽지 않아요."

사마귀는 입술을 말았다. 무슨 의미인지 잘 파악할 수 없었다. 큐레이터를 만나면 평소보다 꼬리가 더 욱신거렸다. 사마귀가 물었다.

"큐레이터님에겐 어떤 게 더 먼저예요?"

큐레이터가 미소를 지었다. 눈가와 입매에 유려한 곡선이 생겨났다.

"지수. 먼저 제 이름을 불러줬으면 좋겠어요. 언제까지 큐레이터님이라고 부를래요?"

사마귀는 지수가 자신을 이해하는 게 좋은지, 이해하지 못하는 게 좋은지 알 수 없었다. 둘 중 어떤 것이 더 위로를 주는지 고르기 어려웠다.

"말이 중요하다, 생각이 중요하다. 어떤 쪽이 낙관적이고 어떤 쪽이 비관적일까요. 세상을 더 존중하는 방식은 둘 중 뭘까요. 잠이 안 오면 천천히 생각해봐요. 새 답을 만들어도 좋겠죠."

지수는 문을 닫기 전에 다시 말했다.

"필요한 게 있으면 언제든 부르고요."

지수는 필요하지 않은 말도 매일 반복했다. 복도 조명을 받은 지수가 뿌옇게 빛났다. 뒤편의 거울로 지수의 뒷모습이 보였다. 머리카락이 떴고 모직 치마가 많이 구겨져 있었다. 정면과 달리 후면은 말끔하지 않았다. 지수는 사마귀보다 열 살이 많았다. 그런데도 사마귀는 자신이 지수보다 더 늙어 보인다는 생각을 지울 수 없었다. 고르다 사람들이 싫은 건 아니었다. 달리 믿을 이들도 없었다. 처지를 돌아볼수록 그들을 따라야 했다. 다른 무엇보다 분명하게 고마운 게 있었다. 자신의 몰골을 보고 소리를 지르지 않은 것. 표정을 애써 숨긴 것. 꼬리가 달린 괴물이란 소리를 삼킨 것. 사마귀는 자신을 보고 놀라지 않던 사람들을 떠올렸다. 그러면 어렴풋한 멜로디가 들려왔다. 세상에 끝이 온다 해도 좋아. 너와 나는 헤어지지 않을 거야. 사마귀는 침대로 가 모로 누웠다. 내가 아니라 네가 살아 있길 원했는데. 너와 함께 이곳에 있길 빌었는데. 너무 오래 되풀이한 그 생각엔 아무 힘이 없었다.

✱

"일종의 계획경제구역이죠. 고르다는 극심한 경쟁 체제에서 시선을 돌려 함께 완만한 경사로를 오르자고 말합니다. 경로를 수정하지 않으면 위험하니까요. 속도를 줄이지 않으면, 짐을 나누지 않으면 공멸이에요."

사마귀는 큼직한 모니터에서 새어 나오는 소리에 몸을 움츠렸다. 작업을 고쳐 진행한 지 한 달쯤 지났을까. 지수가 사마귀를 데리고 들어선 곳은 숙소에서 30분 정도 걸리는 미술관이었다. 고르다의 아트갤러리 고음은 숲 안쪽에 자리 잡고 있었다. 사마귀는 호텔과 비슷한 굴곡의 건물 형태를 보고 잠시 안도했다. 이곳도 고둥처럼 생긴 구조였다. 다만 미술관은 숲에 덩그러니 있어, 속이 파먹힌 고둥과 같이 보였을 뿐이다. 고음 1층엔 환경을 주제로 한 상설전시가 있었다. 복도를 따라 여러 명의 인터뷰 화면이 나왔다.

"한 명이 행복하고 아홉 명이 불행한 사회는 이제 저물었어요. 지난 세기, 지난 세대들이 그렇게 지냈지만 여기서는 안 되죠."

"독식과 독점은 종말로 가는 지름길입니다. 길을 트는 데는 수많은 어려움이 따랐지만, 우리는 막았어야 했어요. 낭떠러지 앞에 선 스스로를 멈춰 세워야 했어요."

통창 너머 자작나무 그림자가 길어진 탓에 스크린 속 사람들의 얼굴엔 긴 막대 모양 빗금이 가 있었다. 나무들의 몸통엔 줄기가 떨어져 나가 생긴 옹이가 숱했다. 틈을 메꾸며 형성된 자리엔 눈동자 무늬가 남아 있었다. 선 자리에서 미동도 없이 모니터를 바라보는 관람객은 이 나무들뿐이었다. 수천 개의 눈동자가 화면을 향해 있었다. 나무들은 눈을 감거나 자리를 벗어나지 않았다.

지수는 사마귀의 작업이 놓일 공간을 소개했다. 2층 끝, 천장이 낮고 넓은 방이었다. 암막 커튼을 걷어도 공간은 어두침침했다.

"바닥 공사를 한 번 더 할 거예요. 전시 개관일 전엔 끝날 예정이고요."

사마귀는 고개를 건성으로 끄덕였다. 고움에 들어온 이후부터 지수의 말이 귀에 잘 들어오지 않았다. 열 번도 안 되는 외출이었다. 의연한 척할수록 등이 뻐근했다. 사마귀는 갤러리 곳곳에 앉아 있는 사람들이 신경 쓰였다. 호텔 사람들과 같은 옷을 입고 있어도 낯설었다.

"저 사람들은 왜 여기 있어요? 입구부터 이 방 앞까지 다섯 사람이나."

"아, 저분들은 이 공간을 지키고 있어요. 작품이 훼손되거나 도난당하면 안 되니까요. 평소엔 관람객들이 문의할 때 답변하는 일이 많죠. 입장을 돕거나 출구를 알려주거나."

익숙한 곳을 한 뼘만 벗어나도 모르는 일투성이였다. 지수와 함께 계단을 내려온 사마귀는 그제야 로비 한복판의 초대

형 펠트를 발견했다. 어망에 휘감긴 새끼 바다거북의 사진이
인쇄되어 있었다. 이미지가 너무 큰 나머지 거북은 외계 생물
로 보였다. 검고 순한 머루 빛 눈망울이 가장 먼저 눈에 띄었
다. 사마귀의 기억에 저렇게 눈이 큰 거북은 없었다. 변형한
걸까. 더 확대해 넣은 걸까. 사람들은 언제나 눈이 크고 팔다
리가 있는 동물에게 마음을 쉽게 뺏겼다. 사마귀는 기둥 쪽으
로 걸음을 옮겼다. 거기에도 작품들이 많았다. 그런데 작가의
이름과 제목이 없었다.

　"이건 왜 전시관 안에 없어요?"

　"여기 물건들은 캠페인의 일환으로 나온 상품이에요. 친환
경 기업인 저희 고르다와 뜻을 같이하는 작가들이 이미지를
제공한 거죠. 대량으로 생산해 상업적으로 쓸 수 있도록."

　"많이 만들었는데 팔리지 않으면 쓰레기가 되지 않아요?"

　"탄소배출을 최대한 줄이는 방식으로 제작되고 있어요."

　"그럼 안 만들면 되죠. 만들지 않으면 탄소가 아예 안 나오
는데요."

　지수가 입매를 늘어뜨리고 사마귀를 흘겨봤다. 지수는 고
르다 사람치고 표정이 풍부했다. 사마귀가 손바닥으로 자신
의 입을 막는 시늉을 했다. 지수의 미소를 본 사마귀는 물건
들을 손으로 조심히 쓸어봤다. 컵, 연필, 가방, 티셔츠, 유리
병. 표면마다 멸종된 동식물의 모습이 붙어 있었다. 새끼거북
과 마찬가지로 전부 눈이 주먹만 했다. 코는 완두콩처럼 동그
랬고 입은 점과 같이 작았다. 이 크기라면 아무 먹이도 삼킬

수 없을 것 같았다. 무슨 소리를 내든 들리지 않을 듯했다. 수달의 입은 그나마 컸지만 그래 봤자 짧은 실선이었다. 입꼬리가 들려 올라간 수달은 익살스러운 농담이라도 건넨 얼굴이었다.

"여전히 모르겠어요. 이걸 사는 게 환경보호와 무슨 상관이 있는지. 진열대에 이미 멸종되었다는 문구가 있잖아요."

"일부러 멸종된 동식물을 그리는 작가들이 있어요. 남은 개체들이 더 멸종되는 걸 막고 싶으니까요. 그렇게 제작된 상품의 판매액 일부를 고르다 생태 유지부에 후원금으로 보내요. 그러면 거기 소속된 분들이 위기종을 위한 여러 일을 할 수 있죠. 고르다 거주민이 무작정 할 수 없는 일들이요. 구조나 관찰, 감시나 캠페인."

캠페인을 위한 캠페인. 목소리를 위한 목소리. 순환을 위한 순환. 사기 컵을 사면 죽은 수달을 도울 수 있나. 그렇게 여기니까 돈을 내겠지. 비슷한 위협에 놓일 동식물을 구할 수 있다고 생각하니까. 변화를 바라는 행동을 나쁘게 바라볼 건 없었다. 그런 의지란 사실 숭고했다. 무얼 믿고 꿈꾸는 건 몹시 어려운 일이었다. 모든 걸 밀어내면 무엇도 바뀌지 않는다.

"그렇다 해도…."

사마귀는 대꾸를 얼버무리고 새끼 거북의 눈을 다시 올려다보았다. 카메라에 찍힌 저 거북은 어떻게 되었을까. 그물에 이미 살점이 다 해졌는데. 피부가 썩어 문드러졌는데. 사마귀는 어망 사이로 나온 거북의 팔로 시선을 옮겼다. 상처 부위만 묘하게 흐릿한 것 같았다. 눈과 달리 외곽선이 불투명했다. 착각인가. 사마귀는 머리를 흔들었다. 미술관을 그만 벗어나고 싶었다. 멸과 위기. 어쩌면 사람들은 멸종위기종이라는 단어가 품고 있는 분위기를 좋아하는지도 모른다. 다 끝난 이들. 가장자리에 몰린 약한 생물. 도움이 필요한 위태로운 존재들. 그들이 원래 갖고 있던 힘과 자유를 온전히 쓰는 건 원치 않을지도.

"받으세요. 답사 기념 선물. 작은 거예요."

지수가 연필 한 자루를 사마귀에게 건넸다. 사마귀는 연필을 만지작거리다가 입을 벌렸다. 연필 끝, 작은 그림에서 눈을 뗄 수 없었다. 플라스틱 원반에 몸이 끼인 상어가 뺨에 눈물방울을 달고 있었다. 이미지 자체보다 발상이 싫었다. 둥글둥글한 상어와 둥글둥글한 눈물. 상어 사진을 한 번도 찾아보지 않았나. 바다의 먹이사슬 최상위 동물이 무엇도 해치지 못할 것 같았다. 사마귀가 놓친 연필을 지수가 다시 주워 건넸다.

"상어는 아직 살아 있지 않아요? 사라지지 않았는데 왜 그렸어요?"

"인공 양식에 성공했지만, 그전의 상어들은 사라졌거든요. 야생 상어요."

상어가 야생이 아닐 수도 있나. 야생이 아닌 상어가 상어인가. 앞에 그따위 수식이 왜 필요하지. 더 질문하고 싶지 않았다. 연필을 쥔 손에 힘이 자꾸 풀렸다. 사마귀는 차로 이동하는 내내 눈을 감았다. 사람들은 멸종위기종이 죽어서 더 사랑

할 수 있는 것 같았다. 그들이 다시 살아난다면 뒷걸음질하며 놀랄지도 몰랐다.

＊

방 입구까지 사마귀를 따라온 지수는 사마귀가 문을 닫는 걸 확인한 후 옆 건물로 향했다. 입구의 안면인식 기기가 지수의 얼굴을 꼼꼼히 훑어 내려갔다. 곧 문이 열렸다. 회의실 전면을 채운 고르다 마크가 드러났다. 뱀 두 마리가 아슬아슬하게 원을 이루는 형태였다. 한 마리가 입을 벌려 다른 한 마리의 꼬리를 문다면, 꼬리가 물린 그 뱀 역시 곧바로 자기를 문 뱀의 머리통을 썹어 삼킬 만한 간격이 두 마리 사이에 있었다. 지수가 자리에 앉자 마크가 반으로 갈라졌다. 눈앞의 동족을 물기 직전인 뱀들이 서로에게서 멀어졌다. 지수는 벽 끝을 향해 사라지는 뱀들을 쳐다봤다. 언제 봐도 공격을 멈춘 뱀들이 각자의 굴로 들어가는 모양새였다. 뱀들의 눈이 마지막으로 발광했다. 세 번의 심호흡을 마치자 스크린에 임원진들이 나타났다.

"고움에 다녀온 거죠?"

"네. 공간 안내도 마쳤습니다."

오늘 사마귀가 보인 행동은 보고하지 않는 게 나을 것 같았다. 드문 외출이었다. 잦은 질문은 외부 자극에 따른 당연한 변화다. 질문이 없을 때 더 주의를 기울여야 한다.

"올해로 3년이 되어가죠? 시간이 빠르네요."

"네, 1,029일. 적응력이 나쁘지 않아요."

"이번 주 예후는요?"

"평소와 비슷합니다. 코르티솔 수치가 많이 가라앉았어요. 스트레스가 극심하던 초기와 달라요."

달라진 게 맞나. 오늘 밤은 수치가 올라가지 않을까. 아니, 신체 검진 결과는 매일 나온다. 평균치로 보면 문제가 되지 않을 것이다.

"그때는 잠만 잤지. 죽었는지, 살았는지 모를 정도로요. 아직도 안 믿겨요. 그 아이, 처음엔 눈만 뜨면 죽게 내버려두라고 난동을 부렸는데."

"금주 평균 수면 시간은 6시간 22분입니다."

이름이 뭔지, 사마귀가 어떻게 지내왔는지 일부러 기억하지 않는 건가. 난동? 물론 그런 날도 있었다. 하지만 사마귀가 정말 여기 질서를 어지럽혔나. 그런 행동은 위협감 없는 몸부림에 가까웠는데. 사마귀는 그저 사람들을 찾았다. 이곳에 혼자 남았다는 사실을 받아들이지 못했다.

"그렇군요. 기대 여명은 비슷한가요?"

지수는 오랜만에 듣는 목소리에 놀라 화면을 쳐다봤다. 회의에 막 들어온 전략기획본부장이었다. 지수는 남편을 보고 머뭇거리다 고개를 떨궜다. 화면 쪽으로 시선을 두고 싶지 않았다.

"그래요. 난민과 함께하는 고르다, 좋은 취지죠. 준비도 꾸준히 하고 계시고."

사람들이 손을 휘젓자, 지수가 고개를 들어 화면 구석에 시선을 걸쳤다.

"홍보 업무에 딸린 보호자 역할까지 바쁘시겠습니다. 진행에 문제가 생기면 언제든 말씀해주세요. 집이든 여기든. 아, 집에서는 잘 못 만나니 회의실이 낫겠네요."

화면 속 사람들이 입을 가리고 웃었다. 지수는 엄지로 검지를 세게 누른 채 말했다.

"다음 달부터 예산을 13퍼센트 늘려주세요. 약속한 기한이 다 되어갑니다."

"보고서를 다시 검토해보고 말씀 드리면 어떨까요? 제 기억엔 기대 효과가 딱히 명확하지 않았던 것 같은데요. 우리가 얻는 게 정확히 뭐였죠?"

남편의 마음에 차지 않는 것들은 어차피 많았다. 그래도 지수는 남편이 이 전시를 왜 못마땅해 하는지 알고 있었다.

"아까 언급하셨잖아요. 방사능 폐기물 처리장 난민과 함께 하는 고르다, 동방 유니버설의 희생자와 같이 걷는 고르다, 그 어떤 기업보다 친환경적인 고르다. 이보다 명확한 기대 효과가 있나요? 파생 효과, 잠재 효과도 알려드릴까요?"

남편이 큰 소리로 헛기침했다. 듣기 싫은 말을 들을 때마다 나오는 버릇이었다. 지수는 허리를 바로 세우고 말했다. 목소리는 아까보다 커야 했고, 발음은 더 분명해야 했다.

"공생은 겉과 속이 다른 상태를 지칭하는 단어가 아닙니다. 기업 규모에 걸맞은 원칙과 체계 그리고 품위를 지켜주셔야죠. 논의는 오래전에 끝났어요."

화면 속 사람들이 술렁였다.

"더 검토하실 필요가 있을까요?"

"확실히 환기가 필요하긴 하죠. 그래요. 고르다가 갑갑하다는 사람들에겐."

여유로운 목소리가 다시 들려왔다. 뭔가 거슬릴 때 태평한 척하는 건 남편의 또 다른 버릇이었다.

✳

수명을 다한 기업의 이름을 기억하는 이들은 많지 않았다. 동방은 잊힌 지 오래였다. 누군가는 그곳이 망한 게 고작 3년밖에 안 되었는지 반문했다. 동방의 운영방식은 거센 비난을 받았지만, 책임자들의 행방은 오리무중이었다. 역학조사와 추가 역학조사 모두 흐지부지되었다. 결론을 내리던 사람들은 중도에 다른 일을 맡거나 일 자체를 그만뒀다.

기업들은 상대 기업을 매번 다르게 지칭했다. 하나의 기업이 상황에 따라 초국가기업으로도, 영세 기업으로도 불렸다. 그래도 동방이 다른 기업에 비해 규모가 큰 축에 속했다는 사실을 부정하는 이는 적었다. 고르다 거주민들은 동방에 대해 늘 비슷한 언쟁을 주고받았다.

"상식적으로 섬을 없앤다는 생각을 어떻게 할 수 있겠어요. 말이 안 돼요."

"이미 밝혀졌잖아요. 그렇게 터무니없는 내용을 지시한 적이 없다고. 그게 맞다면 집단 학살이잖아요."

"섬에 들어가 선박을 몰수하고 어업을 강탈했다던데."

"그러니까요. 그게 목적이었겠죠. 해양 소유권. 집중해야 할 지점도 그거예요."

"동방이 중국계 기업 아니었어요? 일본계였나?"

"그런 식으로 말하는 의도가 뭐죠? 옛날 국가 이름이 왜 필요해요?"

"그만합시다. 우리가 뭘 알겠어요. 벽 너머의 일을."

"동방이 섬 주민들과 합당한 계약을 맺은 건 맞잖아요. 일반적인 사기업과 노동자 관계에서 벌어진 사고인데, 이게 부풀려져도 너무 부풀려진 거죠."

"말씀 함부로 하시네요. 주민이 거의 없었다고 해도 아예 없는 건 아니었어요."

"그건 관리자들이고 그 사람들도 안됐지만."

"듣기로는 애초에 빈 땅이었다는데요."

"아뇨, 그 섬엔 수용자들이 머물고 있었대요. 중범죄자들이요. 어쨌든 다른 곳으로 대피나 이주를 시켰겠죠."

"전부 음모론이에요. 영상 조작된 거 알아요? 편집된 흔적이 있다는데요."

"진짜인지 가짜인지 확인할 길이 없지 않습니까. 도대체 무인도 하나에 왜 이렇게 소모적으로 구는지. 어차피 동방 유니버설은 파산했어요."

논란이 인다는 건 논란이 끝났다는 의미였다. 말의 기포가 문제를 뒤덮었다. 출발선을 한참 지난 이들은 자신들이 어디에 서 있는지 잘 파악하지 못했다. 핵폐기물과 방폐장이라는 단어는 어느 시일부터 대화에 포함되지 않았다. 섬에서 살아남은 사람, 생존자의 증언이 없었기 때문이다.

✳

기울어가는 기업과 새로 생긴 기업이 숱했다. 입지를 완전히 굳힌 대기업들은 점차 국가와 닮아갔다. 구획은 자주 변해도, 제도는 이전 것을 기워 쓰는 식이었다. 국가와 정부의 소멸, 탈국가와 같은 표현은 그대로였지만 사세가 강해진 기업들은 국가의 역할을 이어나갔다. 기능을 발휘하는 모습도, 기능을 발휘하지 못하는 모습도 옛 나라와 비슷했다. 군과 경찰은 안전이라는 단어가 들어간 다른 이름으로 부활했다. 안전군은 예전과 달리 자발적인 지원자를 받아 조직되었고 적절한 보수가 지급되었다. 교도소 역시 재사회라는 단어가 들어간 긴 이름으로 유지되었다. 사람들은 전 세대가 버린 개념을 다시 가져다 쓰기 시작했다. 포장이 다르면 내용도 다른 것 같았다.

"경로를 수정했는데, 왜 이렇게 됐지?"

자전거에서 내린 남자는 본사 벤치에 털썩 주저앉았다. 날이 갈수록 숨이 찼다. 남자는 얼룩 한 점 없는 운동화를 한참 내려다봤다. 초대회장인 남자가 고르다를 창립할 때 내세운 가장 중요한 가치는 수평이었다. 고르다는 다른 대기업과 달리 일찌감치 기존 산업에서 손을 떼어냈다. 조화로운 경쟁이나 끝없는 발전 따위는 믿을 수 없는 표현이었다.

남자는 국가들이 무너지는 모습을 똑똑히 봤다. 나라가 끝나는 이유는 단순했다. 일종의 물리 법칙과 같았다. 지도자들이 혼란을 부추기고 국민은 보호를 받지 못한다. 범죄와 전쟁이 들끓는 땅에 기후위기가 닥친다. 여기에 쓸데없는 이데올로기, 위계와 권위를 고집하는 문화, 박애 없는 종교가 더해진다. 열에 아홉, 결말은 나라의 분해였다. 나라로부터 버려졌다는 판단을 하면서도 거기 붙은 의무와 권리를 쥐고 있을 시민은 적었다.

국가들이 붕괴하던 시기, 기업들은 나라를 잃은 이들이 가장 필요로 하는 보호 처소가 되어줬다. 에어돔 안은 안전했다. 그 무렵 기업 모두가 차폐벽과 함께 이 차단막 개발에 열을 올렸다. 투명한 돔을 위해 불투명한 돈이 무수히 쓰였다. 막 바깥은 이전으로 돌아갔다. 기업의 관리를 벗어난 이들은 다시 석유를 썼다. 폭우와 폭설은 국적을 포기하지 않는 이들에게 돌아갔다. 미세먼지와 바이러스도 마찬가지였다. 여전히 나라에 소속되길 바라는 이들이 난민이 되었다. 그들의 신념은 다양했다. 여러 번의 쇄신과 정비를 거쳐 통합된 환경 기구와 협회, 반기업 단체, 시민 연대, 노조원들이 돔 바깥사람들을 십시일반 도왔다. 나라들이 남아 있는 한 기업들은 이들의 눈치를 봐야 했다. 국가와 민족은 보이지 않는 개념이었다. 보이지 않아도 살아 있는 것들은 거의 영원이라 부를 수 있을 만큼 숨이 길었다.

운동화를 벗은 남자는 눈앞의 고둥 모양 건물을 바라봤다. 자신이 택한 디자인이었지만, 지금은 흉물스러웠다. 공사가 이뤄지기 전의 높고 추한 빌딩보다 더 마음에 들지 않았다. 남자는 이 고둥에 들어오는 이들이 그 시절보다 인간다워지길 바랐다. 알맞은 일자리와 노동환경 그리고 만족스러운 의식주가 주어지면, 사람들의 머릿속에 수평이란 개념이 자리 잡으면, 대화다운 대화가 시작될 거라 믿었다. 하지만 변질은 예상보다 빨랐다. 혁신적으로 보였던 것들이 이제 가장 추레했다. 남자는 초대회장, 명예회장이라는 지금의 직함이 생경했다. 바꾸고 싶은 것, 바꿀 수 없는 것이 매일 늘어나기만 했다. 사위인 전략기획본부장은 간단히 답했다.

"손 쓸 수 없는 영역은 손 쓸 수 없는 영역입니다. 빛이 바래는 것도 자연스럽죠."

고르다의 주요 산업이 활성화한 곳은 땅의 중심부인 동부였고 기간시설 구축이 덜 된 곳은 나머지인 서부와 남부였다. 북부의 93퍼센트는 인가가 없다시피 한 산간지대였다. 구역 전체를 친환경 체제로 굴려도 오염도는 늘 외곽지가 더 높았다. 에어돔 오류도 서남부에서 잦았다. 빈부의 격차, 치안의 격차, 언어의 격차. 작은 틈 하나는 수백 개의 금을 만들었다.

아들인 부회장은 보고되는 사고를 제대로 살피지 않았다. 아들의 일과는 수영과 영화 관람뿐이었다. 자도 자도 아들의 눈은 퀭했다. 매일 쉬는데도 하품을 멈추지 않았다. 지수, 지평. 남자는 수평이란 단어를 나눠 가진 자식들이 이토록 다를 수 있는지 의심스러웠다. 아무래도 '수'는 너무 무난하고 '평'은 너무 거창한 이름이었다. 딸은 이름을 짓눌렀고 아들은 이름에 짓눌렸다. 그래도 회장은 수평의 첫 글자를 딸이 쓰는 게 다행이란 생각을 자주 했다. 딸이 자신과 더 가까운 곳에 있으려면 홍보부에서 적당히 경험을 쌓는 것도 나쁘지 않을 듯했다.

원하는 꼴의 답을 내는 건 사위와 딸 부부, 달리 말해 전략기획본부장과 큐레이터 이 둘이 다였다. 딸 앞에서는 고르다를 처음 만들 때의 심정이 생각났다. 사위 앞에서는 고르다를 어떻게 매만져나갈지 생각할 수 있었다. 고르다의 회장은 국가에 환멸이 가득했던 자신이 어떻게 국가를 닮은 기업을 꾸려나가고 있는지 알 수 없었다. 다른 기업의 회장들도 그처럼 젊은 아나키스트 시절을 통과했다. 생애주기에 따른 성숙, 넓어진 시각, 세상의 이치. 모이면 하는 말은 뻔했다. 목소리는 대부분 컸다. 자기 입장, 자기 시야뿐이었다. 다른 사람의 의견에 의미는 거의 없었다. 말을 나누기 전이나 나눈 후나 바뀐 생각도 없었다. 상대의 얘기가 길어지면 금세 짜증이 일었다. 담소는 대화가 아닌 반응이나 나열에 가까웠다. 한두 마디 말에도 반복과 번복이 들어갔다. 성대가 쓸데없이 진동했다. 소모가 소모인 줄 몰랐다. 하지만 자신 역시 예전으로는 한 발짝도 돌아갈 수 없었다. 의자에 앉으면 두 다리가 부채꼴로 벌어졌다. 회장은 사위의 말을 곱씹었다.

"다른 기업들도 함께 변했어요. 시대의 흐름인걸요. 그래도 이보다 친환경적인 곳은 없을 텐데요."

✳

고르다는 현재 극동아시아 지역에서 네 번째로 큰 기업이었다. 고르다가 운영하는 곳은 옛 한국 영토였다. 관리 구에 중앙, 거점, 특별이란 단어는 쓰이지 않았다. 누가 어디서 바라보는지, 기준과 방향을 세우는 과정에도 논란이 있었지만 결국 동서남북이 방위 명칭으로 자리 잡았다. 굵직한 시설과 교통망을 재정비해도, 네 영역 중 동부가 가장 부유하고 활달했다. 오래전 수도권으로 불리던 자리였다.

"변질이 아니라 변화죠. 이게 생태계이고요. 회장님의 뜻은 저 역시 깊이 존경하고 있습니다. 그렇지만 고르다를 더 확장하려면 적절한 통제가 필요해요. 실제로 거주민 관리가 강력한 다른 기업의 주거 만족도가 높다는 걸 알고 계실 텐데요. 뒤처지다 주저앉은 기업들은 두 가지를 하지 않았어요. 선택과 집중."

건물에 들어온 회장은 한숨을 쉬었다. 몇 번이나 얘기해도 데스크 직원은 허리를 깊숙이 숙여 인사했다. 회장은 이런 관례에 염증을 느꼈다. 그렇다고 직원이 바뀔 때마다 다가가 당부하기도 싫었다. 다짜고짜 눈물을 쏟는 신입 사원을 보면 골치가 아팠다. 손 쓸 수 없는 영역은 정말 손 쓸 수 없는 영역일까. 사위의 말대로 국가의 몫을 대리하던 기업들은 거주민들의 자유를 점점 소홀히 여겼다. 정치, 경제, 문화, 교육, 언론 모두 임원진이 얼마든지 쥐락펴락할 수 있었다. 여건에 따라 갑작스러운 인수와 합병도 추진했다. 기업 산하의 거주민들은 이런 조정에 따라 생활이 급속도로 불안정해진다는 걸 익히 알았다. 그래도 과거의 독재나 폭력을 떠올리면, 돔 안이 이 정도로 평온한 건 기적에 가까운 일이었다. 고르다인들은 어느새 시민과 거주민이란 말을 섞어 썼다. 치안을 위해 설치하는 안면 인식기기가 수없이 늘어나도, 기기의 검사 시간이 조금씩 길어져도 사람들은 수긍했다. 기업 바깥, 에어돔이 없는 땅은 황무지였다.

엘리베이터 안에 들어선 회장은 건반을 치듯 턱을 가볍게 두드렸다. 이제 와 보니 사람들은 회장의 목표에 관심이 없었다. 설립 초에 창안한 세 가지 운동은 우스꽝스러워진 지 오래였다. 상호존중을 바탕으로 한 언어 수평 운동은 서남부에서 실패했다. 매일의 감정을 5백 자 내외로 기록해 공유하는 일도 성과가 없었다. 메모광인 자신의 착각은 매일의 기록이 반드시 성찰로 이어질 수 있을 거라는 판단이었다. 거주민들의 글은 대체로 고만고만했다. 글쓰기가 필수 과업이 되면서부터 이 행위를 좋아하는 이들은 현저히 줄었다. 하루 6시간 노동도 난제였다. 일부 거주민들은 이 시간조차도 피곤해했고, 임원진들은 다른 기업에 비해 턱없이 모자라는 시간이라고 했다. 사위와 사위를 따르는 중진들이 회의 때마다 이 사안을 물고 늘어졌다.

회장은 모든 종 중에서 가장 둔감한 건 인간일지도 모른다고 생각했다. 위기와 종말이라는 개념을 알고 그런 단어를 자주 들먹이면서도 사람들의 생활에 별반 변화가 없었기 때문이다. 종말 역시 인간을 빼닮지 않을까. 끝을 앞당기는 마음이 이렇게 하찮듯 끝은 거대하지도 비장하지도 않을 것 같았다.

✳

고르다에 거주하는 이들은 금요일 오후 3시에 지급되는 기본주급을 손꼽아 기다렸다. 매일 5백 자를 제출한 이들은 급여를 차질 없이 받았다. '이달의 인상작'을 쓴 이들에게는 작은 혜택도 주어졌다. 선정자들은 급여와 함께 비누나 휴지 등의 생필품을 받았다. 한번 물품을 받은 사람들이 다음 물품도 받아갔다. 주제와 소재는 자유였지만 선정된 글들은 대부분 고르다 친화적이었고 그 태도가 제한 글자 수 안에 매끄럽게 배어든 서술이 좋은 평가를 받았다.

'누구에게나 쾌적한 환경이 필요합니다. 하지만 너무 쾌적하기만 한 환경은 위험하죠. 지난 역사를 보세요. 조금씩 분담하지 않으면 누군가는 울타리 밖으로 밀려나게 됩니다. 우리는 적절한 불편과 위기를 헤쳐 나갈 때만 나아질 수 있습니다.'

공개된 글들은 널리 읽혔다. 다른 말로 바꿨을 뿐 인상작이 실제로는 우수작이라는 사실을 모르는 사람은 없었다. 고르다에서 가장 흔히 쓰이는 형용사도 인상적이라는 표현이었다. 머릿속에 어떤 인상이 어떻게 남았는지 생략된 수식은 무엇이 싫을 때도 좋을 때도 두루 사용할 수 있기 때문이었다.

'편리의 동의어는 마비입니다.'

카페 출입구엔 4월 인상작의 글귀가 붙어 있었다. 유행하는 디저트와 차를 먹기 위해서는 주급을 아껴 써야 했다. 금요일 저녁엔 카페가 북적였다. 만석인 카페에 들어가지 못한 데다 냉장고가 없는 이들은 얼음을 사서 집에 갔다. 좁은 식탁 위, 아이스 홍차가 담긴 격자무늬 유리컵은 카페에서 내는 것과 비슷한 모양이었다. 사람들은 필수 전자기기를 들이는 것보다 인기 있는 신상품을 갖추고 싶어 했다. 보편적인 흐름을 타는 일이 안정감을 주었다.

전기와 물이 간혹 끊겼다. 동부를 제외한 지역은 더 자주 끊겼다. 사람들은 예고 없는 단수와 단전에 익숙했다. 몇 시간만 기다리면 일상이 또 이어졌다. 약한 수압도, 악취도 적응할 수 있었다. 체취를 가릴 수 있는 향수는 많았다. 기본주급을 세 번 모으면 재활용 용기에 마음에 드는 향 30밀리리터 정도는 채울 수 있었다. 한 달에 두 번, 하루 노동 6시간 외의 번외 노동을 신청하면 더 많은 양을 사는 일도 가능했다. 5백 자 기록과 6시간 노동을 하지 않고도 지낼 방법은 하나였다. 다른 구역, 다른 기업의 거주민을 여기 데려와 고르다인으로 등록시키면 2주간 모든 필수 활동을 쉴 수 있었다. 납치나 협박을 비롯한 범죄 행위는 인정되지 않았다.

✳

　침대에서 일어난 사마귀는 두 손으로 등을 두드렸다. 어제
는 몰랐지만, 미술관 고움에 한 번 들른 것만으로 허리 근육
이 굳고 말았다. 벌써 세 번째 오전 열차가 운행하는 시간이
었다. 부부부, 환자가 부는 피리처럼 힘 빠지는 소리가 났다.
사라진 증기기관차가 냈던 경적들을 모아 만든 효과음이라고
했다. 알림음을 누가 골랐는지 묘하게 기운 없고 불안정한 화
음이었다.

　사마귀는 고르다 전기 기차에 오르는 사람들을 내려다봤
다. 얼마 후 차는 나선형 궤도를 따라 사마귀의 눈높이 부근
까지 다다랐다. 사마귀는 창문을 닫고 자리에서 한 걸음 물러
났다. 다들 얼빠진 얼굴로 손을 흔들고 있었다. 휴일 대관람
차에라도 탄 것 같았다. 분명히 일하기 위해 나가는 길인데
사람들은 편안한 표정이었다. 사마귀는 조심스럽게 손을 뻗
어 창을 쓸어보았다. 반사 유리창이 맞는지 늘 의아했다. 그
들은 사마귀를 볼 수 없는데도 마치 보이는 듯 손짓했다. 몇
분 뒤에야 기차가 시야에서 사라졌다. 사마귀는 창틀에 상반
신을 기댔다. 산등성이 앞에 풍력 발전소 팬이 세차게 돌고
있었다. 숲 너머 드넓은 태양광 패널들이 햇빛을 마구잡이로
튕겨냈다. 사마귀는 수시로 창가에 머물렀다. 광대한 남보라
색 패널을 바라보고 있으면 발치 앞에 꼭 한여름 파도가 넘실
대는 것 같았다. 착시라는 걸 알아도, 망막의 잔상이 만들어

낸 가짜 거품에서 눈을 뗄 수 없었다. 다시는 보고 싶지 않다고 생각했는데, 왜 창 앞에 서 있게 되는지 자신도 알 수 없었다. 머릿속에서 노래가 다시 들려왔다.

✳

3년 전, 모래사장에 처박힌 아이들을 발견한 쪽은 고르다였다. 구조 소식을 접한 임원진들이 자리에 둘러앉았다. 대면이 필요한 내부 회의였다. 모두 고르다 동부 해안가로 밀려온 생존자들이었고 4백여 킬로미터 폭을 따라 셋 다 뿔뿔이 떨어져 있었다. 기업들이 바다에 설치한 차폐벽은 수압 조절용 구멍들이 컸다.

"구해내서 다행이에요. 동방이면 같은 언어권이죠? 멀지 않은 곳이니."

지수의 말에 사람들은 답이 없었다. 왜인지 다들 미간을 찌푸리고 있었다. 자료를 훑어보던 지수가 다시 물었다.

"아이들이 어디서 치료를 받고 있죠? 회복기가 지나면 환경 기구에서 책임자들을 다시 추적하는 일도 가능하겠네요."

"생존자들이 동방 교도소 출신인지, 동방 산하 섬 출신인지 먼저 알아봐야 하는데요."

회의장 분위기는 평소보다 건조했다. 그들은 아이들이 살아남은 사실을 반기지 않았다. 사체 처리가 더 수월했을 거란 기색이었다.

"아이들이 동부 어디에 있나요?"

"셋은 따로 있어요."

남편이 답했다. 잠시 헛기침을 하던 남편이 이어 말했다.

"한곳에 있으면 안 됩니다."

회장은 아무 의견이 없어 보이는 아들에게서 고개를 돌려, 늘 그랬듯 긴 싸움을 이어갈 딸 부부를 쳐다봤다.

"본부장님, 생존자들을 왜 분리해야 하는지 모르겠습니다."

"과격한 반응이 있을지도 몰라요."

"무슨 반응이죠? 아이들의 트라우마 말씀이신가요? 물론 의료진 소견을 들어봐야 하지만…."

"저는 고르다 거주민들이 보일 반응부터 답하고 싶네요."

본부장이 회장을 한번 쳐다보고 말했다.

"아이들이 만나면 무슨 소릴 할까요? 경우의 수를 펼쳐보세요. 기업에 친화적인 거주민들도 흔들릴 텐데, 반기업 활동가들이 이 사태를 어떻게 해석할지 예상해보셨어요? 파급력을 한번 가늠해보시면 좋겠는데요."

"과장하실 필요 없어요. 기업들이 하는 일이라면 뭐든 싫어하는 사람들이야 늘 있었어요. 이건 동방의 범죄잖아요. 무엇보다 우리에겐 그들을 따로 둘 권리가 없습니다."

몇 초간 정적이 흘렀다.

"그래요. 이건 동방이라는 '기업'의 범죄입니다. 그러니까 사람들 뇌리에 '기업'의 잘못이 박힌다고요."

지수가 물을 한 모금 마셨다. 남편이 들이미는 건 같은 근거였다. 매사에 호승지심이 강한 남편이 이렇게 불안해할 필요가 없었다. 지수는 자신의 예상이 틀리기를 바랐다.

"고르다는 동방을 인수했어요."

남편의 말을 들은 지수는 주먹을 말아 쥐었다.

"아이들을 모아두면 잊힌 동방이 다시 화제가 될 겁니다. 그 관심이 어디로 흐를까요?"

고르다가 중범죄 기업 동방을 흡수했다는 사실이 알려지면 곤란했다. 환경 기구의 조력 아래 감시기관과 조사단은 아마도 끈기 있게 고리를 찾아낼 것이다. 반기업 세력은 돔 안에도, 밖에도 있었다. 경쟁 기업들은 고르다 앞에 악덕과 부도덕이라는 단어가 붙는 일을 누구보다 반길 것이다. 하지만 어떤 명분으로도 아이들을 고립시킬 순 없었다. 누가 이따위 결정을 했지. 지수는 회장을 쳐다봤다. 아버지는 이렇게까지 허름한 방식으로 회사를 키우지 않을 것이다. 남편은 지수의 생각을 읽은 듯 답했다.

"부회장님이 진행하신 일입니다. 고르다는 동방의 자원과 기술을 합리적인 가격에 사들였어요."

지수는 눈을 비비는 남동생을 보고 자세를 고쳐 앉았다. 남편은 동생의 승인을 쉽게 받아냈다. 동생의 취미 활동에 몇 시간만 발을 들이면 끝이었다. 실제로 결정을 내린 사람은 남편일 게 뻔했다. 경영에 의욕도 흥미도 없는 동생은 얇은 우비 정도의 역할을 했을 뿐이다. 이곳은 그저 남편과 남편을 따르는 임원진이 미리 맞춘 이야기를 전하는 자리였다. 돔 바깥보다 오염도가 높았다.

덩치가 걷잡을 수 없이 커진 기업들은 모두 순환계통에 고질병이 있었다. 부패를 다루는 방식이 전 세대와 같았다. 나이가 적고 직위가 낮은 몇몇만 처벌을 받았다. 사건에 대한 책임을 져야 할 중진들은 다른 직책이나 직함을 받아 들었다. 혐의를 뒷받침할 증거들은 공중 분해되었다. 차라리 쳇값을 치러야 할 이들이 모두 죽었다고 여기는 편이 나았다.

아이들은 섬을 그렇게 만든 자들이 누구인지 영영 알 수 없을 것이다. 지수도 동방 임원들의 행방을 파악할 수 없었다. 하지만 세 아이가 살아 있다는 사실을 알게 된 건 다행이었다. 남편 쪽 임원들이 자신에게 알리지 않고 아이들을 지울 수도 있었기 때문이다. 자신이 셋의 존재를 알게 된 이상, 앞으로 고르다는 아이들에게 손을 댈 수 없었다. 지수는 다시 물을 마셨다. 나방 한 마리가 테이블 위에 내려앉았다. 날개 한복판의 작고 검은 원이 선명했다. 지수는 그 점을 한참 응시했다. 지저분한 판단이 누구의 것인지 이제 중요하지 않았다. 이 자리에 모인 이들의 반 이상이 결정에 동의했고, 자신은 동의할 수 없다는 게 더 중요했다.

"구조된 아이들 걱정은 하지 마세요. 고르다는 아이들을 각각 보호해나갈 겁니다."

한 여자가 말했다. 지수는 그곳을 쳐다보지 않았다. 해류를 따라 이동한 아이들의 궤적은 길고, 목격자도 전부 파악할 수 없었을 것이다. 여러 변수를 고려해 보호할 뿐이었다. 그저 고르다가 처할 수 있을 위험에 대한 부담으로 멈칫한 상태였다. 지수는 자기 손등을 꼬집었다. 다시 말해 임시 보호였다. 남편과 그 뒤의 임원진이 기구의 눈을 피해 벌이는 짓은 대범하고도 집요했다. 지수는 세 아이를 끝까지 보호할 방법을 떠올렸다. 정신을 차리고 아버지와 아버지를 따르는 임원진 쪽을 설득해나가야 했다. 회의에 참석한 서른 명 중 열넷은 귀를 기울일 수도 있었다.

"올해 상반기 고르다에 유입된 인구는 전년 대비 12,397명이나 적죠. 기업들의 에어돔 기술력은 초반에만 비슷했지, 지금은 차이가 꽤 나고요. 이번 달 서남부 지역 오류 보고는 확인하셨죠?"

지수는 남편의 눈을 보며 물었다.

"심각한 건 아닙니다. 그보다 관리 문제는 지금 안건과 거리가 있는데요."

"네, 다른 기업들도 착오는 있죠. 하지만 거주민들은 조금이라도 더 안전한 돔을 원해요. 에어돔의 안전성을 확보하지 못하면 노동시간을 줄이고 주급을 높여도 이탈자가 생길 겁니다. 그런데 이 기술 향상엔 기나긴 시간이 소요되죠."

"논지가 어긋나고 있는데, 집중할 수 있게 말씀해주세요."

"고르다는 어떤 기업보다 생명권과 환경 그리고 수평의 개념을 강조해왔어요. 여러분과 마찬가지로 저는 초대회장님의 철학과 사상을 존중합니다. 이 가치 때문에 약간의 불편을 감수하더라도 고르다에 사는 거주민, 고르다로 넘어오는 거주민들이 있죠. 매해 통계를 보면 유의미한 숫자예요."

지수는 숨을 내쉰 뒤 이어 말했다.

"그 때문에 현재 고르다엔 세 아이의 생존기가 필요합니다. 방폐장 아이들이 험난한 위기를 뚫고 살아남아 여기 왔다는 서사요. 우리에게 이 이야기가 있다면 경쟁 기업들과 궤도 자체가 달라지죠. 돈으로 환산할 수 없는 위상이 높아질 수 있어요. 그러니 아이들을 서로 만나게 한 후 증언을 들어야 합니다."

"고르다를 포함해 기업 전반에 불리한 말이 나올 수도 있습니다. 증언을 어디까지 각색하시게요?"

"동방과 연루될 만한 흔적은 이미 폐기하셨을 텐데요. 고르다가 적법한 절차를 밟지 않고, 비밀리에 동방을 인수한 사실을 십 대 초반의 아이들이 무슨 수로 알 수 있을까요? 본부장님은 매번 고르다가 도태될 위기라고, 사세를 확장하자고 하셨죠. 말씀대로라면 이건 기회입니다. 위험은 적고 이익은 커요. 고작 십 대 아이 셋입니다."

남편은 말이 없었다. 남편을 쳐다보던 임원 몇몇이 쯧쯧, 소리를 냈다.

"시간이 필요해요. 안전을 위해 경과를 지켜봐야 합니다."

지수는 남편이 빼놓은 주어가 아이들이 아닌 고르다라는 사실을 잘 알았다. 턱을 두드리던 회장이 입을 열었다.

"아이들을 데려와 같이 지내게 하세요. 다만 조건이 있습니다. 본부장님의 의견대로 시간을 좀 두죠. 3년 후 정도가 어떨까요. 내상과 외상이 심할 겁니다. 의료적 차원에서 지금

환경에 무리한 변화를 가하지 않은 채, 생존자들 각각의 회복 상태를 면밀하게 살필 필요가 있어요."

본부장은 손가락 세 개를 접어봤다. 3년이 적절한 유예기 간일지 알 수 없었다. 그 시간이면 방폐장의 아이들이 쇠약해 질지, 기억과 성격이 흐려질지 의아했다. 동방에서 왔다는 아이들이 꺼림칙했다. 세 아이가 숨을 쉬고 말을 하고 어울려 다닐 모습이 벌써 신경 쓰였다. 안 좋은 일이 생길 것만 같았다.

✳

남부 외곽 하늘이 컴컴했다. 봄에 걸맞지 않은 번개가 쳤다. 구름 사이에서 빛이 쏟아질 때마다 삼거리 전체가 밝아졌다. 골목에 나와 있던 몇몇 아이들이 소리를 질렀다. 한 여자아이는 빛이 먼저 오는 게 싫다고 했다. 꽝음이 잇따라 왔기 때문이다.

"차라리 쾅쾅, 소리가 먼저 났으면 좋겠어. 빛을 보면 겁이 나."

"놀랄 준비를 하라는 거지."

"싫어. 그냥 때리지 대체 왜 미리 알려주는 거야? 계속 떨리잖아."

아이들이 집으로 뛰어 들어갔다. 오래된 세간살이가 다 들여다보이던 창문이 끽끽 소리와 함께 닫혔다. 마을에 몇 되지 않는 아이들을 구경하던 노인들도 자리에서 일어났다.

고령층이 밀집한 고르다 남부는 동부의 윤택한 생활양식

과 다른 모습을 띠었다. 남부의 기계들은 국가 붕괴 직후 시
대를 벗어나지 못한 듯 여전히 큼직했다. 무선보다 유선 제품
이 더 널리 쓰였다. 고물을 수리해 사용하는 이들도 많았다.
기능을 합쳐 한데 모은 초소형 기기가 활발히 유통되지 않기
때문이었다. 하나의 물품엔 하나의 기능이 있었다. 티브이,
오디오, 라디오, 전화, 컴퓨터. 모두 부피는 꽤 컸다. 냉장고
와 세탁기 한가운데에는 에너지소비효율 등급을 표시한 미색
스티커가 붙어 있었다. 남부는 백여 년 정도 전인 1980년대,
사회주의 국가들의 모습과 비슷한 데가 있었다. 도시의 면면
이 어딘가 순박하고 갑갑했다. 청년들의 표정은 상냥했지만
늘 무언가를 참고 있는 것 같았다. 같은 자리를 맴도는 기분
이 들어도 남부 사람들은 가능성, 활로, 전망, 기대 같은 단
어를 자주 썼다. 학교와 관공서가 없는 땅은 한산한 관광지
같았다.

✳

봄비는 곧 그쳤다. 공원에 다다른 노인은 텀블러와 손수건
을 의자에 내려두고 바로 옆 운동기구에 몸을 붙였다. 툭툭,
노인은 뒤를 돌아보았다. 등을 두드린 건 사람이 아닌 나뭇잎
들이었다. 잎들은 바람을 타고 노인의 작은 등을 건드렸다.
노인은 귀찮고 성가신 그 손짓이 좋았다. 그는 나이 든 사람
대부분이 왜 규칙적인 생활을 이어나갈 수 있는지 짐작할 수
있었다. 성실하다거나 겸허하기 때문이 아니었다. 사람은 자

신이 별 수 없는 유기체라는 사실을 깨닫고 나면, 일정한 규범에 맞춰야 생활을 이어 갈 수 있었다. 무한대의 자유는 공백과 같은 말이었고, 공백 속의 인간은 짓이겨질 수밖에 없었다. 베갯잇을 갈고, 아침과 저녁을 먹고, 몇 시간씩 규칙적인 일을 하는 것만으로도 근심이 거의 사라졌다.

공원 보도 가장자리마다 혀를 닮은 꽃들이 보였다. 맨드라미 꽃송이는 징그러울 만큼 컸다. 줄기도 굵고 억셌다. 하지만 돌을 뚫고 나온 꽃들은 벌을 받듯 꼿꼿이 서 있었다. 담에 몸을 기대지도, 땅에 고꾸라지지도 않은 채 비좁은 흙을 가만히 견뎠다.

공원 가운데로 들어온 세 사람이 쭈뼛쭈뼛 자리를 잡았다. 노인은 낯선 사람들을 숨죽여 쳐다봤다. 이십 대로 보이는 사람들은 깃발을 들고 있었다. 엉거주춤한 자세에 표정은 얼떨떨했다. 어깨끈엔 '반기업 연맹 남부 지부'라는 글자가 보였다. 풋풋했다. 가망 없는 일에 대책 없이 매달리는 이들은 늘 젊어 보였다. 화, 분노, 긴장. 보이든 보이지 않든 적에 맞서 싸우겠다는 팽팽한 상태. 두루 살피지 않고 눈앞의 한 지점만 보는 근시안적 태도. 어쩌면 세상과의 불화가 저들을 젊게 만들지도 몰랐다.

노인은 손수건을 집어 목덜미를 닦아냈다. 무슨 구호를 외칠까, 이렇게 지루한 곳에서. 위치를 바꾸고 옷을 몇 번 털던 젊은이들이 배낭을 열었다. 접이식 나무판엔 반구 모양의 그림이 있었다. 판을 든 남자가 앞으로 걸어 나왔다.

"이 그림을 봐주세요. 뚜껑이 있는 사료 그릇, 먹이 밖에 물이 고인 구조. 이게 고르다의 생김새입니다. 기업들은 격리 시설을 모두 이 돔 밖에 두고 있어요."

목소리는 작았다. 남자는 동료로 보이는 뒤의 두 사람과 눈짓을 주고받았다.

"자동이나 영구라는 말은 환상입니다. 자원은 언제까지나 순환될 수 없어요. 모든 건 유한합니다."

"사고도 늘 동부가 아닌 서남부에서만 일어납니다. 고르다는 고질적인 차별에 눈 감고 있습니다."

"우리는 이런 시스템으로 계속 살 수 없습니다."

돌아가며 말을 마친 셋은 함께 외쳤다.

"타도 고르다, 타도 고르다."

"헛소리."

노인은 혼잣말을 내뱉었다. 서투른 철부지 역할을 하지 않고는 못 배기나. 세 사람은 세상이 원하는 노릇을 자처하고 있었다. 조금씩 부드럽게 불만을 전하면 달라질 건 없었다. 이들이 나와 있는 거리와 평소의 거리는 비슷했다. 서남부 지역에서 눈에 띌 만한 집결은 없었다. 시위 현장엔 개인이나 소규모 인원만 있었다. 모두 게릴라성이었다.

노인은 이모가 들려준 일화를 떠올렸다. 오래전 배움터 사람들과 했다는 달걀 실험에 관한 이야기였다. 조별로 낙하 원리를 토론하고 가설을 세운 뒤 장치를 만드는 게 수업 내용이었다고 했다. 낙하 전에는 모든 조원 앞에서 그 과정을 설명해야 했다. 달걀을 높은 곳에서 떨어뜨려도 깨지지 않게 설계하는 게 목표였다. 에너지 법칙, 표면 장력, 만유인력, 속도 저감, 마찰 계수, 가속도. 달걀을 보호할 개념이 수도 없었다고 했다.

"다들 열심이었어."

"이모는 어떻게 만들었는데?"

"일단 두꺼운 상자 바닥에 탈지면을 켜켜이 깔았어. 속은 고무줄로 칭칭 엮었지, 거미줄처럼. 그 안에 달걀을 넣었어. 작은 요람처럼 꾸미느라 얼마나 진땀을 흘렸는지."

"그래서 달걀은 어떻게 됐어?"

"우리 달걀? 온전치 않았어."

"금이 살짝 간 게 그나마 괜찮은 가설이었겠네."

"전부 박살 났는데? 우리도 다른 조도 다 깨졌어. 멀쩡한 알이 하나도 없었단다."

"그럼 실험을 왜 한 거야?"

"이제 와 생각하면 그건 과학이 아니라 일종의 경영 수업이었어."

"경영 수업?"

"그게, 뭐랄까. 광고에 대한 수업인 셈이지. 누가 제일 그럴듯한 거짓말을 하는지 알아보는 시간. 난 그날 이후로 아무 광고도 안 믿어. 텅 비었거든. 텅, 텅."

노인은 눈을 껌벅이며 텅, 텅 소리를 내봤다.

"말은 하기 나름이고 매끄러운 말은 다 가짜라는 걸 깨달았으니 어쨌든 그날은 중요한 날이었어. 모든 조가 실패했으니까."

노인은 이모의 이야기를 되새김질했다. 정확한 기억은 아니어도 대략의 흐름은 또렷했다. 노인은 목을 빼 하늘을 바라봤다. 공원의 낮은 울타리 너머로 노을이 천천히 퍼져나갔다. 부서진 달걀, 터진 핏줄, 으깨진 석류 알들의 모습이 구름 뒤편 대기와 함께 뒤섞였다. 달걀을 사람으로 바꿔 생각하면 이모의 이야기는 비정한 우화 같기도 했다. 높은 곳에서 떨어뜨려도 깨지지 않는 건 없었다. 날개가 달리지 않은 이상 죄다 터무니없이 약했다. 설계, 목표, 실험이란 건 말장난에 불과했다. 노인은 운동기구를 쓰는 척 등을 돌렸다. 공원 쪽으로 걸어 나온 노인들이 언성을 높이고 있었다.

"뭘 안다고 나와서 설쳐. 반기업이니 뭐니 정신 못 차렸지. 고르다 없으면 숨도 못 쉬는 것들이."

"배가 불러서 저러지. 다음에 나오면 내가 뜨거운 물을 확 끼얹을 거야."

"저 패거리 당연히 주급은 안 받는 거지?"

"주급 받지. 더 올려달라고 저 난리야. 안 잡아가고 뭐 하는 건지."

"그럼 좋은 거 아니야? 오르긴 해야 하잖아."

"됐다 그래. 좁쌀만큼 오르나 내리나. 올리면 할 일도 더 늘어날 텐데."

남부 노인들은 고르다를 신봉해도 고르다식 존칭어는 쓰

지 않았다. 습관을 들이려고 해도 어려웠다. 그런 어투는 몸에 전혀 달라붙지 않았다. 긴 어미는 5백 자를 꾸역꾸역 늘여쓸 때만 필요했다. 그보다 다른 사람의 글을 조금 바꿔 제출하는 게 더 쉬웠다.

동부에서 거리가 멀어질수록 사람들의 말은 짧아졌다. 남부인들은 문장을 구사할 때 온전한 문법을 따르지 않았다. 틀은 어긋났지만, 풀어내는 언어는 복잡하지 않았다. 단어 수도 적었다. 남부 사람들의 이야기를 한 번에 해석하기 어려운 이유는 말들이 전부 파편적이기 때문이었다. 행간 사이가 들쭉날쭉했다. 난데없이 거친 된소리, 앞뒤가 호응하지 않는 구조, 맥락과 관계없는 흐름이 외곽 생활어의 주요 특징이었다. 발음은 빠르고 불분명했다. 짧은 말엔 고유의 생기와 독특한 생명력이 감돌았지만, 그런 활력은 친밀한 사이에서만 두드러졌다.

＊

운동기구에서 내려온 노인은 무릎을 두드렸다. 공원은 다시 조용해졌고, 노인을 보는 이는 없었다. 골목을 돌면서 걸음이 빨라져도 눈에 띄지 않았다. 문가에 누워 있던 개가 노인을 보고 꼬리를 흔들었다. 집에 돌아온 노인은 얼굴에 달라붙은 가면을 꼼꼼히 떼어냈다. 가짜 피부 안에 가려져 있던 여섯 개의 눈이 드러났다.

스무 살을 3년 앞둔 팔룬이 확실하게 알게 된 게 있었다.

사람들은 노인에게, 특히 여자 노인에게 관심을 두지 않는다는 사실이었다. 가끔 노파의 얼굴로 거리를 나서면 아무도 자신을 쳐다보지 않았다. 고개나 허리를 숙이지 않아도 문제없었다.

"그냥 이모라고 부르면 어떠니. 언니나 엄마는 나도 싫거든."

이모는 이웃들과 너무 가깝지도, 멀지도 않게 어울렸다. 집에 놀러 오는 사람들도 매번 달랐다. 마을 사람들은 초록 대문 집에 식구 한 명이 더 생겼다는 소식을 반가워했다.

팔룬이 섬에서 있었던 이야기를 들려줄 때면 이모는 숨을 깊이 내쉬었다. 그리고 팔룬의 등을 쓰다듬으며 쉬쉬 소리를 냈다. 쉬쉬, 쉬. 그 바람 소리는 잊어도 된다는 격려, 잊을 수 있다는 주문 같았다.

"번거로운 일이 줄어들 거야."

이모가 선물한 실리콘 얼굴은 공기가 잘 통하고 가벼웠다. 그래도 숨이 막히는 기분까지 지워지진 않았다. 가면을 쓰면 투명인간보다 더 투명해지는 것 같았다. 이모의 말대로 바깥을 몇 시간씩 돌아다녀도 시비를 거는 사람이 없었다. 영화 속 망토나 슈트 따위보다 홀가분했다. 하지만 팔룬은 이런 시늉에 익숙해질 수 없었다. 가면을 쓰기보다 여섯 개의 눈을 감는 연습을 하는 편이 나았다. 지난 시간이 거짓말로 여겨져서였다. 실리콘 껍질은 섬에서의 나날이 실제였다는 사실을 지워줬다. 화도 힘도 희뿌옇게 만들었다. 그건 너무 옛날 일이라고 속삭였다.

이모는 자기 방에 매일 향초를 켰다.

"나한테 나쁜 냄새가 나는 것 같아서."

팔룬은 그 말에 고개를 저었다.

"하나도 안 나는데? 냄새는 나한테서 나겠지."

"너는 몰라. 모르는 게 많지. 아직 어려서."

이모가 이웃을 만나러 갔을 때 팔룬은 그 방에 들어간 적이 있었다. 처음엔 풋풋한 흙과 과일 잔향이 감돌더니 조금씩 다른 냄새가 피어올랐다. 자리에 가만히 앉아 있다 보니 어딘가에서 가느다란 지린내가 올라왔다. 방의 공기는 묘하게 무겁고 역겨웠다. 이모 방에 악취가 날 만한 물건은 없었다. 옷도 가구도 장식품도 전부 깨끗했다. 그래도 쿰쿰한 냄새가 코에 맴돌았다. 근처에 작은 동물이 썩어가는 게 아닐까. 팔룬은 방 창문을 열고 바깥을 내다봤다. 빗질이 잘 된 공간엔 얼룩 한 점도 없었다. 창문을 닫은 팔룬이 방을 둘러봤다. 이게 이모가 가리고 싶어 한 체취일까. 팔룬은 숨을 참은 채 그 방을 나왔다. 다시는 발붙이고 싶지 않았다. 남의 호의를 받으면서도 이런 판단을 내릴 수 있는 동물은 인간 하나인 것 같았다. 이따위 비밀을 쌓아가는 동물도 인간뿐인지 몰랐다. 이모가 돌아오자 팔룬은 평소보다 환한 미소를 지었다.

"먹을 것이 어디에서 와서 어디로 가는지 알면 좋아. 늙을수록 더."

이모가 팔룬에게 감자를 건네며 말했다.

"성경에 비슷한 말이 있었는데."

"우리가 어디에서 와서 어디로 가는지 묻는 구절이구나."

"이모는 신을 믿나 봐. 내 꼴을 보고도."

"내가 믿는 신은 하느님 같은 게 아니야. 난 우리가 이어져 있다는 사실을 믿는 거지."

팔룬은 그 말을 이해할 수 없었다. 사람, 말을 하는 사람, 얼굴을 드러내고 말을 하는 사람들이 지독하게 싫기만 했다. 그들과 이어질 여지가 없었다. 이모가 어제 얘기를 다시 꺼낼 것 같았다.

"그러니까 거절하지 말고 만나봐. 너와 같은 곳에 살았다는 그 사람들."

고르다 해변에서 구조된 이후, 팔룬의 거처는 수시로 바뀌었다. 병동, 임시 보호소, 쉼터. 담당자도 마찬가지였다. 집을 내준 사람은 이모 하나였다.

"관리부에서 내가 널 데리고 있는 걸 알면 처음 담당자 쪽으로 보낼 거야. 원칙은 원칙이니까."

"그냥 여기서 계속 지내면 안 돼?"

"동부 사람들이 알게 된 이상, 차라리 거기서 보호를 받는 편이 나아."

"또 찾아올까?"

"응. 가야 해. 그게 우리에게 안전해."

＊

고택 입구, 나무 현판에는 열두 개의 글자가 음각으로 새겨져 있었다. 도모 조합-공동선을 위한 단체. 줄까지 더하면 예순세 개의 획수였다. 경사로 위에 세워진 2층 주택은 긴 골목 안쪽에 자리했다. 건물 안엔 각종 나무가 우거져 있어 내부가 한눈에 보이지 않았다. 길이 낯선 이들은 골목을 막듯 우뚝 솟아 있는 산비탈에 놀랐다가, 그게 집이라는 사실에 안심했다. 넝쿨이 휘감은 담벼락들은 온통 녹색이었다. 식물이 안간힘을 다해 기어오른 궤적은 이상하게도 사람들 눈에 평온해 보이기만 했다.

까만 밤, 현관을 열고 누군가 조용히 걸어 나왔다. 그의 머리 위로 비행기 한 대가 지나가고 있었다. 무서운 건 자주 볼수록 덜 무서워졌다. 덜 무서워진 것들의 일부는 가끔 좋아지기도 했다. 반점은 깜박이는 빛을 골똘히 올려봤다. 비행기도 그중 하나였다. 섬에 사는 동안에는 하늘을 나는 기계가 헬기뿐이라고 생각했다. 비행기를 가까이 본 적이 없었기 때문이다. 원형, 타원형, 아주 긴 타원형. 대기에 뜰 수 있는 기계는 다양했다. 미확인비행물체와 우주선은 그림책 밖에 정말 있었다.

비행기는 헬기처럼 시끄럽지 않았다. 언제나 먼 곳에 있었다. 짐작도 할 수 없는 곳으로, 흔들림 없이 나아가는 고철. 반점은 비행기에 마음이 끌렸다. 혹등고래를 닮은 기계를 매일 밤 보고 싶었다. 자리에 누웠다가도 쪽창의 비행기 불빛을 발견할 때면 몰래 마당으로 나갔다. 비좁은 창 말고 넓고 평평한 곳에서, 창공을 가르는 기계를 오래 보고 싶었다. 저기 탄 사람들은 서부 하늘을 지나 어디로 갈까. 딱히 도착점이 궁금한 건 아니었다. 어딘가로 이동하고 있다는 사실, 그게 중요했다.

"왜 아직 안 자고 있어?"

반점은 발등에 머리통을 들이미는 고양이에게 나지막이 말을 걸었다. 검은 고양이가 눈을 감을 때마다 주변이 더 적막해지는 것 같았다. 고양이는 고택 담 위로 올라섰다. 반점도 고양이를 따라 담에 붙었다. 그리고 썩은 모과나무 뒤의 작은 구멍으로 머리를 들이밀었다.

반점의 눈이 커졌다. 도로변에 샛노란 꽃이 가득했다. 개나리 무리였다. 구멍을 빠져나온 반점은 담벼락을 짚고 종아리를 쓸어내렸다. 소름이 돋을 만큼 황홀한 광경이었다. 반점은 꽃 덤불 쪽으로 걸음을 떼다 고개를 들었다. 유리알이 깨진 조명등이 눈에 들어왔다.

"정신 차려."

반점은 혼잣말을 내뱉었다. 발치의 꽃들은 개나리가 아니었다. 그건 주황색 조명을 받은 개망초 떼였다. 섬에서도 자주 봤던 식물이었다. 그런데 이곳 잎들이 더 마르고 푸석했다. 반점은 구멍으로 다시 몸을 넣었다. 그러고는 모과나무를 지나 매실나무 앞에 멈춰 섰다. 겉은 멀끔해 보였다. 잎사귀들이 무성했다. 끝이 뾰족하고 잎 면은 둥근, 매실나무의 형태 그대로였다. 하지만 속은 그렇지 않았다. 둥치 가까이에 붙은 잎들은 곱은 손처럼 안쪽으로 말려 들어가 있었다. 줄기는 회색 진딧물 차지였다. 가지를 따라 벌레들이 다닥다닥 몸을 포개고 있었다. 그 광경을 보고 있자면, 조합원들이 알려준 '벌레가 끓는다'는 표현이 과장이 아니라는 걸 알 수 있었다. 그러니 이건 매실나무가 아닌 셈이었다. 폐가, 귀신, 껍데기. 나무는 진딧물들에게 그저 붙들려 있었다. 약을 쳐도 소용없었다. 계면 활성제나 담배 우린 물을 부어도, 숯가루와 식초를 뿌려도 마찬가지였다. 도모 조합원들은 값비싼 우유나 식용유를 차마 사용하지 못했다.

섬의 식물들은 대부분 불그죽죽하고 매가리가 없었다. 열매가 없거나 너무 많았다. 기형이었다. 그에 비하면 이 나무는 그나마 온전한 건가. 아니, 나무를 성실히 포위해나가는 진드기들이 건강한 건가. 육지 식물 모두가 이렇게 허약한 건 아니었다. 반점은 조팝나무들을 처음 봤을 때 모두 병이 든 줄 알았다. 멀리서도 희끗희끗한 몰골이 눈에 들어왔다.

"여기도 정말 엉망이네요."

도모에 온 지 얼마 안 된 날, 반점은 조합원들과 오른 언덕에서 마을을 내려다봤다.

"그렇지 않아요. 저건 병든 게 아니라 원래 색이에요."

조합장이 반점에게 답했다. 걸음을 내디딜수록, 둘러볼수록 녹지가 드넓었다. 탄성이 나왔다. 섬사람들의 말은 반 정도만 맞았다. 육지에 내린 재앙은 고르지 않았다. 완전히 파괴되었다는 곳은 확인할 수 없었고, 멀끔히 남은 건 곳곳에 있었다.

"언니, 탄저병 아니야? 곰팡이 포자가 원인이래. 이거 옮는다는데?"

"나무들도 나도 탄저병에 걸린 게 아니야. 그리고 내 병은 너한테 전염되지 않아."

반점은 자신보다 어린 조합원들의 물음에 여러 번 답했다. 얼굴을 너무 오래 쳐다보는 아이에게는 다가가서 말했다.

"만져봐. 살점 안 떨어지니까. 도감에 나온 것처럼 움푹 들어가지도 않아."

어떤 아이는 반점의 볼을 쓰다듬었고 어떤 아이는 나무 뒤로 도망쳤다.

"반점이 피부를 만지면 손가락이 콱 물려. 거기서 송곳니 팔십 개가 나오거든. 손가락이 뭐야, 팔뚝이 다 없어질지도 몰라."

반점과 같은 방을 쓰는 우미의 말에 엉덩방아를 찧으며 우는 아이도 있었다. 모두 예전 일이었다. 계절이 바뀔 때마다 누군가 나가고 누군가 들어왔다. 도모는 올봄부터 새로운 조합원을 더 받지 않았다. 지금 인원만으로도 고택이 가득 찼다.

✳

반점은 발끝을 세우고 걷다 숨을 멈췄다. '우리의 몸으로, 우리의 마음으로.' 현관 앞에 붙은 표어가 기울며 끼긱 소리를 냈다. 다행히 액자는 더 움직이지 않았다. 2층 방으로 돌아와 커튼을 닫으려던 반점은 골목 끝, 트럭 뒤편에서 나오는 사람을 발견했다. 우미였다. 뭔가를 먹고 있는지 입이 불룩했다. 반점은 방문을 살짝 열어뒀다. 나무틀이 가끔 큰 소리를 냈기 때문이다.

"오늘은 김밥도 주웠어."

반점은 우미가 건넨 비닐을 받아들었다. 차 바퀴에 눌린 건지, 신발에 밟힌 건지 김밥 반 줄이 죄다 터져 있었다. 이걸 먹으면서 왔구나. 반점은 김 바깥으로 튀어나온 밥알을 천천히 씹었다. 머리카락은 또 언제 잘랐지. 우미의 앞머리가 비뚤배뚤했다. 짧은 머리털이 더 짧아져 있었다. 단발이 어울리는지, 어울리지 않는지 잘 가늠할 수 없었다. 하지만 우미가 활짝 웃을 때의 입 모양과 우미는 잘 어울렸다. 오른쪽 덧니가 입술 아래 완전히 드러났다.

"이것도 있지. 두 개니까 하나씩 먹자."

우미가 주머니에서 떡을 꺼냈다. 역시 앙금이 찹쌀 바깥으로 튀어나온 떡이었다. 그나마 비닐을 뚫고 나오진 않아, 먼지와 흙이 없었다.

도모의 급식은 양이 적고 종류도 간소했다. 다들 배식 양에 맞춰 위가 줄어들어서인지 투덜대는 사람은 없었다. 음식에서 수세미 조각이나 비닐 끈이 나와도 개의치 않았다. 시큼한 된장 국물도 남김없이 삼켰다. 우미를 제외한 조합원들은 군말 없이 식사했다. 고르다 상품을 최대한 쓰지 않는 조합원들은 자급자족에 익숙했다. 개인용품과 개인 영역을 금지하는 도모에서 우미는 문제를 가장 많이 일으켰다. 배가 고프지 않던 반점은 뭉개진 떡을 다 먹어치웠다. 빈 껍질을 보고 피식 웃은 우미가 배낭 지퍼를 열었다. 정사각형의 비닐 뭉치 여러 개가 떨어졌다. 정혈대였다.

"무인 부스에서 털어왔지."

"이건 공용물품인데."

"내가 한 군데만 조질 것 같아? 군데군데 주기적으로 돌면 되지요."

"네 건 있잖아. 필요한 사람이 못 쓰면 어떡해."

"여기도 필요한 사람들이 있거든요. 이걸 더 좋아하는 여자들. 면 빨래를 하면 손목이 너무 아프대."

반점은 고개를 저었다. 우미가 버려진 음식 말고 다른 걸 가져오면 신경이 곤두섰다. 일회용 정혈대는 금방 탄로 날 것이다. 우미가 이걸 그냥 나눠줄 리도 없었다. 콩 소시지 하나라도 받겠지. 우미는 도모 안도, 도모 밖도 우스운 듯이 지냈다. 이해타산을 빨리 재는 우미는 어느 장소에 있어도 그곳 토박이 같았다.

"비닐이 다 몇 개야. 김밥에 떡에 이것까지."

"저녁에 태우면 괜찮아. 그 여자한테만 안 걸리면 돼."

조합장의 이름을 아는 사람은 없었다. 도모 사람들은 조합장을 어머니나 엄마로 불렀다. 우미와 반점은 조합장을 그렇게 불러본 적이 없었다. 고르다 상품을 쓰지 않는데도 불구하고 조합장의 안목과 취향은 탁월한 편이었다. 반지, 시계, 목걸이. 예전에 받았거나 주웠다는 물건들엔 일관되게 세련미가 있었다. 조합장은 존대와 반말을 매끄럽게 섞어 썼고 사람들과 격의 없이 지냈다. 사소한 규칙 위반에 대해서는 융통성을 발휘할 줄도 알았다. 하지만 고르다의 새 물건을 여기 들여오는 일이 과연 사소한 위반일까. 우미도 반점도 알고 있었다. 단단히 일러줄 말이 있거나 뭔가를 진지하게 당부할 때 조합장의 얼굴은 숨이 막힐 듯 침착했다. 도모의 아이들은 그럴 때마다 거미줄에 발이 걸린 것처럼 옴짝달싹할 수 없었다.

"배급 끝!"

침대 아래 숨겨둔 핸드폰을 꺼낸 우미는 입도 헹구지 않고 자리에 드러누웠다. 태평해 보였다. 반점은 우미가 팽개친 비닐들을 모아 차곡차곡 접었다. 정혈대의 겉 포장지도 미리 뜯었다. 고르다 로고가 찍힌 상품이었다. 부피를 조금이라도 줄여야 했다. 비닐들이 작고 단단한 딱지가 되었을 때 우미가 중얼거렸다.

"태어난 것뿐인데 왜?"

핸드폰 화면 안엔 고깔모자를 쓴 여자아이가 있었다. 식탁에 먹을거리가 넘쳐났다. 촛불 아래 크림 케이크, 유부 주먹밥, 맑은 뭇국, 볶음 당면, 자두, 감귤 주스. 영상을 중지시킨 우미가 음식들을 찬찬히 살폈다.

"태어난 것뿐인데 축하를 저렇게 많이 받는 게 이상해."

반점은 우미의 뒤통수를 가만히 쳐다봤다. 도모 밖을 얕잡아보는 우미는 사실 누구보다 거기 밀착되고 싶은지도 몰랐다. 우미가 핸드폰을 든 채로 잠들었다. 반점은 핸드폰을 조심스럽게 들어 올렸다.

영상 제목은 '여덟 번째 생일 파티'였다. 여덟 살 생일을 기념하는 데 더해, 생일 하루를 여덟 번 축하하는 자리였다. 장난감 상자를 든 아이가 마룻바닥에서 마구 뛰었다. 이마의 솜털은 땀으로 젖어 있었고 붉은 볼은 토실토실했다. 웃음이 환했다. 귀엽고 밝았다. 아이는 평생 건강과 지복을 잃지 않을 것 같았다. 우람한 울타리 안에서 언제까지고 안락하게 지낼 모습이 선했다. 자라는 내내 세상과 아무 불화가 없을 듯했다. 불화라니, 이 아이는 누구보다 세상에 잘 적응할 것이다. 사람 또는 사람 아닌 것들이 자신을 후려치고 박살 내는 상상은 할 수도 없겠지.

반점은 입안에 면을 한가득 넣은 아이를 내려다봤다. 꼴보기 싫었다. 바닥에 음식을 떨어뜨려도, 옷에 국물을 흘려도 혼내는 사람이 없었다. 주변에 앉은 모두가 아이를 향해 손뼉을 쳤다. 아이가 자신과 같은 언어를 쓴다는 게 믿기지 않았다. 아이가 고르다 거주민이라는 사실도 마찬가지였다. 영상 속의 아이는 자신과 가장 먼 지점에 있는 것 같았다. 아이가 머무는 곳이 지구이고 지금 이곳은 외계 행성일 수도 있었다. 아이가 큰 소리로 웃을 때마다 앉은 자리가 좁아지는 기분이 들었다. 산소가 줄고 주변이 더 컴컴해졌다. 반점은 무심결에 아이가 어느 날 미각을 잃었으면 좋겠다고 생각하다가 흠칫 놀라고 말았다. 고작 여덟 살이었다. 이런 저주를 품어도 되는 대상이 아니었다. 반점은 핸드폰을 이불 위로 던졌다. 회복이 더디다고 여겼는데 아예 퇴행하고 있었다. 반점은 이런 화면을 한동안 피해야 한다고 다짐했다. 아이는 고르 다 동부에 살았다.

✳

자정 무렵 산불이 났다. 고르다 서부와 남부 접경지였다. 도모는 그곳으로부터 38킬로미터 떨어진 곳에 있었다. 숲을 타고 적색 고리가 이어졌다. 불길을 피해 도망친 새끼 사슴이 도로에 서서 울었다. 인가, 작업장, 전기차 수십 대가 화염에 휩싸였다. 바람이 맵고 거셌다. 먹구름이 짙었지만 땅에는 비 한 방울 내리지 않았다. 불이 거의 잡힌 아침이 되어서야, 비 가 흩날리기 시작했다. 에어돔 오류였다. 하지만 돔 안의 사 람들은 이런 사고를 맞닥뜨릴 때마다 돔 밖의 사람들을 원망 했다. 불우하고 허약한 국적 소지자들이 과격해질 수 있는 이 유는 바로 그 사람들이 불우하고 허약하기 때문이라고 했다.

화재 소식을 아는 조합원은 거의 없었다. 다들 날씨가 유 난히 갑갑하다고 생각할 뿐이었다. 비바람에 기울었던 풀들 이 아무렇지 않게 일어나 있었다. 반점은 밤새 쌓인 고택 복 도의 먼지를 치워나갔다. 마당은 오전부터 분주했다. 조합원 몇몇이 밭 모서리에 마구 자라난 부추로 김치를 만드는 중이 었다. 방풍나물, 민들레, 상추를 다듬는 이들도 있었다. 잔디 와 뒤섞인 식용 식물은 며칠만 지나도 금세 억세졌다. 논과 밭 등의 농경지를 일괄 관리하는 고르다 때문에 거둘 건 서둘 러 거둬야 했다. '허가 구역 외 토지 경작 금지'라는 글귀가 새겨진 표지는 휘고 녹슨 지 오래라 별로 삼엄해 보이지는 않았지만 신경이 쓰였다.

"그 아이, 쓰레기 섬에서 온 거 맞죠? 제일 시끄러운 애."

양파를 썰던 여자가 말했다. 지난겨울, 도모에 들어온 신입 조합원이었다.

"우미 말하는 거야?"

"맞아요. 근데 너무하지 않아요? 그 섬엔 등 푸른 사람들도 있었다는데. 옛날 중국 하이난섬 쪽이랬나, 인공섬이랬나. 여기가 그런 데서 와도 받아주는 데였어요?"

부추를 다듬던 여자가 신입을 지그시 보다 말했다.

"그게 어디 걔 잘못이야? 쓰레기 버린 놈들이 잘못이지. 거기서 일한 게 뭐."

"처리를 제대로 안 했다잖아요. 돈만 받고 폐기물은 그냥 바다에 버리고."

고춧가루에 간장을 붓던 여자부터 한마디씩 보태기 시작했다.

"누가 시키니까 했겠지. 뻔하지 않아요? 하청 밑에 하청, 그 밑에 또 다른 하청."

"그럼 누구한테 책임을 지라고 해야 하는 거예요?"

"책임은 다 같이 느껴야지. 왜 어디다 몰아야 해?"

"아니지. 어떻게 원청 얘길 빠뜨려?"

키가 큰 남자가 의자 옆을 두 번 쳤다. 남자는 하늘을 쳐다보며 말했다.

"우리의 몸으로, 우리의 마음으로! 김치나 담급시다."

남자의 말에 손뼉을 친 몇몇이 이어 말했다.

"공감하며 공명하며 공유합니다."

"그래요. 서로서로 공감 능력을 좀 기르자고."

"공감 능력이라니, 별 데다 능력을 갖다 붙이네."

창고에서 나온 우미가 조합원들을 향해 말했다.

"쓰레기 섬이 어때서. 여기 범죄 경력 없는 사람이 몇이나 돼?"

조합원들은 재사회화 기간에 받은 훈련을 떠올리고 고개를 흔들었다. 거기서는 진절머리 나는 존대어 독려 노래를 종일 들어야 했다. 언어 수평 운동의 기원과 취지라니, 그딴 역사는 아무도 알고 싶지 않았다. 노역도 무려 8시간이었다. 누군가 우미를 쏘아보며 대꾸했다.

"그건 시위하다가 그런 거지. 반기업 농성 때. 고르다는 물러가라, 여기는 자치구다, 부실 돔은 필요 없다."

"다른 말도 했지? 대재앙이 몰려온다, 분진이 조짐이다. 그게 어떻게 투쟁 구호야? 헛소리지."

마당에 모인 이들은 곧 말없이 김치를 버무렸다. 뒤돌아선 우미가 몇 마디를 더 보탰다.

"알 수가 없다니까. 고르다가 싫은 거야, 옛날 나라가 싫은 거야?"

양념에 곤죽이 된 부추에서 물이 생겨났다. 우미는 고개를 들었다. 열린 창문 뒤로 걸레를 쥔 반점이 서 있었다.

✳

쓰레기 섬에서 가장 많이 발견된 폐기물은 친환경 용품이라고 했다.

"그린, 에코, 리사이클. 온통 자연을 지키자는 문구야. 재생이랑 재활용 표시가 안 붙은 쓰레기는 없어."

우미는 넌더리를 내며 말했다. 우미는 자신이 어디에서 왔는지 말한 적이 없었고, 반점도 물은 적이 없었다. 서로의 옛 나라를 짐작도 하기 싫었다. 그런데도 숨겼던 말은 고택 내부를 휘돌았다.

"바다가 호수 같아. 고여서 숨을 안 쉬어. 근데 웃긴 게 뭔 줄 알아? 육지 사람들이 그걸 인정하기 싫으니까 갑자기 다 끝난 해양 생물 논쟁을 벌여. 갑각류와 두족류가 고통을 느낀다, 안 느낀다. 이걸 실험하고 증거를 모아 싸워. 그러다 누가 결정을 해. 아직 고통을 논할 단계는 아니다, 세부적으로 합의해야 한다. 그러면 슬슬 썩은 바다에 관심이 끊긴다? 쟁점도 결론도 틀렸는데 얘기가 뚝 끊겨. 대륙이 그런 수준이야. 쓰레기 섬? 거기선 그래도 고통이니 뭐니 그따위 말은 안 했다."

우미의 목소리가 점점 커졌다.

"눈앞에서 허우적허우적 발버둥 치는데? 바다 밖에서 입속까지 오는 내내 몸부림치는데? 고통을 논할 필요가 있어?"

반점은 목덜미를 긁었다. 우미가 살던 섬은 육지와 가까웠다고 했다. 반점은 우미의 섬이 자신의 섬보다 조금은 나았을지도 모르겠다고 생각했다. 반점의 섬엔 고통을 생생히 느낄 해양 생물 자체가 없었다. 전부 배 갑판에 던져지기 전에 죽었고 나중엔 배도 한 척 없었다. 그럼 숨이 끊겨도 바닷속이 편했을까.

새우, 게, 문어, 낙지, 가재 등의 생물을 산 채로 삶거나 얼음물에 넣어 옮기는 일은 고르다 어디서든 불법이었다. 포획 즉시 죽여야 했다. 분절된 기관에도 신경과 감각이 계속 남아 있다는 이유였다. 연구 결과는 오래전에 나와 있었다. 그런데도 옛날 사람들은 오로지 척추동물의 고통만 이야기했다고 했다. 심지어 동물이 물건이나 재산이 아니라는 걸 증명하기 위해 법적 분쟁을 치렀다고 했다.

"믿기지 않아. 왜 그렇게 둔했지? 왜 그렇게까지 몰랐지?"

우미의 질문에 반점이 힘없이 웃었다. 반점은 무지와 둔감의 속성이 비슷하다고 생각했다. 두 단어는 어감만 둥글다. 실제로는 그렇지 않다. 거기엔 뾰족하고 날카로운 돌기가 촘촘히 박혀 있다. 돌기 하나, 지금은 신경 쓰기 싫다. 돌기 둘, 나는 그렇게까지 악의가 없다. 돌기 셋, 이 정도는 누구나 한다. 셀 수 없는 돌기. 자가 증식하는 돌기들.

"문어에게 성대가 있었다면 어땠을까. 목소리를 들으면 못 잡지 않았을까."

우미의 물음에 반점이 천장을 보며 답했다.

"그래도 잡았을 것 같은데."

"사람들은 친환경 용품을 쓰면 자기가 환경에 도움을 주는 줄 알아. 비용이랑 시간, 품을 들였다는 거지. 그래서 희생을 감수한다고 믿어. 안도해버려."

반점은 뻐근한 손목을 천천히 주물렀다. 우미가 왜 흥분하는지 알 수 없었다. 환경에 정말 관심이 있나. 네가 말하는 바다는 어떤 곳이지? 그곳을 어떻게 이해해? 이해라니. 그게 대단한 가치라도 될까.

"진짜 믿을 수가 없어."

정작 믿을 수 없는 건 우미 같은 이들이었다. 자신을 빼놓고 남들을 비난하는 습관, 남의 불우한 일화를 너무 많이 늘어놓는 버릇. 이게 습관과 버릇이라는 사실도 잊은 이들. 혹시라도 세상이 정말 평화로운 곳이 된다면 우미가 참을 수 있을까.

불행을 이야기할 때 들뜨는 사람들이 있었다. 마음이 가라앉으면 목소리도 작아져야 할 텐데 그렇지 않았다. 그 사람들은 침통한 내용을 큰 목소리로 전하며 의성어와 의태어를 곁들였다. 손짓, 발짓도 당연히 컸다. 사고는 무료한 일상을 환기해주는 이벤트가 되었다. 수렁 속의 이들은 지워지고 온통 자신뿐이었다. 비극을 접한 자신의 심정과 기분, 떨쳐내기 어려운 느낌을 반복해 떠들었다. 고작 몇 시간 잠을 설쳤으면서도 떠벌리는 불면증, 떨어진 적도 없는 식욕. 반점은 우미가 죄를 지었을 때도 억울해할 거라 여겼다. 누구나 작은 실수를 한다고 먼저 말하겠지. 끝도 없이 위로와 이해를 요구할

거야. 그리고 내가 아무 답이 없으면 있는 힘을 다해 미워할
거고. 반점은 우미를 가만히 쳐다봤다. 우미는 그저 신난 것
처럼 보였다. 돌기들이 마구 흔들리는 것 같았다.

✳

자리에서 일어난 반점은 바지 뒷주머니를 티 나지 않게 쓸
어보았다. 엄지 크기의 물건이 거기 잘 있었다. 오늘 2층 복
도 구석, 나무 바닥이 드러난 곳에서 발견한 기기였다. 시멘
트 조각 틈에 트레두가 있었다. 흠집이 많았지만 전원은 켜졌
다. 한때 널리 쓰인 이 기계는 동식물의 언어를 인간의 언어
로 변환해주는 휴대용 번역기였다.

반점은 옥상으로 이어지는 층계에 앉았다. 주변을 둘러본
반점은 트레두를 꺼내 만지작거렸다. 구형 모델과 약간 달랐
다. 상단에 버튼 하나가 더 있었다. 출고 당시 약간 화제가 되
었던 비언어 기능이었다. 변환한 내용이 인간의 활자와 음성
형태로 나오는 게 트레두의 기본 기능이었지만 비언어 기능
은 동식물의 언어를 무늬와 색깔로 옮겼다. 인간 언어가 불편
한 사람을 위한 장치였다. 정확한 정보 전달보다는 감정 전달
에 적합한 기술이었다. 변환을 시작하면 액정 아래 진흙처럼
가라앉아 있던 점들이 천천히 움직였다. 편안한 감정은 난색
계열의 동그라미로, 불안한 감정은 한색 계열의 세모로 드러
났다. 촉각 변환 기능까지 추가한 제품은 주문 제작 방식으로
생산량이 적었다.

초기 번역기술은 무난했다. 놀아줘요. 졸려요. 배고파요. 목이 아파요. 기분이 좋아요. 갈등이 생긴 건 의역이 과해지면서부터였다. 사랑해주세요. 당신과 있으니 기뻐요. 엄마, 저를 바라봐주세요. 사람들의 항의가 잇따랐다. 굴욕스러운 표현, 수동적인 태도, 잘못된 호칭. 동물이 인간을 향해 애정을 갈구하는 게 당연하다는 전제가 문제였다. 모든 번역이 지나치게 인간 편의적이었다.

사람들은 인간이 살균, 박멸, 해충, 유해 조수 등의 단어를 사용하지 않게 된 이유는 생태계를 바라보는 기준이 철저히 인간 중심이었다는 걸 반성했기 때문 아니었냐고 물었다. 인간에게 해로운 것과 이로운 것이라는 잣대로 대상을 판단하는 악습을 어렵게 떨쳐냈다면 이런 방식의 번역도 그만둬야 한다는 말이었다.

변환 기술이 발달을 거듭하면서부터는 다른 문제가 생겼다. 트레두는 번역의 정확도가 높아지면서 버려지기 시작했다. 여기가 좁아서 싫어. 네가 가까이 오면 냄새가 역해. 신경 쓰지 말고 내버려둬. 제발 만지지 마. 이유는 모르겠지만 네가 계속 미워. 날 왜 때린 거야? 제조사는 일부 기기의 작동 오류라고 해명했지만, 반품은 늘어나기만 했다. 사람들은 원자재가 오염되었다는 사유를 적었다. 핑계였다. 구매자의 상당수가 번역어에 오류가 없다고 느꼈다. 예상하지 못한 답에 놀란 구매자들은 감시 기기가 없는 곳에 트레두와 함께 동물도 버렸다. 쉬운 단문을 접했을 때가 훨씬 좋았다. 트레두는 출시 2년 4개월 만에 단종되었다.

＊

아래층에서 우미의 목소리가 들렸다. 반점은 트레두를 주머니 깊숙이, 아까보다 더 아래로 밀어 넣었다.

"뭐 해? 나도 올라갈까?"

"아니야. 청소가 덜 돼서 왔어."

반점은 답을 하면서 층계참을 쳐다봤다. 정말 누런 가루가 가득했다. 매일 쓸어도 쌓이는 송진이었다. 반점은 봄마다 꼬박꼬박 찾아오는 고름색 가루가 달갑잖았다. 이것들이 전염병을 옮기는 매개체일 수 있었다. 송진이 날리는 시기가 되면 생후 3개월에서 5개월 사이의 고양이가 여럿 죽어 나갔다. 식욕이 왕성하던 새끼들이 사료 근처로 가지 않았다. 기침과 헛구역질을 멈추지 못했다. 조합원들은 범백 변이 바이러스가 원인이라고 말했지만 반점에겐 가루 역시 불길해 보였다. 작은 시체들을 치울 때마다 기력이 전부 꺾였다. 고택 마당의 화분, 대야, 서까래 안에 웅크린 새끼 고양이들의 턱은 침과 거품으로 젖어 있었다. 성묘들의 상태도 좋은 건 아니었다. 구석 자리를 찾아 앉은 고양이들은 죄다 아팠다. 뭘 먹고 왔는지, 녹슨 못에 찔렸는지 사지가 뻣뻣했다. 한참 벽을 보다 일어난 고양이들은 다리에 마비가 온 듯 어기적어기적 걸었다. 한 눈이나 두 눈이 눈물에 젖어 있었다. 비틀거리며 걷던 고양이들은 도모로 다시 오지 않았다.

새끼를 여섯 마리 이상 품었을까. 뱃가죽의 중량을 주체하지 못하고 땅에 질질 끌려가듯 걷던 고양이도 잊히지 않았다. 가늘고 긴 목과 사지에 어울리지 않는 배였다. 어미 자신도 걸을 때마다 놀라는 눈치였다. 걸음걸음을 누가 집요하게 막아서는 듯했다. 반점은 기우뚱대던 그 고양이의 네 다리를 떠올렸다. 새끼들을 전부 낳았는지 궁금했다. 낳다가 잘못되지 않았겠지. 잘 상상할 수 없었다. 양지바른 곳에서 새끼들에게 젖을 먹이는 모습, 꼬리로 놀아주는 한가로운 장면을.

그래도 병으로 죽는 게 나을 수도 있겠다는 판단을 거둘 수 없었다. 놀랍게도 오래전엔 동물들이 차에 치이는 일이 많았다고 했다. 생태 통로를 만들지 않고 차량 제한 속도도 지키지 않았던 시절의 일이었다. 도로에 동체감지 장치가 없었다. 그나마 주행로에 노인, 어린이, 장애인을 위한 보호구역까지는 있었지만, 인간이 아닌 존재를 보호하는 길은 없었다. 맨발로 땅을 건널 이들을 위한 안전망이 전무했다. 길에 놓인 동물들의 사체는 비닐봉지 안에 담겨 폐기 처리되었다고 했다. 살해 의도가 없는 우발적인 사고였다지만, 시속 100킬로미터 이상 속도를 내면서 아무 일이 없을 거라고 믿은 사람들이 이상했다. 인간이 아닌 존재를 보호하지 않는다고 해서, 인간이 인간을 잘 보호하는 것도 아니었다. 음주 운전을 자체적으로 차단하는 차가 상용화되기까지도 오랜 시간이 걸렸다.

반점은 송진 가루를 손바닥으로 훔쳤다. 고르다 안에서는 로드킬이 거의 발생하지 않았다. 하지만 병으로 죽어가는 동물들은 많았다. 트레두를 썼다면 동물들에게서 무슨 답을 들을 수 있었을까. 그 말들을 감당할 수나 있을까. 짧게는 하루에서 길게는 두어 달, 원인 모를 질병으로 괴로워하는 동물들을 보면 언제나 충분히 살지 못하고 이곳을 떠난다는 생각이 들었다. 반점은 계단에서 일어나기 전, 질문 하나를 떠올렸다. 고양이들에게 내 수명을 덜어줄 수 있나. 줄 수 있다면 얼마나. 3년, 5년, 10년? 아니면 절반? 적당한 숫자를 고를 수 없었다.

✳

저녁나절부터 눈발 섞인 비가 내렸다. 방 안을 울리는 빗소리가 점점 커졌다. 멀리 전기 버스들의 경적이 울렸다. 큰 바퀴들이 물웅덩이를 밟고 지날 때마다 파도가 치는 듯했다. 반점은 눈을 감았다. 대형 버스 여러 대가 도로를 지나는 모습을 떠올리면 이곳이 섬이 아닌 육지라는 사실을 되새길 수 있었다. 비 오는 밤, 마을 빛은 오래된 머루 잼처럼 눅진하고 어두웠다. 설탕에 졸여진 과육 속에서 모두가 천천히 녹스는 것 같았다. 응급차 사이렌 소리가 이어졌다. 신호음은 여전히 감미로웠다. 위급하다는 생각이 들지 않았다.

"아픈 사람들을 태우고 간다는 뜻이야. 급하니까 길을 내달라고, 비켜달라고 하는 거지."

"아픈 사람들을 왜 태우고 가."

"왜긴. 고쳐주려고."

예전에 우미가 설명해줬는데도 멜로디는 듣기 좋았다. 환자를 태우고 가서 고쳐준다는 일이 아직 생경했다. 육지에선 그런 선의를 질서로 만들 수 있다는 사실도, 아프지 않은 사람이 많다는 사실도 희한했다.

반점의 배로 우미의 손이 넘어왔다. 우미가 반점의 새끼손가락을 잡아 만지작거리기 시작했다. 조그마한 뼈마디가 이리저리 휘었다. 기분이 점점 가라앉았다. 반점은 가늘고 짧은 손가락을 좋아하는 우미의 취향이 미심쩍었다. 우미의 손을 들어 손바닥이나 손등으로 옮겨줘도 늘 새끼만을 찾았다.

"왜 여기가 좋아?"

"작고 귀엽잖아. 보드랍고."

"그럼 쥐를 만지지. 거미, 파리, 바퀴벌레도 만져. 다 작고 귀여운데."

"너만 만질래."

뒤에서 반점을 안은 우미가 반점의 귀를 빨기 시작했다.

"난 엄마가 돼서도 이렇게 할 거야. 아기들을 재우고 네 옆에 올 거야."

반점은 고개를 내려 우미에게 잡힌 새끼손가락을 쳐다봤다. 가는 손가락은 몸이 반토막 난 지렁이 같았다. 우미가 새끼손가락을 귀여워하는 게 마음에 들지 않았다. 반점은 우미가 자신을 필요로 한다는 사실을 좋아했다. 그러나 쓸모를 확인하고 안도하는 심정을 애정으로 여길 순 없었다. 우미의 숨소리가 더 거세졌다.

"네가 엄마가 돼도, 우리가 엄마가 돼도 이렇게."

"그만. 나 화장실."

반점은 방을 빠져나와 옥상 난간에 섰다. 아까 내린 비로 지붕의 페인트 가루가 떨어졌는지 바닥 한 군데가 새카맸다. 지금 치우긴 싫었다. 반점은 까치발을 하고 위쪽 집을 내다봤다. 푸른 방수포로 덮인 그 집 옥상 구석 자리는 버려진 세간들로 산만했다. 천 바깥엔 지난가을 태풍에 구부러진 화목 난로와 양철 배기통이 있었다. 다들 작년의 폭우를 잊은 듯했다. 빗방울을 튀겨낼 때마다 귀를 아프게 하는 슬레이트 판도 그대로였다. 조합원들이 여러 번 치워달라고 했는데도 이웃은 그걸 버리지 않았다. 이웃 남자가 언덕 끝에 비스듬히 대놓은 트럭도 여전히 위태로워 보였다. 하지만 비가 오지 않는 날이면 마을은 또 잠잠했다. 여기 사람들도 무엇에든 잘 적응했다. 누구도 아닌 자신부터가 평생 도모에 산 것 같았다. 섬과 이곳을 잇는 기억이 죄다 구멍투성이였다. 옥상 문을 닫은 반점은 2층 복도에 누워 몸을 웅크렸다. 사나웠던 꿈이 점점 기세를 낮췄다. 세상에 더는 없는 고양이들과 섬사람들이 등을 돌리고 반점에게서 발걸음을 틀었다.

✳

도모 조합원은 순번에 맞춰 매달 마지막 주 월요일에 마트로 갔다. 만들 수 없는 생필품과 무료 용품을 구해 오기 위해서였다. 그럴 때 조합원들은 고르다 마크가 붙은 옷을 꺼내 입었다. 고르다 점퍼를 걸치고 고르다 가방을 메면 말을 거는 이들이 없었다. 야구 모자를 눌러쓴 반점은 인적이 없는 길가에서 얇은 점퍼 소매를 걷어 올렸다. 비가 그치고 해가 뜨자마자 더웠다.

공금과 함께 챙겨 온 잔돈이 있어 다행이었다. 반점은 마트 앞 자판기에서 음료 하나를 골랐다. 잠시 후 얼음물이 담긴 전분 팩이 떨어졌다. 연한 멜론 향이 도는 얼음 표면이 혀에 닿자마자 녹았다. 빛을 튕겨내는 연두색 결이 아름다웠다. 남자아이 하나가 자판기를 향해 성큼성큼 걸어왔다. 반점은 소매를 내리고 모자를 더 깊이 눌러썼다.

"그거 무슨 맛이에요? 청포도?"

동부인인가. 남자아이의 피부는 희고 고왔다. 어깨까지 내려오는 긴 머리카락이 걸음에 맞춰 찰랑댔다. 반점은 뒷걸음질 쳤다.

"어, 이거 안 가져가요?"

반점은 바닥에 떨어뜨린 팩을 줍지 못한 채 자판기 앞을 벗어났다. 마트 뒤 공터를 한 바퀴 돌자 요동치던 심장이 가까스로 가라앉았다. 배수구 앞에 쭈그려 앉은 반점은 눈앞의 지렁이를 오래 쳐다봤다. 흙투성이였다. 몸부림을 치다 묻은 걸까. 죽고 나서 바람결에 휘돈 걸까. 전신의 모래알이 젤리에 붙은 설탕처럼 보였다. 어디가 머리이고 어디가 꼬리인지 알아볼 수 없었다.

마트에는 고양이 배변 삽이 없었다. 먹이를 푸는 삽뿐이었다. 좁다란 구멍이 규칙적으로 뚫린 삽이 필요했다. 이전까지 쓰던 삽은 부러졌고, 분리된 자리에 글루건과 본드를 써도 소용없었다. 우미는 비닐장갑을 끼고 대충 치우라고 했지만, 그러기 싫었다. 고양이의 배설물이 더럽기 때문이 아니었다. 오래 써서 너덜너덜한 비닐장갑 안에 손을 넣는 게 꺼려졌다. 장갑보다 튼튼한 삽을 사고 싶었다. 반점이 도모에서 맡은 일은 복도 청소와 고택 고양이들 관리였다. 외출 고양이, 길고양이, 동네 고양이끼리의 분류는 필요 없었다. 도모를 아는 고양이들은 집 안과 집 밖을 가리지 않고 돌아다녔다. 똥오줌을 제대로 치우지 않으면 금세 파리들이 몰려왔다. 반점은 무거운 장바구니를 내려놓고 진열대를 다시 살폈다. 아무리 봐도 삽을 찾을 수 없었다. 포대 사료와 통조림만 눈에 들어왔다. 한때 식량으로 삼은 것들이었다. 반점은 캔 표면에 인쇄된 강아지 사진을 무심히 쳐다봤다.

"혹시 쿨매트가 어디 있는지 아세요?"

지팡이를 든 여자가 반점에게 다가와 물었다.

"우리 집 개가 벌써 더위를 타네요. 열일곱 살이라 이제 안내도 못 하고. 예전엔 같이 왔는데 요샌 어려워요."

반점은 여자를 조심스럽게 쳐다봤다. 얼굴에 하얀 각질이 가득했다. 자신처럼 피부병을 앓는 사람이었다. 수포와 흰 껍질은 영양 섭취가 부족할 때 더 늘어났다. 저 상태라면 많이 가려울 텐데. 반점에게서 쿨매트를 받아 든 여자가 고맙다고 말했다. 반점은 머뭇거리다 말했다.

"따갑진 않으세요?"

"뭐가요?"

"저도 간지럽다고 얼굴을 막 만지니까 더 안 좋더라고요. 스테로이드 연고는 일시적일 뿐이잖아요. 약도 줄이는 편이 더⋯."

"무슨 소리를 하시는지."

뒤로 물러난 여자가 볼을 쓸어냈다. 각질이 전부 사라지고 없었다. 반점도 여자처럼 뒤로 한 걸음 물러났다. 여자의 얼굴엔 붙어 있던 건 휴지였다. 그저 땀을 닦고 남은 흔적일 뿐이었다. 여자가 진열대 앞에서 몸을 틀었다. 반점은 여자를 부축하기 위해 손을 뻗었다.

"괜찮아요. 큰 윤곽은 보여요."

반점의 손을 떼어낸 여자가 지팡이를 두드리며 다른 매대로 걸어갔다.

＊

계산대와 이어진 줄이 짧아지자 반점은 고개를 들었다. 머리를 오래 숙였더니 목 뒤부터 척추까지 뻐근했다. 앞엔 두 사람이 있었다. 밖으로 나왔을 땐 역시 누구와도 말을 하지 않는 게 좋았다. 도모의 수칙을 지키기 위해서가 아니었다. 자신을 방어하기 위해서였다. 반점은 점원 뒤편의 티브이를 올려다봤다. 잠시 후 뒷사람이 반점의 장바구니를 두드렸다. 놀란 반점은 그 사람 뒤로 자리를 옮겼다.

화면 안에 사마귀가 있었다. 전신이 원경으로 드러난 몇 초뿐이었지만 사마귀가 분명했다. 큐레이터라는 직책을 가진 여자가 숙연한 표정으로 말했다.

"고르다가 주최하는 이번 전시를 통해 우리는 지난 세계의 환경 재난을 돌아볼 수 있을 겁니다. 방사능 폐기물 처리장에서 살아남은 작가가 3년간 작업한 그림들은 돔 바깥 폭력에 대해 깊은 성찰을 불러일으키죠. 곧 열릴 전시에서 그곳의 이야기를 만나실 수 있습니다."

카메라는 액자 하나를 비췄다. 얼핏 죽은 쥐 위에 몰려든 파리 떼를 그려놓은 것처럼 보였지만, 반점은 그 그림을 단번에 알아볼 수 있었다. 검은 섬 위에 헬기 여러 대. 누가 주먹질을 한 것처럼 콧대가 뻐근했다.

반점은 미술관 이름을 여러 번 발음했다. 잊기 쉬운 이름이었다. 사마귀에게 어떻게 연락해야 할지 갈피가 잡히지 않았다. 곧 우미가 숨겨둔 핸드폰이 떠올랐다. 나는 너를 만나야 해. 너는 나를 만나야 해. 전하고 싶은 말은 이것뿐이었다. 배터리가 많이 줄어들지 않도록 필요한 정보만을 찾아야 했다. 고택에 들어서기 전 반점은 머리카락을 더 흐트러뜨렸다. 도모를 떠나려면 평소와 같은 얼굴로 지내야 했기 때문이다. 우미가 반점의 주위를 빙빙 돌았다.

"얼굴이 잘 안 보이네."

"뭐가 또 나서 그래."

옷을 전부 벗은 우미는 깊이 잠들어 있었다. 핸드폰은 침대 아래 그대로 있었다. 반점은 새벽녘 옥상 구석에 쪼그려 앉았다. 고르다 동부, 미술관 고움까지는 여기서 차로 4시간 정도 걸렸다. 가방 안에 고르다 지폐와 소지품 그리고 식량을 챙겨 넣어야 했다. 직접 만든 거울, 지갑, 행주, 수세미, 손수건. 그리고 우미가 훔쳐 온 정혈대. 운이 좋다면 몇 개는 물물교환이 가능할지도 몰랐다. 운이 나쁘면 교환할 수 없는 걸 교환해야 할 수도 있었다.

마당에서 부스럭거리는 소리가 들렸다. 반점은 몸을 숙이고 난간 아래를 내려다봤다. 비닐 안을 뒤지는 검은 고양이였다.

"쉿, 이리 와."

반점을 발견한 고양이가 계단을 타고 올라왔다. 발소리가 나지 않아 다행이었다. 반점은 고양이의 머리통을 쓰다듬다가 주머니에서 트레두를 꺼냈다. 기계 가까이 코를 댔던 고양이가 한 걸음 물러나 반점의 종아리에 붙었다. 고양이의 몸이 잔잔하게 진동했다. 목덜미 근처에서 은밀하고 편안한 소리가났다. 비언어 기능부터 궁금했다. 전원이 켜지고 얼마 뒤면 검은 고양이의 기분이 색깔과 무늬로 드러날 것이다. 반점은 액정 안에서 천천히 솟아오르기 시작한 포물선을 바라봤다. 작은 곡선은 어느새 원을 만들었다. 연노랑, 연초록이 섞인 동그라미가 화면에 톡톡 찍혀 나왔다. 무늬는 부드럽고 아기자기해 보였다. 인간이 설계한 게 맞는지 의아할 정도로 섬세한 변화였다. 믿을 수 없지만 믿고 싶었다. 고양이는 종아리에 머리를 계속 부볐다. 반점은 트레두의 볼륨을 확인했다. 귓가에 대면 제일 작은 소리도 잘 들릴 것이다. 반점은 언어 기능 버튼을 누르고 눈을 질끈 감았다.

"네가 좋아. 마음에 들어. 우리 이렇게 같이 있자."

반점은 트레두를 껐다. 눈두덩이가 뜨거웠다. 갑자기 동부로 가겠다는 생각이 터무니없게 여겨졌다.

✳

해가 뜨기 전, 우미는 자신의 볼을 어루만지는 손을 잡아 어깨로 끌었다.

"어디 갔다 온 거야? 아직도 잠이 안 와?"

어깨에 얹어졌던 손이 겨드랑이와 옆구리를 따라 내려갔다. 우미가 자리에서 벌떡 일어났다. 앞에 있는 사람은 반점이 아니라 조합장이었다.

"반점을 좋아하고 있죠?"

우미가 머리맡의 옷을 급히 집었다.

"혼자 좋아하는 게 문제지만."

조합장은 우미의 티셔츠를 쳐다봤다. 옷이 뒤집혀 있었다.

"멋대로 규칙을 어기고, 마음대로 돌아다니는 것도 문제고요."

우미는 이불을 모조리 끌어당겼다.

"나는 사람을 잘 만지지 않아요. 너무 더럽잖아. 근데 우미 너는 아니야."

"네? 저… 제가 뭐가 달라요?"

우미는 자신이 남들과 왜 다르냐고 묻지 않았다. 우미가 궁금한 건 자신이 남들과 어떻게 다른지, 무엇이 더 나은지였다.

"다들 처지를 비관하거나 상황을 수긍하잖아. 세상에 거리를 두거나 세상 안에 숨는 거지. 널리고 널린 그 사람들, 얼마나 지겹니? 하지만 넌 그런 방법이 다 싫지. 그래서 안팎이 다 궁금해. 다른 사람들처럼 초라하지 않아."

우미는 이번에도 그 말을 부정하지 않았다. 특별하다는 소리가 나쁘지 않았다. 조합장이 조합원들에게 했던 말과 자신에게 하는 말이 다른데도 좋았다. 아니, 달라서 더 좋았다. 조합장의 두 눈이 무섭게 빛났다. 달빛을 받은 광대는 번들번들했다.

"계속 그렇게 지내도 돼요. 이제 우리가 서로를 돕게 될 거예요."

조합장이 우미의 두 눈을 들여다보며 말했다.

"도모의 다음 엄마는 우미, 네가 될 거니까."

＊

문 앞에 세워진 차를 본 신입 조합원이 고택 안을 휘젓고 다녔다.

"우리 시위가 걸렸나 봐요. 한 달은 됐는데 그날은 뭐라고 안 하고 왜 지금 왔대? 내가 타도 말고 다른 단어 좀 쓰자고 했죠? 그렇게 노골적이면 어떡해. 에둘러 가야지. 현장에서도 시끄럽게 좀 굴지 말자고 했잖아요."

입구에 선 방문자들은 별다른 말이 없었다. 그저 자신들을 사마귀의 보호자라고 했다. 현관 앞에 나란히 앉은 조합원들이 방문자들을 훑어봤다. 창틀을 닦던 반점은 사마귀의 이름이 나온 것만으로 발이 저렸다. 반점은 걸레를 내려두고 마당으로 나갔다. 채비도 인사도 필요 없었다. 발목 아래가 사라진 기분이었다.

"그분이 반점 씨를 찾습니다."

"동부에서요? 그렇게 좋은 데서요? 그럴 리가 없을 텐데요."

신입 조합원이 동부인들과 반점 사이를 황급히 가로막으며 말했다.

"엄마 허락을 받아야 하는데. 외출 중이시라 이렇게 데려가면 안 되는데. 아니, 거짓말이면요."

조합원의 말에 아무도 대꾸하지 않았다. 방문자들이 반점을 보고 말했다.

"소지품을 챙겨 나오세요. 저희와 같이 가시면 됩니다."

"지금 이대로 가도 돼요."

대문 근처에 서 있던 조합원들은 겁이 난 듯 길을 터줬다. 고르다를 관리하는 사람들을 집회에서 보는 것과 여기서 보는 건 다른 일이었다. 고택의 어수선한 분위기에 신난 건 아이들뿐이었다. 아이들은 무화과나무 사이를 뛰어다니며 소리를 질렀다. 낮잠을 자던 고양이들은 담 너머로 달아난 지 오래였다. 대문 안으로 조합장이 들어서자 마당은 조용해졌다.

조합원들은 동부인들과 대화를 나누는 엄마를 훔쳐보며 뒷짐을 졌다. 엄마의 표정은 덤덤했다. 한 번도 인상을 쓰지 않았다.

"봐봐. 엄마한테는 기품이 있잖아. 고르다 사람들 앞에서도 주눅이 안 들어."

"꼿꼿하네. 산전수전 다 겪으며 살았다고 하던데 정말인가 봐."

"그럼. 어디서든 꺾일 사람인가."

조합장이 반점에게 다가왔다.

"가보도록 해요. 보고 싶은 사람이 거기 있잖아."

반점이 천천히 고개를 숙였다. 2층 창문을 열어젖힌 우미가 마당에 모인 사람들을 향해 외쳤다.

"내버려둬. 금방 다녀올 거야."

아니. 난 안 올 거야. 반점은 이 말을 삼키고 우미를 올려다보았다. 창문이 깨질 듯 세게 닫혔다.

"나도 갈래. 나도 따라갈래요."

아이들 두 명이 대문 앞에서 발을 마구 굴렀다. 조합원들은 아이들을 달래지 않았다. 어차피 금세 들어올 것이다. 갈곳이 없었다.

✻

뒷좌석 차창 너머로 고택이 점점 작아졌다. 마을 너머 산세는 점점 커졌다. 산비탈이 저렇게 가팔랐나. 저렇게 붉었나.

고랑 위로 아까시나무와 리기다소나무가 보였다. 가장 많은 건 오리나무였다. 수명이 짧고 빨리 자라 고르다 녹지화 사업 때 널리 쓰인 종이었다. 눈을 찡그린 반점은 볼품없는 동네 주변을 돌아봤다. 불에 그슬린 듯한 건물들이 한없이 뒤로 밀려났다. 반점은 검고 더러운 벽에서 눈을 떼지 않았다. 도모와 얼마나 멀어졌을지 짐작도 하기 어려워졌을 때, 땅이 군데군데 솟은 지형이 나타났다.

"저긴 왜 저렇게 볼록해요?"

"네? 묘지인데요. 사람이 죽으면 묻는 자리."

운전자가 고개를 잠깐 돌려 답했다.

"묻었다는데 왜 평평하지 않아요?"

"누가 묻힌 건지 영역을 표시해야죠. 관도 보호하고요. 그래서 저렇게 볼록한 거예요."

반점은 목을 빼고 무덤가를 다시 쳐다봤다. 섬에서는 죽은 사람을 불태워 바다로 보냈지 산을 파서 넣지 않았다. 좁은 섬을 서랍처럼 쓸 수 없었다. 무엇보다 시신을 그렇게까지 보관할 이유도 없었다. 관에 넣은 망자를 다시 땅에 넣고 그 주변을 도톰하게 덮는 일이 이상하게 여겨졌다. 장소는 하나로 영원히 고정될 필요가 없었다. 죽은 사람을 생각하는 곳, 죽은 사람이 나오는 꿈, 죽은 사람에 대해 말하는 자리. 섬사람들에게 추모는 공간이 아닌 시간의 문제였다. 그들은 목숨을 잃은 자를 언제든 떠올릴 수 있었다. 그러면 여기 사람들은 묘지를 왜 명확히 표시해뒀을까. 반점은 몸을 틀어 앞을 봤다. 시선을 창밖에 두지 않아도 산들이 빠르게 짓이겨지는 게 느껴졌다. 잊기 위해서 아닐까. 먼 곳에 두고 잊기 위해. 죽은 사람과 덜 섞이고 덜 어울리기 위해.

차는 드넓은 평원을 벗어나 인가 쪽으로 빠졌다. 무거운 안개가 걷히기 시작하면서 날씨가 맑아졌다. 낮은 구름이 어느새 작은 점으로 바뀌어 있었다. 반점은 그제야 도모의 고양이들을 떠올렸다. 돌보던 일을 이제 누가 맡지. 정수리에 얼음물이 쏟아지는 듯했다. 은하처럼 반짝이던 고양이들의 동공이, 침착한 발걸음이, 눈을 감아도 보였다. 몸이 굳자마자 이명이 들렸다. 맑고 높은 음이 귓가에 울려왔다. 동물의 숨이 끊어지기 전에 나는 소리였다. 통증이 심해지면서 호흡이 어려워질 때 비어져 나오는 조그마한 비명, 아주 작은 호소.

반점은 눈을 감았다. 우미가 며칠 전 꺼냈던 말이 잊히지 않았다. 엄마? 엄마가 된다니. 우리가 엄마가 된다니. 말도 안 되는 소리였다. 혹시 우미는 될 수 있어도 자신은 아니었다. 아이들은 이미 있었고 셀 수도 없었다. 아프거나 죽거나 아파서 죽은 고양이들. 그 아이들이 얼기설기 얽힌 모습이, 그 아이들이 준 슬픔과 기쁨이 덩어리로 뭉친 형상이 반점이 생각하는 자신의 아이였다. 새 아이는 필요 없었다. 반점은 이 세상에 뭘 낳아둔다는 것이, 이런 곳에 새로운 생명체를 내보낸다는 것이 불가능하게 여겨졌다. 새끼들이 누린 기쁨은 고작 몇 주 혹은 며칠이었다. 잠시 먹고 자고 뛰어다닌 일이 정말 기쁘긴 했을까.

반점은 고양이를 쓰다듬을 때 언제나 다른 고양이들을 떠올렸다. 고양이뿐이 아니었다. 작은 머리통과 얇은 목덜미가 손에 닿으면 세상 모든 말 없는 동물들을 한꺼번에 어루만지는 기분이 들었다. 눈앞의 고양이에게도 자신에게도 좋지 않은 일이었다. 선택을 못 하고 헤매면, 이곳 아닌 다른 곳을 부유하면 부드럽고 짧은 그 시간은 곧장 시커멓게 졸아들었다. 반점은 손목을 주무르며 차창 밖으로 스치는 풍경만 바라봤다. 환청이 어서 사라지길 바랐다.

＊

12인용 원형 테이블엔 작은 들꽃 묶음 두 개와 디저트 메뉴가 올라와 있었다. 반점과 팔룬은 서로를 힐끔힐끔 쳐다보다 고개를 숙였다. 머리통이 자꾸 고꾸라졌다. 둘의 몸은 가구에 비해 작았다. 높다란 나무 등받이가 아이들을 앞으로 밀어내는 것처럼 보였다. 반점은 팔룬의 꾀죄죄한 손등에서 시선을 뗄 수 없었다. 자신의 모습도 다르지 않을 것이다. 거울을 보지 못한 게 내내 후회스러웠다. 화장실 입구가 너무 밝고 커서 발을 들이지 못했다.

"가방은 여기 내려놓으셔도 됩니다. 보관해드릴게요."

나무 상자를 가져온 직원이 활짝 웃으며 말했다.

"괜찮아요."

가방끈을 양손으로 잡은 팔룬이 고개를 저었다. 크로스백을 메고 있는 팔룬은 가벼운 운동이라도 나온 듯한 행색이었다. 팔룬은 자주 쓰는 눈 두 개로 직원을 올려봤다. 나머지 여섯 개의 눈은 풀로 붙인 듯 미동이 없었다. 속눈썹을 다 뽑았는지 눈꺼풀 여섯 개 근처엔 아무 털도 없었다. 감은 눈들은 누군가 숟가락으로 세게 찌른 자국처럼 보였다.

잠시 후 한 남자가 접시와 집게를 들고 왔다. 남자는 아무도 먹지 않아 그대로인 크레이프 케이크 옆에 시럽을 입힌 빵을 내려놓았다. 빵 옆의 아이스크림은 서서히 녹아내리고 있었다. 유리 표면에 맺혔다 흘러내린 물이 잔 아래 흥건했다.

뒷목을 주무르던 반점은 이 피로가 긴 이동시간 때문인지, 혼란 때문인지 잘 구별할 수 없었다. 고르다 동부에 들어서서도 차는 멈추지 않았다. 한참을 더 달려 도착한 곳은 한적한 주택가였다. 담이 없어 소라를 닮은 건물들이 훤히 보였다. 둥글고 부드러운 곡면 형태가 책에서나 본 궁전 같은 생김새였다. 테라스가 달린 밝은 색상의 집들이 계속 이어졌다. 집들 앞에는 긴 사각형 모양의 물 저장소가 있었다. 한 남자가 그 안을 가로질러 헤엄을 치는 모습을 발견하기 전까지는 그렇게 생각했다. 높게 솟아오른 물줄기를 본 반점이 깜짝 놀랐다. 운전자는 그곳이 수영장이라고 말했다. 물이 있는 곳으로 가서 수영하는 게 아니라, 물을 가져와 수영한다는 발상이 신기했다. 대체 몇 리터 정도일까. 마시거나 씻는 대신 몸을 담그기 위해 쓰는 물의 무게가. 반점의 머릿속에 빗물을 받아 쓰는 도모 조합원들의 모습이 스쳐 지나갔다. 동부 사람들의 사치와 낭비는 듣던 것보다 심한 것 같았다. 건물 1층에서 받은 검사도 여러 개였다. 건강 상태를 확인한다는 이유였다. 반점은 그곳에 거의 1시간을 머물렀다.

홀에는 아까부터 파이프 오르간 소리가 울렸다. 인사를 나누지 못한 반점과 팔룬에게 그 소리는 더 크게 들렸다. 두통이 생길 만큼 경건하고 성스러운 음악이었다. 둘은 이 화음이 지금의 감정보다 더 복잡하게 들렸다. 주변에 멀찌감치 서 있는 사람들이 풍기는 정중한 분위기도 적응하기 어려웠다. 재회를 방해하지 않기 위해 조심스러운 몸짓으로 다니는 이들 때문에 신경이 더 곤두섰다. 팔룬은 탁자 표면을 골똘히 들여다봤다. 처음에는 알아볼 수 없었지만 흠이 여럿이었다. 마감재가 떨어져 나간 자리를 비슷한 색의 물감으로 겹겹이 발라둔 듯했다. 팔룬은 팬 자리를 검지로 매만졌다.

반점이 팔룬을 따라 탁자로 시선을 옮겼다. 어떻게 지냈어, 라는 인사말은 가볍고 우스울 것 같았다. 반점은 콧방울을 긁었다. 콧방울 다음엔 턱과 종아리로 손이 갔다. 이런 순간에도 몸이 가려웠다. 반점은 목걸이로 손을 옮겼다. 송곳니의 홈을 만지작거리니 숨이 조금 쉬어졌다.

"우리의 몸으로, 우리의 마음으로."

조용히 중얼거린 반점은 손을 뻗어 빵을 집었다. 시럽이 혀에 닿자 몸이 움찔했다. 빵 안에는 노랗고 몽글몽글한 옥수수 크림이 가득 들어 있었다. 픽픽한 빵을 삼킬 때는 음식이 식도 중간에 멈춰 있었는데, 이 빵은 입에서 금방 녹았다. 앞에 놓인 물은 필요치 않았다. 팔룬도 빵을 집었다. 배가 고프지 않았지만 들고 있어야 할 것 같았다.

테이블 유리 위로 꿀물 같은 햇살이 뚝뚝 흘렀다. 반점은 떨어진 빵 부스러기를 줍기 위해 허리를 굽혔다. 햇살이 대리석 바닥으로 이어지고 있었다. 반점은 광채로 뒤덮인 돌을 바라봤다. 희고 투명한 무늬가 잘게 일렁였다. 반점이 입을 벌렸다. 빛이 끝나는 자리에서 사마귀가 천천히 걸어오고 있었다.

반점의 얼굴과 혓바닥이 뜨거워졌다. 입속의 입이 끝없이 생겨났다. 수십 개의 입술 중 어느 하나도 벌어지지 않았다. 더 빨리 만났다면, 이런 곳이 아니었다면 서로를 끌어안을 수 있었을까. 사마귀를 보면 무너질 줄 알았는데 그저 얼떨떨하기만 했다. 팔룬은 섬에서 거의 만나지 못했던 두 아이를 번갈아 쳐다봤다. 그들은 서로의 모습을 뚫어지게 살폈다.

사마귀는 뒤에 서 있던 지수를 향해 손짓했다. 반점은 여자를 쳐다봤다. 마트 티브이에서 본 큐레이터였다. 귓속말을 들은 여자는 미소를 지으며 고개를 저었다. 아마도 셋만 있게 해달라는 요청을 거부하는 것 같았다.

세 아이는 각자 쌓아온 말을 어디서부터 꺼내야 할지 몰랐다. 몸은 거대한 댐이 된 것 같았다. 몇 마디만으로도 수위가 높아질 것이다. 그저 의자에 얌전히 앉아 다른 곳을 쳐다볼 수밖에 없었다. 팔룬이 카메라의 위치를 가장 먼저 찾아냈다. 이모가 알려준 대로였다.

"담당자들이 계속 바뀌었다고 하네요. 둘 다 보호소 말고 엉뚱한 곳에 있었다고요. 수소문하느라 애를 먹었대요."

"가운데 여자아이가 서부, 그 도모라는 곳에서 왔고요. 옆의 작은 여자아이는 남부에서 찾아냈대요. 나이는 나머지 아이들보다 한 살 많은 17세인데 노년의 장애 여성 한 명과 살고 있었다는군요."

"거소 불명자였겠네요. 아이들 상태가 저렇다고 해도 책임감 없이 어떻게."

"3년간 떠돌이 생활을 했겠죠."

"자립을 위한 공동체라고 했나요. 도모도 반기업 운동가들이 설립한 곳이죠?"

"뭐라더라. 공동선을 위한 조합이라던데요. 초기와 달리 현재 성격은 꽤 흐려진 것으로 알고 있어요. 단체명만 추상적이지 그냥 부랑자들이 모이는 시설이나 집합소에 가깝죠. 서부에서도 꽤 열악한 지역이래요."

"두 여자아이도 보호자에게 요청해 등록을 마쳤다니, 이제 모두 고르다의 일원이죠."

신입 사원들을 향해 몸을 튼 지수가 검지로 입술 가운데를 눌렀다. 사원들은 곧장 속닥거림을 멈췄다.

＊

큰 통창 너머로 뽕나무들이 흔들렸다. 바람을 맞는 잎새들이 넘실넘실 움직였다. 낮고 튼튼한 건물들이 산자락 아래 빼곡했다. 팔룬은 창밖 풍경을 둘러보며 섬의 학교를 떠올리고 있었다. 드럼통이 쌓이기 전, 학교 주변에도 이런 언덕이 많왔다. 지수가 손짓하자, 서 있던 이들 중 하나가 테이블로 걸음을 옮겼다.

"안녕하세요. 저는 여러분의 인솔을 맡은 사람입니다."

셋의 자리로 끼어든 인솔자는 출연진의 동선을 정비하기 위해 들어온 연출가처럼 보였다.

"누구보다 잘 알고 계시겠죠. 여러분은 동방의 생존자분들이십니다. 지금은 없는 기업이라 책임을 물을 순 없지만요. 생명권을 무엇보다 소중히 여기는 저희 고르다는 그런 의미에서 세 분이 회복을 수월히 하실 수 있도록 도울 예정입니다. 재활 훈련과 트라우마 치료를 통해서요. 미비하겠지만, 기업들이 벌인 부도덕한 행위와 그로 인한 폐해를 저희 고르다가 도의적 차원에서 갚아나가고자 합니다."

인솔자가 지수의 눈을 쳐다보고 다시 말을 이었다.

"그동안의 경험이 매우 고되셨을 거라 짐작합니다. 오랫동안 애쓰셨어요. 늦게나마 찾게 된 두 분이 고르다에 머물고 계셨다니 다행입니다."

인솔자의 말이 끝났다고 생각한 아이들은 자세를 고쳐 앉았다.

"우리뿐인가요, 섬에서 살아남은 게?"

팔룬이 물었다. 나머지 아이들의 귀에 '우리'와 '섬'이란 말이 갑자기 생생히 들려왔다. 사마귀는 팔룬의 쉰 목소리에 놀랐다. 귓가를 긁는 얇고 따가운 음성이었다. 사마귀는 백씨에게서 자란 누나를, 누나인 게 확실한 팔룬을 제대로 쳐다볼 수 없었다.

"확인한 바로는 그렇습니다."

아이들의 머릿속으로 섬의 모습이 짧게 스쳐 지나갔다. 단상은 각각 달랐지만 모두 편집되지 않은 공포 영화 촬영본처럼 정처 없이 우중충했다. 팔룬이 다시 물었다.

"여기서 언제까지 지낼 수 있어요?"

"원하시는 만큼이요. 치유가 충분히 이뤄질 때까지 지원해 드리겠습니다."

"왜요? 아무 대가도 없을 텐데."

"기업이 하는 일은 이윤 추구만이 아닙니다. 다른 가치도 선도할 수 있죠."

"값을 매길 수 없는 가치도 사실 값비싸니까요. 알겠어요."

인솔자가 팔룬을 쳐다봤다. 의미심장한 말을 했다고 생각했는지 아이의 턱과 고개가 조금씩 비틀렸다. 팔룬이 이어 물었다.

"아, 섬에서 무슨 일을 겪었는지 들려드려야 하나요?"

얼마나 비참했는지, 얼마나 괴로웠는지 구체적으로요. 팔룬은 이어질 뻔했던 말을 삼켰다. 인솔자는 눈썹을 들어 올릴 뿐 더 대꾸하지 않았다.

반점은 테이블에 올려뒀던 팔을 아래로 내렸다. 방금까지 이 자리에서 빵을 먹었다는 사실이 믿기지 않았다. 팔룬처럼 상황을 살펴야 했다. 몸 군데군데를 벅벅 긁고 뭘 입에 넣다니 멍청하기 짝이 없는 짓이었다.

"너는 이미 그런 일을 하고 있겠지? 이곳 사람들에게 섬을 알리는 일."

팔룬이 사마귀를 보며 물었다. 낯선 얼굴, 몇 년 동안 거의 듣지 못한 비존대어 그리고 곧 열릴 전시. 사마귀는 말문을 열기 어려웠다. 입을 다문 사마귀가 반점을 쳐다봤다.

"뭐, 이런 데서 그냥 지낼 순 없으니까."

팔룬의 자문자답은 치기 어린 응대로 들렸다가 곧장 뜻 없는 혼잣말이 되어 공중에 흩어졌다. 인솔자가 복도를 가리키며 시설에 대한 안내를 시작했다. 팔룬의 눈에는 인솔자를 따라나서는 자신들의 모습이 땅딸막한 요괴처럼 느껴졌다. 사람이 아닌 정령들. 사람이라면 귀엽고 안쓰러운 아이들. 약간 꺼림칙하지만 기꺼이 도와야 할 존재들. 여기 사람들은 자신들을 전혀 무서워하지 않았다.

건물 밖으로 나온 세 아이 중 사마귀만 먼저 차에 올랐다. 인솔자 뒷자리에 앉은 사마귀는 창문을 내렸다. 바람을 따라 싱그러운 풀 내음이 훅훅 끼쳤다. 사마귀는 숨을 깊이 들이마시는 반점과 팔룬을 기다렸다. 오늘은 유독 녹음이 푸르렀다. 같은 모양으로 찍어낸 듯한 구름도 끝없이 이어졌다. 자리에 앉은 아이들은 차창 밖을 내다보았다. 사마귀와 반점에겐 말을 꺼내는 일이 여전히 섣부르게 느껴졌다. 팔룬은 아까같이 서투른 말을 할 바에야 입을 다무는 게 낫다고 생각했다. 사람들 앞에서 내내 멀뚱멀뚱한 표정을 짓지 않으면 안 될 것 같았다. 태양 빛이 아까보다 더 시렸다. 넓은 땅엔 쓰레기 한

점이 보이지 않았다. 인솔자가 누군가와 통화를 시작했다. 차 뒷자리 가운데 앉은 반점은 왼편의 사마귀, 오른편의 팔룬을 번갈아 바라봤다. 코너를 돌며 차가 살짝 기울자 사마귀의 팔이 반점의 팔에 닿았다.

"미안해. 살아 있는 줄 몰라서."

사마귀가 반점에게 속삭인 후 손을 잡았다. 고르다 사람이 있어도 이 자리에서 존대를 도저히 할 수 없었다. 놀란 반점은 팔룬의 손을 잡았다. 차가 멈출 때까지 손을 빼는 사람은 없었다. 뒷자리의 셋은 그제야 서로의 존재를 온전히 확인한 기분이 들었다. 피부가 피부에 닿는 감각만이 이곳에서 가장 강렬했다.

✳

셋이 지낼 숙소는 큼직했다. 외진 2층 주택은 별장이나 리조트 같았다. 발 디디는 곳마다 은은한 라벤더 내음이 돌았다. 거실과 계단 중앙엔 책도 빼곡했다. 사마귀는 2층을, 팔룬과 반점은 1층을 택했다. 사마귀가 혼자 지내던 호텔 객실보다 더 넓고 쾌적한 곳이었다. 팔룬은 숙소 내부를 샅샅이 살피고 다녔다. 숙소 건물 앞을 제외하고 카메라는 없는 것 같았다.

반점은 화장실 문을 열고 잠시 멈춰 섰다. 불빛이 자동으로 켜진 데다 몹시 밝았기 때문이었다. 더러운 변기를 자세히 비추지 않기 위해 조도를 일부러 낮춘 도모의 것과는 다른 장치였다. 수도관을 타고 콸콸 나오는 온수도 놀라웠다. 밖으로 나오자 두툼하고 보드라운 러그가 맨발을 감쌌다. 오디오 앞에 선 사마귀가 반점을 보고 미소 지었다. 이상한 음악이 흘러나오고 있었다.

"재즈 싫어하지 않았어? 느글느글하다고 했잖아."

반점의 물음에, 가까이 다가온 사마귀가 답했다.

"내가? 전혀. 오래 들을수록 편해."

어쩐지 뿌듯한 말투였다. 뽀얗고 말간 얼굴도 어색했다. 키가 좀 자라긴 했지만, 차이는 그뿐이 아니었다. 쉽게 굳고 비틀리던 입꼬리도 더 볼 수 없었다. 간접 조명 때문인지 맑았던 눈빛도 조금쯤 어둑했다.

"엉망진창이라 좋아. 내가 연주자들보단 제정신인 것처럼 느껴지거든."

그래도 이 답은 예전의 사마귀 같았다.

"뉴스에서 널 봤어. 전시 소식이 나올 때."

반점은 사마귀를 보자마자 지내던 곳에서 떠날 준비를 했다고 말할 수 없었다. 정말 혼자 찾아올 수 있었을까. 의지만으로 사마귀를 만날 수 있었을까. 반점은 사마귀가 자신의 존재를 언제 알았는지, 알았다면 어땠을지 미리 알고 싶었다.

"그렇구나. 난 네 소식을 얼마 전에야 알았어. 계속 찾고 있었대."

목소리가 꺾이거나 떨리지 않길 바라면서 반점이 물었다.

"너는 찾지 않았고?"

망설이던 사마귀가 입을 열었다.

"나도 너처럼…."

반점은 다음 말을 기다렸다.

"나도 너처럼 혼자만 살아남았다고 생각했어."

사마귀가 손을 뻗어 반점의 머리카락을 흐트러뜨렸다. 이런 건 어디서 배운 걸까. 반점이 살짝 물러났다. 한껏 보살펴 주는 동작이 어쩐지 괴상했다. 누구의 탓도 아니지만, 너무 늦었다는 생각이 스쳐 지나갔다. 반점은 그 판단이 표정에 담기지 않도록 애썼다.

"별로야?"

"어. 지금 나오는 음악보다 훨씬 느끼한데."

반점의 머리에서 손을 뗀 사마귀가 반점의 두 손을 잡았다. 둘은 재즈 연주가 귀에 들어오지 않을 때까지 서로를 바라보다 조심스레 몸을 붙여 안았다.

＊

해가 저물자 셋은 2층 거실에 모였다. 천장 한가운데 큰 창으로 별들이 반짝였다. 숙소 계단 기둥의 웅장한 장식에 대한 말은 육지의 에스컬레이터가 무서웠다는 이야기로 이어졌다. 사마귀에겐 아주 오래전 기억이었다. 반점과 팔룬은 그 경험이 생생한 것 같았다.

"발을 언제 뗄지 몰랐다니까. 몸이 끼어들어 갈 것 같아서 계속 서 있었어."

"나도. 다들 망설이지도 않고 타더라. 계단이 막 움직이는데."

"그렇지? 신기해. 다칠지도 모르는데, 절대 다칠 일 없다는 식으로 지내는 게."

사마귀는 말을 끝에 덧붙이는 식으로만 대화에 끼어들었다. 바다 건너 땅에서 겪은 일은 수도 없었다. 평생 나눠도 끝이 없을 이야기였다. 허리와 골반이 쑤시자 아이들은 거실에 누웠다. 팔룬이 다리를 까딱이며 말했다.

"에스컬레이터 말고 또 있다. 오면서 봤는데, 짓다 만 다리와 건물이 많은 게 이상했어. 시멘트가 모자라서 그랬겠지만."

반점 역시 이곳으로 올 때 본 광고들을 떠올렸다. 소나무 전지, 고철 매입, 급매 처리. 텅 빈 도로 옆에서 나부끼는 천들이 쓸쓸해 보였다. 색이 완전히 바랜 지 오래였다. 묘지와 수영장 그리고 고양이 이야기보다는 그 천들에 대한 말이 나을 것 같았다.

"나는 현수막들. 그렇게 높은 산비탈에 누가 끈을 매달았는지 궁금했어."

"오는 길이 멀었구나. 여기는 그런 게 없는데."

팔룬과 반점이 사마귀 쪽으로 머리를 돌렸다.

"동부는 전부 고등 같은 건물뿐이야. 허물어진 게 없어."

반점은 사마귀의 표정을 잘 읽을 수 없었다. 조금 지루한 건지, 슬픈 건지 헷갈리는 미소였다.

"그래서 위에서 보면 다 똥 같아. 되게 잘 눈 똥."

아이들은 잠깐 웃었다. 웃음소리가 끊기자 반점이 물었다.

"쓰레기들은 어디로 분명히 갈 텐데 왜 이 근처에는 안 보일까."

"남부에는 많아. 쓰레기를 전부 드럼통에 넣거든. 섬에서 본 것보다 훨씬 큰 드럼통."

팔룬의 말에 사마귀와 반점이 잠잠해졌다. 그리고 얼마 후 셋은 이런 정적이 앞으로 자주 오게 될 것이라 예감했다. 무슨 말을 하더라도 그곳을 피할 수는 없을 거라고. 아이들은 고개를 젖혀 머리 위의 창문을 올려다봤다. 바람이 부는지 천장을 가리고 있던 구름이 한 겹씩 밀려났다. 아이들은 한숨을 내뱉었다. 얇고 불투명한 세 개의 구름 결은 섬의 어른들이 피웠던 담배 연기처럼 덧없이 흩어졌다. 달빛을 받은 사물들의 윤곽선이 더 살아났다. 서로의 몸이 섬처럼 보였다.

＊

"네가 그린 거야?"

반점은 사마귀의 그림들을 보며 물었다.

"별로지? 여기서 건질 건 반도 안 돼."

"좋아. 마음이 따끔따끔할 정도로."

그림은 확실히 나아진 듯했다. 조형 요소가 더 늘어나 구석구석 쳐다볼 곳이 많았다. 희미하고 가느다란 실선이 다였던 예전에 비해 굵은 선, 넓은 면이 과감하게 들어가 있었다. 명암까지 적재적소에 배치된 이미지는 그래서 탄탄해 보였다. 하지만 반점은 섬에서 봤던 공책의 그림이 더 좋았다. 균형을 전혀 신경 쓰지 않고 내지른 선들이 사마귀와 꼭 닮았기 때문이다. 반점은 사마귀의 첫 그림들을 여전히 떠올릴 수 있었다. 사마귀가 주저하다 말했다.

"섬을 직접 그린 건 없어. 그래도 시간이 지나면 전부 섬 같아. 미안해."

"괜찮아. 그곳에 대한 전시잖아."

"팔룬 말대로 그게 여기 머무는 대가인가 봐."

"대가는 치르는 거지. 우리가 같이 읽었던 책들 기억나? 옛날이야기 주제는 다 똑같잖아."

"대가를 안 치르면 큰일 납니다. 남의 것을 탐하지 마세요."

둘은 눈을 마주치며 웃었다. 반점과 사마귀는 오래전 같이 읽은 동화, 민담, 설화에 대한 기억을 조급히 더듬어나갔다. 혼자 읽은 책에 대한 이야기는 지금 어울리지 않았다. 그런 말은 서로를 난처하게 할 것 같았다. 사마귀가 반점의 어깨를 잡고 말했다.

"맞아. 파슬리 몇 포기 뽑아갔다고 딸을 달라는 마녀도 있었잖아. 근데 그건 좀 억지 아니야? 자기 땅이라고 풀도 자기 건가. 좀스러워."

"동화는 원래 극단적이야. 강렬한 각인 효과가 필요하니까."

"무섭고 복잡한 세상을 미리 구경하라는 건가."

"응. 무슨 일이 일어나도 너무 놀라지 말라고. 앞으로 겪는 일이 혼자 치르는 경험은 아니라고."

반점은 그림들을 다시 찬찬히 살폈다. 알몸에 방독면을 쓴 소년, 도로를 가로지르는 소녀, 불에 타는 건물, 물에 가라앉은 공장, 공룡같이 큰 산호, 쓰레기 더미 위의 아이들, 복숭아색 바다, 녹색 쥐 떼. 사마귀의 말대로 섬이 직접 드러나진 않았지만, 환상도 환상 아닌 이미지도 전부 섬을 연상시켰다.

인물들은 흰 가면을 쓴 듯 얼굴이 가려져 있었다. 눈코입이 지워진 사람들은 자신이었다가 사마귀였다가 무무, 궁, 이빨, 소년들, 섬사람들로 점점 번져나갔다. 그림 안에 휘도는 감정이 낯설지 않았다. 화폭마다 불똥과 그을음이 가득했다. 섬에서 벌어졌던 지루한 싸움, 하늘에서 쏟아지던 무심한 증오. 반점은 사마귀가 부린 장난 안의 염세, 염세 안의 적의를 읽어나갔다.

"밤에 그린 건가 봐. 새벽이나."

"아니, 정해진 시간은 없는데? 일어나자마자 그리기도 하고."

"미쳤구나. 아침부터 이런 걸 그렸다고?"

반점은 콧대를 긁었다. 사마귀가 자신을 따라 웃지 않아서였다.

"여기선 그런 말을 쓰면 안 돼. 정신질환이나 정신병으로 고쳐 써야지."

"그래? 뭐, 정확한 의학 용어로?"

"응. 그 사람들을 조롱하는 말이니까. 실제로 아픈 사람들이 있고."

그 사람들이라니, 그 사람들이 우리인데? 우리가 아픈 건데? 반점은 눈을 깜빡였다. 그만 따져 묻고 싶었다. 아까처럼 순탄한 대화를 나누고 싶었다.

"그럼 돌았냐고 물어도 돼? 아니면 광인이냐고?"

반점이 실눈을 뜨고 미소 지었다.

"본질이나 저의가 같은데?"

사마귀의 말투는 계속 진지했다. 함께 운동장에서 줄을 설 때 봤던 얼굴과 비슷했다. 사마귀의 표정은 동방에게 사회보장번호를 받지 못한 채로, 배급품을 받아도 되는지 긴장하던 그때로 돌아가 있었다. 반점은 고개를 끄덕이며 다시 그림을 들었다. 선과 면은 초라한 듯 풍성했고 풍성한 듯 초라했다. 작업은 폐쇄 병동의 정신병자가 남긴 기록들 같았지만, 거기서 살아남은 자신과 팔문과 사마귀가 미치지 않았을 것 같지도 않았다.

＊

반점은 사마귀가 있는 2층에 오래 머물렀다. 거실에서 얼굴을 마주하며 말할 때보다 사마귀의 방에서 그림을 보며 말하는 게 더 편했다. 이야기가 끊기면 입을 맞출 수 있었다. 숨소리만 남으면 서로를 더 만질 수 있었다. 잠든 사마귀를 바라볼 때가 반점의 하루에서 가장 포근한 시간이었다. 베개에 얼굴이 눌려 입술이 벌어진 사마귀의 얼굴은 지친 조랑말 같았다. 볼을 타고 눈물이 흘러내릴 때면 반점은 손등으로 눈물을 재빨리 닦았다. 더럽고 쓸데없는 수분일 뿐이었다. 3년, 5년, 10년. 아니면 절반. 무슨 생각으로 그런 가정을 했을까.

거짓말이었다. 고양이들에게 수명을 줄 수 있다고 생각했던 나날이 가소롭게 느껴졌다. 허튼 숫자들, 허튼 각오. 반점은 그 어느 때보다 살고 싶었다. 사마귀를 다시 발견한 순간부터 회한 없이 더 살고 싶었다.

"그려줘. 우리가 언젠가 같이 지낼 곳."

반점이 사마귀에게 작은 엽서를 내밀었다. 까슬까슬하고 연한 풀빛 여백을 쓸어본 사마귀는 색연필 꾸러미를 들고 왔다. 둘은 서로의 말에 말을 계속 덧대갔다.

"먼 곳, 아주 먼 곳이면 좋겠어."

"여기가 아닌 곳?"

"응. 여기 말고."

사마귀는 마을의 배경을 하나하나 채워나갔다. 높고 짙푸른 침엽수, 성냥갑 모양 기차, 모닥불 위 거대한 양철 냄비에서 보글보글 끓는 토마토 스튜, 울타리 밖의 거위 떼, 곤히 잠든 양들, 노란 불빛이 새어 나오는 통나무 집, 넘실대는 오로라.

"진눈깨비랑, 눈 덮인 설산도 뒤에 넣어줘."

"그럼 여긴 되게 추운 곳이네."

"상관없어. 집은 따듯해."

사마귀는 마을을 둘러싼 낮은 산을 그렸다. 흰 담요를 덮은 듯 부드러운 산자락이었다. 그리고 마지막엔 쌀가루처럼 흩날리는 눈발을 그어 내렸다.

"사람은?"

"사람은 없어."

"좀 허전한데 모닥불 앞에 몇 명 그려줄까?"

"그럼 유령들을 그려줘. 발이랑 그림자를 빼는 거야."

"이 뜰에 산타랑 눈사람도 만들까?"

"눈사람이랑 순록만 더."

완성된 그림은 옛 유럽의 작은 북부마을 같았다.

"천국 같아."

"스노볼 안이네."

잠에서 깬 반점은 이불 밑을 손바닥으로 쓸었다. 각질이 조금 묻어나왔다. 숨을 길게 내쉰 반점은 침대에서 빠져나와 잠자리를 한참 청소했다. 겨드랑이에서 땀이 배어나왔다. 반점은 사마귀의 의자에 걸터앉아 허리를 두드렸다. 도모의 복도를 치울 때처럼 등줄기까지 축축했다. 무릎에 손을 올리고 있던 반점은 여기저기 놓인 사마귀의 그림들을 구경했다. 그리고 아까 완성한 엽서를 집어 들었다. 원하는 걸 모두 넣었는데도 아쉬웠다. 색과 형태만 있지 현실감이 없었다. 절대로 존재하지 않는 장소, 절대로 가보지 못할 곳. 그림을 쥔 손끝이 차가워졌다. 이런 단정에 빠져들기 싫었지만, 세상에 뭔가를 부려놓는 사마귀와 세상에 부려놓은 걸 지워가는 자신이 붉은색과 초록색만큼 멀게 느껴졌다.

가끔 사마귀의 방에 갈 수 없는 날들이 있었다. 전시를 담당하는 큐레이터 지수가 다녀갈 때였다. 반점은 그때마다 수포를 만지작거렸다. 손에 피가 묻어나오기 시작하면 한쪽으로 치워뒀던 질문이 조금씩 머리를 디밀며 다가왔다. 어제 사마귀의 골반을 눌렀을 때, 눈이 잠시 흔들리지 않았나. 한 번도 만지지 않던 곳을 만졌을 때 분명히 움찔했어. 나처럼 사마귀도 지난날을 짐작하고 상상할까. 질문이 불어나면 얼굴이 더 가려웠다.

지수가 오면 사마귀는 좀처럼 방 밖으로 나오지 않았다. 지수가 숙소를 빠져나간 지 한참이 돼서도 기척이 없었다. 며칠 후엔 사마귀의 그림들이 확 줄어 있거나 확 늘어나 있었다. 방문이 잠긴 날은 사마귀가 작업물을 지우거나 버릴 때였다.

✳

아침마다 숙소 앞으로 전기차가 왔다. 식사를 마치면 재활 훈련과 언어 교육이 이어졌다. 생활 적응도를 높여준다는 일과가 생활을 더 불편하게 만들었다. 차는 매일 셋이 처음 만난 건물로 이동했다. 보통 15분 정도가 걸렸다. 보조석에 앉은 팔룬이 인솔자에게 말했다.

"걸어서 가도 되는데요."

"이것도 제 일 중의 하나인데 편히 타세요."

팔룬은 나지막이 한숨을 쉬고 차 문을 열었다. 듣기 싫은 라디오 방송을 피하려면 차가 오기 전에 숙소를 나오는 수밖에 없었다. 라디오 진행자와 인솔자의 입에서 나오는 소리에 별반 차이는 없었지만, 연일 듣는 진행자의 목소리엔 대꾸도할 수 없어 더 지루했다.

"우열과 강약이란 낡은 언어, 해로운 개념과는 이제 작별해야죠. 여기는 고르다인데요."

청취자가 보낸 5백 자 글에 대해 진행자가 감상을 전하는 중이었다. 내용에 대한 해석보다 표현에 대한 비판이 내내 이어졌다. 팔룬은 뒤쪽으로 고개를 돌렸다. 서로에게 몸을 기댄 사마귀와 반점은 진행자의 말을 주의 깊게 듣지 않는 듯했다. 팔룬은 다시 앞을 봤다. 근육이 하나둘 풀리면서 목이 구부러졌다. 허리가 의자 아래로 흘러내렸다.

진행자가 강조하는 고르다식 어휘는 틀린 데가 없었지만, 어딘가 불안정하게 느껴졌다. 약자라는 말 자체를 꺼리는 게 이상했다. 우세하다, 열세하다 같은 말도 아예 쓰면 안 되는 걸까. 힘의 차이는 상황에 따라 새롭게 벌어지는데? 진행자의 신념과 달리 고정된 약자는 없었다. 서서히 또는 순식간에 누구나 약자가 될 수 있었다. 그러니 단어를 뺄 게 아니라 어떤 교차로에서 어떤 이가 약자가 되는지 한 번 더 물어야 했다. 고르다의 방식대로라면 약자는 영원히 그 상태에 붙들린 이를 지칭하는 단어였다. 아무래도 헤매는 게 낫지 않나. 끝없이 길을 잃는 편이. 말의 문을 닫으면 안전하겠지만, 문을 열면 확장할 수 있었다. 그리고 확장을 위해서는 편의 대신 혼란이 필요했다. 차에서 내린 팔룬은 반점 옆에 다가갔다. 되는대로 투정을 부리고 싶었다.

"도대체 쓰지 말라는 말이 왜 이렇게 많아? 자기들만 바르고 번듯해서 그런가. 윗사람들이라서."

팔룬의 말에 반점이 눈을 감고 답했다.

"윗사람이라는 말도 쓰면 안 되지. 사람 사이에 위와 아래가 없는데. 어리광 피우지 말고 그냥 고쳐."

"그것도 안 되거든. 어리다는 뜻을 부정적으로 쓰는 일은 옳지 않아."

반점과 팔룬이 서로를 쳐다보며 키득거렸다. 웃음소리가 잦아들자 팔룬이 말했다.

"금기어를 안 쓴다고 말을 못 할 정도는 아니야. 근데 어떤 건 괜찮고 어떤 건 이상해."

"괜찮은 건 뭐였어?"

"성희롱, 몹쓸 짓처럼 죄질을 흐리는 말."

"또 있다. 처녀, 과부, 미망인."

"미개, 야만, 천박."

"일류, 충성, 최고."

"정상, 비정상."

"아직 이해 안 되는 말은?"

"애국, 민족, 나라."

반점과 팔룬은 불법은 아니더라도 금지와 다름없는 표현을 더 생각했다. 떠오르는 단어들을 계속 내뱉고 나자 남는 건 시답잖은 욕설이 대부분이었다. 사마귀는 꼬리를 천천히 휘저었다. 고르다에서 지내는 동안 잃은 단어들이 몇 개쯤 될까. 이제 와보니 그게 무엇인지 기억도 나지 않았다. 시시하고 유치한 말들일 게 분명했지만, 그걸 발음할 때의 기분도 떠올리지 못한다는 건 당황스러웠다.

"죽겠다, 같은 말만 쓸 수 있어."

"맞아. 그건 비껴가는 사람이 없으니까."

"저 역시 이해해요."

아이들 뒤에서 지수가 말했다. 셋은 자리에 멈춰 섰다.

"언어는 물론 어디에도 갇히지 않죠. 그건 플라나리아처럼 자라고 또 자랍니다. 말이란 언제나 육체적이고 유기적이거든요. 그러니 흐름에 맞춰 늘 가꿔나가는 길밖에 없어요."

미간을 찌푸리고 있던 팔룬이 물었다.

"사람을 믿지 못하니까, 결국 나아지지 않을 거라고 판단하니까 말을 걸러내는 거겠죠? 나아질 때까지 열어뒀는데, 안 나아지니까 닫는 것 아닌가요."

"아니요. 이건 그런 단념과 거리가 멀어요. 고르다가 지켜온 언어 수평 운동엔 중요한 정신이 깃들어 있어요. 누군가가 다치지 않길 바라는 마음, 타인에게 주의를 기울이려는 태도, 가능한 한 더 많은 이들이 선에 가닿길 원하는 심정."

지수는 반점, 팔룬, 사마귀를 차례로 바라보고 말을 이었다.

"남을 위한 그 태도는 사실 자신을 위한 태도이기도 하죠. 매일 조금씩 작은 습관을 들여나가는 동안 보호받는 건 결국 본인일 거예요. 그러니 잊지 않으시면 좋겠어요. 누구나 언제든 약자가 될 수 있고, 언어는 약자를 보호하는 방향으로 흘러야 한다는 점을요."

팔룬의 미간은 여전히 일그러져 있었다. 언어 수평 운동을 각자 다르게 이해하는 이곳 사람들이 의아하게 느껴졌다.

✳

식당 입구에서부터 빵 굽는 냄새가 퍼져 나왔다. 조리실 맞은편엔 구운 곡물로 만든 쿠키와 시리얼, 플레인 요거트, 제철 과일 등이 언제나 가득했다.

팔룬은 빵 껍질을 가만히 내려다봤다. 오늘 메뉴는 버거였다. 번 위에 붙은 검은깨가 너무 많아 징그러웠다. 버섯, 토마토, 로메인, 두부 패티로 채워진 옆면은 먹음직스러웠지만 위에서 내려다보면 개미들이 음식을 뒤덮은 모양새였다. 마치 조리사가 악의를 품고 만든 요리 같았다.

팔룬은 이모와 같이 쪄 먹던 단호박과 감자를 떠올렸다. 여름마다 상에 두는 작물이었다. 배를 채우고 나서 마당 욕조에 몸을 담그면 온몸의 털이 곤두설 만큼 기분이 좋았다. 욕조에서 노을을 보면 따듯한 게 먹고 싶어졌다. 함께 끓여 먹던 배춧국도 그리웠다. 겨울 배추와 된장과 파만으로 만든 국은 구수했다. 팔룬은 흙냄새가 나는 그 향을 깊숙이 들이마시고 싶었다. 테이블에 엎드린 팔룬이 번에 붙은 검은깨를 하나씩 떼어냈다. 냅킨 위로 깨가 수북이 쌓였다. 여기서 지낸 날이 이 깨들보다 더 많을 듯했다. 냅킨을 감싸 쥐자 벌레들을 한 움큼 죽인 기분이 들었다.

사마귀가 한 손을 들었다. 그러고는 테이블로 다가온 남자에게 고개를 살짝 숙인 후 샐러드 볼을 가리켰다. 안쪽 접시엔 먹다 남은 복숭아가 놓여 있었다. 반점, 팔룬과 달리 씨앗에 붙은 과육을 제대로 먹지 않아 남은 부분이 컸다.

"저희 이것 좀 더 부탁할게요. 양상추는 더 안 주셔도 되고요."

팔룬이 사마귀를 힐긋 쳐다봤다. 평범하지만 어딘가 이상한 말이었다. 물론 별 뜻 없는 소리일 수 있었다. 하지만 몸을 충분히 가까이 한 남자 앞에서라면 굳이 주어를 붙일 필요가 없었다. 저희라는 지칭은 섬에서 온 자신들을 남의 시선으로 볼 때, 외부인의 입장을 먼저 고려했을 때 쓸 수 있는 표현이었다.

"우린 괜찮아."

팔룬이 남자 대신 사마귀를 보고 말했다. 사마귀가 어깨를 으쓱였다. 팔룬은 희고 달콤한 소스가 뿌려진 푸성귀를 더 먹고 싶지 않았다. 입술을 닦아낸 팔룬은 사마귀의 말을 곱씹었다. 그리고 고개를 저었다.

✳

"오늘 언어 교육은 없어요. 아까 나눈 대화로 충분했으니까. 대신 보여드릴 게 있어요."

지수는 아이들을 데리고 건물 옥상에 올라갔다. 반점은 자리가 엘리베이터에서부터 바뀐 걸 알고 있었다. 무심결에 팔룬과 자신이 뒤에, 사마귀와 지수가 앞에 섰다. 처음부터 그 배치가 자연스러운 것 같았다.

"나무들을 한번 보세요. 전망이 좋죠?"

지수의 말에 아이들은 난간 너머를 응시했다. 숲이 빽빽했다. 지수가 나무 한 그루를 향해 팔을 뻗었다. 불빛과 함께 알람이 울렸다. 지수가 쥔 건 작은 리모컨이었다. 얼마 후 나무의 몸통이 열렸다. 껍질 안의 내부는 케이블이 달린 전신주 같은 모습이었다. 차이라면 약간의 굴곡 정도였다.

"자가 학습을 하는 나무예요. 기둥 가운데 칩이 있거든요. 스스로 합성을 하고 열매도 맺죠."

아이들은 뚜껑이 열린 나무를 가만히 쳐다봤다. 사마귀의 입이 가장 크게 벌어졌다.

"고르다가 몇 년에 걸쳐 연구한 성과이자 주력하고 있는 핵심 사업이에요. 친환경의 정수가 될 만한 새 나무들이죠. 상용화 전이지만 여러분께 보여드리고 싶었어요."

"이걸 왜요?"

반점이 지수에게 물었다.

"여러분이 고르다의 일원이 된 기념으로요. 간단한 인증 절차를 마치면 나무를 움직일 수 있어요. 가지에 올라타면 원하는 목적지로 이동시켜줄 수도 있고요."

지수는 사마귀 쪽으로 더 가까이 갔다.

"동물처럼 움직일 수 있으니 예전에 쓴 나무 이야기와 비슷하죠? 주제는 다르지만."

사마귀에게만 들릴 수 있도록 속삭이는 소리였다. 반점은 지수와 사마귀의 뒤통수를 쳐다봤다. 둘 사이의 간격이 거의 없었다.

"나무를 더 심는 게 낫지 않아요? 저게 작동하려면 에너지가 많이 들 텐데."

반점의 질문에 지수가 바로 뒤돌았다. 사마귀를 고움에 처음 데려간 날, 사마귀도 비슷한 질문을 했기 때문이었다.

"에너지가 거의 안 들어요. 태양열로 작동하거든요."

반점이 팔룬 가까이 붙었다. 지수가 사마귀에게 했듯이, 반점도 팔룬에게 귓속말을 했다.

"나무 로봇이다, 외치고 펄쩍 뛰어오를 줄 알았나. 영화 같다고 환호성이라도 질러야 하는 거야?"

팔룬은 지수가 로봇에 대한 설명을 이어 가도록 내버려두었다. 지수가 작동 원리나 구조를 쉽게 풀이해줄 때마다 가끔 미소도 지었다. 멀끔한 얼굴로 멀끔한 말을 늘어놓는 여자를 믿을 수 없었다. 팔룬은 아무에게도 들리지 않게 텅, 텅 소리를 냈다.

✳

하늘이 구겨지는 소리가 났다. 구름 떼가 돔 밖 농장의 개들처럼 으르렁거렸다. 비는 오지 않았다. 거리는 조용했다. 일을 마친 사람들은 티브이 앞에 잠자코 머물렀다. 고르다 소속 선수가 나오는 수영 경기를 보기 위해서였다. 기업들이 막대한 자금을 들여 벌이는 친선 경기에서 수영 종목은 몇 년째 고르다가 최선두를 유지했다. 최선두, 최강자, 일등이라는 표현을 쓰지 않는 고르다는 매번 수상을 거절하면서도 기업들과의 협력을 위해 출전했다. 이 기간엔 회의도, 이렇게 긴 내부 논의도 드물었다.

"이 건은 중단하는 게 맞습니다. 세 명은 상징이 될 수 없어요. 고르다에 필요한 건 한 명입니다."

"동의합니다. 단 한 명의 생존자로 조명해야 해요. 거주민들의 피로도를 생각해보세요. 사람들은 소년 하나만 있어야 집중할 수 있습니다."

지수는 엉뚱한 소리를 늘어놓는 남편과 임원을 훑어보았다.

"한 명과 세 명. 대체 무슨 차이가 있는 거죠?"

질문을 던진 지수는 홍보부와 함께 진행할 일정을 꼽아봤다. 예정대로라면 전시 후엔 고르다 전 구역에 세 아이의 이야기가 드러나야 했다. 세 아이의 생존기가 담긴 책이 발행되어야 했다. 책에 넣을 사마귀의 그림들도 골라두고 있었다. 남은 건 반점과 팔룬의 증언이었다. 거주민들에게 닿을 이 기록이 아이들을 지켜줄 수 있었다. 이미 3년 전 맺은 약속이었다. 그런데 남편이 계획을 뒤엎으려 했다. 임원들의 목소리가 커졌다. 아버지는 말이 없었다.

"고르다 거주민이 감당할 수 있는 한계가 있다는 말씀입니다. 사람들에겐 보편적인 수용 범위가 있어요. 그러니 사실을 조금만 편집하자는 거죠. 쉽게, 소화할 수 있게요. 섬의 비극, 방폐장과 돔의 대비. 다 좋습니다. 하지만 두 아이까지 붙으면 메시지가 산만하고 음울해져요."

"눈 여덟 개, 점투성이 얼굴은 꼬리와 엄연히 다르지 않을까요. 눈들은 너무 과격하고 피부병은 너무 사소해요. 하지만 꼬리는 특별하고 신성하죠. 셋을 전부 내보여서는 올바른 교육 효과를 불러일으킬 수 없다는 의견입니다. 혼돈을 줄 뿐이에요. 저부터도 적응이 어려운데요."

"처음부터 우려스러웠죠. 이건 기업이 저지른 일의 결과입니다. 기업의 잘못이 강조된다고요. 전시 소식은 꾸준히 전파를 탔으니 어쩔 수 없지만."

"전시 말인데, 정말 진행해도 괜찮을까요? 초반에야 소소한 미술 치료라고만 생각했죠. 혹시라도 홍보 여파가 커지면 곤란할 텐데요."

"어차피 작은 전시예요. 게다가 그림이란 게 보는 사람 마음에 따라 다 다른 것 아닌가요."

"방폐장 난민, 타 기업의 희생자, 지금은 돔 안에서 친환경 기업의 보호를 받는 거주민. 이 틀은 그대로 가는 게 맞아요. 주인공도 줄거리도 매력적이잖아요."

지수는 눈을 감았다. 칼날 같은 말이 쏟아지고 있었다. 동방을 안고 몸집을 불린 고르다는 거침없이 흥해졌다. 진지한 대화를 원하는 이는 아무도 없었다. 임원진은 지수의 의견이 더 필요 없다는 듯 회의를 이어나갔다.

"셋이 계속 붙어 다니면 곤란하지 않겠어요? 숙소를 분리해야 하지 않을까요."

"아니요. 붙어 다녀야만 멀어져요. 차이에 눈을 뜨기 시작하면 결속은 금방 깨질 겁니다. 충분히 가까워지도록 내버려 두세요. 그래야 감시도 수월하죠."

"지금처럼 두 여자아이에게 아무것도 요구하지 않아야 합니다. 역할이 없어야 해요. 그럼 조바심을 갖게 될 겁니다. 자신의 효용에 대해 계속 고심하면 예민해지기 마련이죠."

"약속을 받아둬야 하지 않을까요. 동방, 아니 출생지에 대해 함구한다는 문서를 약식으로라도 만들어서."

남편은 그 말에 고개를 젓고 말했다.

"괜한 짓입니다. 기록물은 위험해요. 그런 걸 들이밀면 의심할 거고요. 셋이 점점 더 갈라질 텐데요. 말할 의지도 없을 거고, 말해도 소용없죠. 누가 믿겠어요."

오래전 회의 때 남편은 알고 있었다. 아이들 각자 차이를 쌓을 시간, 고립될 시간이 있어야 힘이 흩어진다는 사실 말이다. 접합 부분이 약해지면, 연결 고리에 녹이 슬면 시야는 닫힌다. 잡았던 손을 툭 놓치게 된다. 얼마 후엔 같은 경험을 겪었던 상대를 누구보다 원망하게 된다. 상처 부위의 크기와 깊이를 두고 실랑이를 벌이기 때문이다. 내 걸 봐. 이게 제일 넓어. 아니, 내 걸 봐. 이게 제일 진해.

고르다 중역으로 빠르게 올라선 남편은 불화의 원리를 잘 이해했다. 남편을 알아본 아버지도 다를 바 없었다. 같은 형질이었다. 지수는 컵에 입술을 댔다가 떼어냈다. 물이 넘어갈 것 같지 않았다. 사마귀가 만든 이야기처럼 단번에, 일시에 일어나는 파국은 없다. 막이 닫히는 장면은 지금처럼 길고 구차할 것이다. 지수는 아무도 쳐다보지 않고 물었다.

"겁이 나요? 동방을 인수한 게 뭐가 그렇게 겁이 나요? 지금 나오는 말은요? 여러분들이 내뱉는 소리가 더 무섭지 않으시냐고요."

"말조심하세요. 지난 일인데요."

"본인 행동거지나 똑바로 하시죠."

"그러게요. 차마 입 밖으로 꺼내지도 못하겠네요."

누군가 화면을 가리켰다. 사마귀와 자신의 모습이 나오는 영상이었다. 지수가 눈을 여러 번 깜빡였다. 한숨을 크게 쉬던 남편이 말했다.

"이 아이가 알면 어떻게 될까요? 고르다에서 가장 친밀했던 사람이, 이렇게 가까웠던 사람이 가장 중요한 사실을 숨겼어요. 자기 말고 생존자들이 더 있었다는 걸 3년이나 말하지 않았죠. 이 아이와 교제하는 친구 심정은 또 어떨까요. 그러니 여러분, 염려 마세요. 앞으로 홍보부 큐레이터님께서 책임의식을 갖고 더 신경 써주실 겁니다. 아끼는 아이들을 지키려면요. 그렇죠?"

✳

회의실을 나선 지수는 카메라가 없는 곳으로 자리를 옮겼다. 호흡을 진정시키고 처진 입매를 올려야 했다. 렌즈가 지금 표정을 인식한다면 건물 밖으로 나갈 수 없었다.

지수는 오래전 테이블 위를 낮게 날던 나방, 나방 날개 한복판의 작고 검은 원을 떠올렸다. 점을 응시하면서 품었던 생각은 아이들을 지킬 거라는 것 하나였다.

언제가 적절했을까. 기점이나 때가 있었을까. 사마귀를 밀어내야만 했던 날은. 아이에게 너무 가까이 다가간 것, 너무 자주 만난 것 모두 잘못이었다. 옆자리가 당연히 자신의 것처럼 보였을 때 멈춰야 했다. 섬의 생존자들이 더 있다고, 둘을 찾았다고 말했던 날 지수는 사마귀가 화를 낼 거라 믿었다. 왜 이제야 찾았냐고 소리를 지를 줄 알았다. 발견했던 시간과 장소도 어떻게 답할지 외워뒀다. 하지만 창틀에 기댄 사마귀는 오래도록 입을 다물고 있었다. 그리고 뜻밖의 말을 꺼냈다. 지수는 사마귀의 손을 뒤늦게 떼내며 말했다.

"좋아하는 감정과 의지하는 감정은 달라요. 이건 후자겠죠."

"제가 그걸 착각한다고요?"

"약했을 때니까요. 혼자 긴 시간을 허약한 상태로 견뎠으니까요. 이제 벗어나게 되었잖아요."

지수는 사마귀가 반점을 만나는 순간부터 많은 것이 선명해질 것이라 여겼다. 하지만 섬의 두 아이가 여기 오면서 문제는 몇 배로 늘어났다. 더 알기 싫었다. 더 자세히 알기 싫었다. 숙소 화면을 볼 때면 머릿속이 어그러지고 시야는 더 컴컴해졌다. 각막에 희뿌연 점액질이 낀 듯 눈이 침침했다. 지수는 눈물이 나지 않아 다행이라고 생각하며 미소를 지었다. 그리고 자신의 머리통을 주먹으로 세게 쳤다. 이젠 사마귀를 안을 수 없었다. 처음부터 그래야 했다.

지수는 사마귀가 쌓아가던 작은 성을 덤덤히 지켜보고만 있었다. 성을 세우지 마세요. 성을 더 높이 세우세요. 이제 무너뜨리세요. 아니, 세우라고요. 자기 얼굴을 마구 때리던 지수가 얼마 뒤, 손을 내렸다. 열이 오른 주먹이 한참 동안 펴지지 않았다. 이런 짓이 더 추잡하게 느껴졌다.

팔룬과 반점이 눈치를 챘을까. 감시를 얼마나 더 피할 수 있을까. 어디까지 숨을 수 있을까. 어떤 것도 가늠하기 어려웠다. 남편과 아버지, 그리고 임원진이 알아챈 지 오래였다. 사마귀에 대한 마음은 이제 눈에 훤히 띄는 지수의 약점이 되었다.

3년이 지나는 동안, 사마귀와 자신은 시간에 졌다. 사마귀는 반점에게서 멀어지고, 자신은 사마귀에게 가까워졌다. 이렇게 물러서게 되는 일을 상상할 수 없었다. 한 번도 예상하지 않은 경로였다.

임원진을 탓할 건 없었다. 사마귀, 반점, 팔룬을 가장 괴롭게 하는 건 바로 자신의 어영부영한 태도였다. 현실을 공고하게 하는 건 사람들의 상식처럼, 무관심 같은 게 아니었다. 가끔 일어나는 미지근한 연민과 동정이 세상을 더 단단하게 만들었다. 지수는 턱을 타고 흘러내리는 피를 급히 닦아냈다.

＊

사마귀의 예상과 달리 고움에는 많은 인파가 몰렸다. 홍보부 직원 셋은 사마귀 곁에서 옷, 얼굴, 머리카락을 다듬어

줬다. 사마귀는 직원들을 따라 발걸음을 옮겼다. 거울 속엔 차분해 보이는 한 아이가 침통한 미소를 짓고 있었다. 반점과 팔룬은 사마귀의 모습을 보고 멈칫했다.

"근사해."

반점이 사마귀의 팔꿈치를 잡고 말했다. 사람들 앞에선 어쩐지 손을 잡을 수 없을 것 같았다. 팔룬은 안 보이는 곳까지 샅샅이 유행을 따른 사마귀의 행색이 놀라웠다. 부스스한 머리카락, 짙은 흑색 남방과 슬랙스, 두꺼운 운동화. 사마귀는 냉소적이면서도 허약한 소년으로 보였다. 그렇게 보이게끔 만든 것인데도 걸리는 곳 없이 자연스러웠다.

"이상하지. 너무 웃긴가?"

"아니. 훌륭해."

반점의 대답을 들은 사마귀가 배에 힘을 줬다. 얼굴에 불안과 패기가 흘렀다. 팔룬은 뒤로 한 걸음 물러났다. 이런 사마귀가 어색한 몸짓으로 무대에 오른다면 사람들이 좋아하지 않을 리 없었다. 찬찬히 볼수록 사마귀는 무의식적으로 타인의 호감을 끄는 유형이었다. 그리고 그런 기질은 노력해서 얻을 수 있는 게 아니었다.

팔룬은 얼마 뒤 펼쳐질 일들을 그릴 수 있었다. 전시장에 들어선 사마귀가 작업 주제와 과정에 대해 수줍은 듯 운을 뗀후, 자신이 느끼는 세상의 흐름을 머뭇머뭇 말한다. 존경하는 작가들을 읊고, 앓고 있는 병을 언급하면 사마귀를 따르는 이들이 하나둘 생긴다. 사마귀가 쓸 사사로운 단어와 문장

몇 개는 시대를 관통하는 직관과 성찰로 둔갑한다.

"예쁘네요, 저 남자아이."

"그렇죠? 생각보다 예뻐요."

복도를 오가는 사람들의 기척이 점점 커졌다. 웅성거리는 소리에 팔룬의 속이 메스꺼워졌다. 관람객들이 가장 많이 몰린 곳은 전시장 중앙에 배치된 그림 앞이었다. 액자 안에는 꼬리 하나가 있었다. 어둑한 전시장에서 그 그림은 불길처럼 눈에 띄었다. 빛나는 원통형 꼬리는 사마귀의 신체 일부라기보다 인격을 가진 생명체처럼 보였다. 그것은 사각 프레임에 갇혀 있었지만 언제라도 방향을 바꾼 뒤, 액자 밖을 휘돌아 나갈 것 같았다. 몇몇이 그 앞에서 눈물을 닦았다. 취재원들은 관람객들의 모습을 렌즈에 부지런히 담았다.

"시원을 말하고 있다고 느껴져요. 원형, 우리가 놓친 처음, 세계가 잃어버린 무언가를 이 형상이 전하고 있는 거죠. 이 그림은 고르다의 상징인 뱀들과도 이어져 있고요."

"비참한 만큼 아름다워요. 화폭에 담긴 산호, 공룡, 고래를 좀 보세요. 이 아이는 인류의 죄를 일깨우고 있어요."

"모르겠어요. 성스럽다고 해야 할까요. 그냥 보는 순간 이렇게 울음이 나오네요."

인파 뒤편에 있던 팔룬은 인상을 찌푸렸다. 상자 속 썩은 양파 하나가 다른 양파들을 썩게 하듯, 한 사람의 감상이 다른 이들의 감상도 오염시키고 있었다. 실내는 묘하게 뜨겁고 탁한 공기로 가득했다. 팔룬은 반점의 팔짱을 끼고 문을 향해 턱을 들어 올렸다. 발을 잘못 뗀 반점이 누군가의 신발 뒤축을 밟았다. 야구 모자를 완전히 눌러써서 옆이 잘 보이지 않았다. 반점은 허공을 향해 허리를 연거푸 숙였다. 두 여자아이는 급히 복도로 나왔다. 팔룬이 말했다.

"숙소로 가자."

"우리 둘이 어떻게?"

"걸어서."

반점이 고개를 끄덕였다. 고르다 사람들을 벗어나 생각할 시간이 필요했다. 중앙의 액자는 반점이 처음 보는 그림이었다. 사마귀가 보여주지 않았던 그림도 몇 점 더 있었다. 반점은 팔룬을 따라나서기 전에 문을 다시 살짝 열었다. 사람들에게 둘러싸인 사마귀가 조금도 보이지 않았다.

✳

둘은 미술관 숲길을 지나 횡단보도 앞에 섰다. 볕에 눈앞이 흐렸다. 반점의 얼굴이 너무 붉어 가벼운 말도 걸기 어려웠다. 팔룬이 반점의 모자를 톡톡 쳤다. 반점은 그제야 모자를 벗었다.

보도 건너편 남자가 두 아이를 쳐다봤다. 남자의 등은 구부정하고 눈엔 물기가 가득했다. 주급으로 값싼 술을 사 들이마셨는지 표정이 좋지 않았다. 길가에 오줌을 싸거나 누군가를 떠밀 것 같은 남자였다. 어쩌면 두 가지 일 다 쉽게 벌일지도 몰랐다. 수건을 머리에 대충 얹은 남자는 신호등이 바뀔 때까지 주먹을 여러 번 쥐었다. 보도 가운데를 지날 때, 남자가 팔룬을 내려봤다. 시선을 떼지 않던 남자가 발치에 침을 뱉었다.

"더럽게 재수 없게 생겼네. 얼굴에 그건 문신이냐?"

존대어를 버린 지 오래된 듯한 남자는 동부인이 아닌 것 같았다.

"신경 꺼."

팔룬이 답하자 반점이 팔룬의 손목을 꽉 쥐었다. 상대하지 말고 가자는 뜻이었다.

"뭐라는 거야?"

"가던 길이나 가라고."

신호음이 울리자 남자가 코를 매만지며 두 아이와 같은 방향으로 걸었다. 가려던 곳과 반대로 걷는 셈이었다. 반점은 시간을 낭비하면서까지 시비를 거는 남자가 온순할 리 없다고 생각했다. 최대한 빨리 남자와 멀어져야 했다. 하지만 길은 한적했고 행인도 없었다. 남자가 가까이 다가왔다.

"얘들아. 내가 오늘 화가 나는 일이 좀 있었거든. 근데 이렇게 앞에 나타나서 나를 긁어대면 내 심정이 어떨까."

"분풀이는 여기 말고 당사자한테 가서 해."

"오오, 멋있네. 옆에 너도 이렇게 대꾸해봐."

반점이 턱을 살짝 들었다. 도주로가 딱히 보이지 않았다. 팔룬을 데리고 넓은 대로를 무작정 뛰어야 했다.

"어? 너도 얼굴이 엉망이네. 둘이 뭐야? 이러면 기분이 더 나빠지잖아."

팔룬은 뒤로 물러서지 않았다. 남자는 느긋하게 웃었다.

"저기 카메라 보이지? 고장 난 지 3주도 넘었어. 근데 고르다 놈들이 안 고치네. 그럼 뭐야? 증거물이 안 남는 여기서 난 뭘 하면 될까? 아무도 우릴 안 보는데….."

말이 끝나기도 전에 팔룬이 남자의 명치를 힘껏 쳤다. 수건이 땅에 떨어졌다. 중심을 잃을 뻔한 남자가 눈을 부릅뜨자 팔룬은 이번에 남자의 콧대를 아까보다 세게 쳤다. 남자가 곧장 보도 끝에 주저앉았다. 얼굴을 감싼 남자의 두 손 사이로 피가 흘러나왔다. 팔룬은 그 앞에서 여덟 개의 눈을 똑바로 떴다.

"가서 이르든가. 믿어줄진 모르겠지만."

몸을 돌린 팔룬은 크로스백에서 작은 주머니 하나를 꺼냈다. 지퍼 안에서 붉은 액체가 출렁였다. 팔룬은 그것을 재빨리 남자의 이마에 부었다.

"뭐야? 피가 콸콸 흘러."

"뛰어."

팔룬이 반점의 손을 잡고 달리기 시작했다. 숨이 차다는 생각을 할 겨를도 없었다. 발바닥의 열이 식질 않았다. 대로를 벗어나 멀리 숙소가 보였을 때 둘은 땅에 주저앉았다.

"아까 그거 뭐야?"

"물에 탄 빨간 물감. 사마귀가 없을 때 방에서 만들었어."

반점은 왜 그랬냐고 묻듯 팔룬의 발목을 잡았다.

"그래야 잡으러 오지 못하니까. 가짜 피에 겁을 먹고 힘이 빠지니까."

주춤하던 팔룬이 말을 이었다.

"내 얼굴에 부으면 더 싸우려 들었어. 상대 얼굴에 끼얹어
야 멈추더라고."

반점이 팔룬의 등에 조심스럽게 손을 올렸다.

"왜 이래. 더워."

팔룬은 신발을 벗고 무릎을 폈다. 반점도 팔룬을 따라 신
발을 벗었다.

"눈이 너무 따가워. 매일 감고 있다가 갑자기 떠서."

"전부 떴어?"

"응. 기절하라고."

둘은 서로의 몸이 닿을 때마다 큰 소리로 웃었다. 팔룬은
반점의 옷 위에서 흔들리는 목걸이를 바라봤다. 은빛 줄 아래
엔 작은 이빨이 매달려 있었다.

"전부터 궁금했어. 그게 뭐야?"

반점은 송곳니를 잡아 옷 안으로 넣었다.

"기르던 개가 있었구나."

반점이 고개를 저었다. 숙소로 가는 길, 둘은 섬에 대해 입
을 열기 시작했다. 지금 머무는 이곳은 대화의 소재에 섞이지
않았다.

＊

1층 불은 밤이 늦도록 켜져 있었다. 이빨과 백씨 이야기가

257

끝나자 거실은 아까보다 적적했다. 둘은 무릎을 맞대고 서로의 얼굴을 천천히 바라봤다. 팔룬이 자리에서 일어났다. 책장 앞에 선 팔룬이 얇은 책자 하나를 꺼내 왔다. 지도를 펼쳐 든 둘은 서로가 있던 점을 짚어냈다.

"언젠가 왔던 곳으로 다시 갈 수 있겠지."

"갈 수도 있고, 쫓겨날 수도 있고."

"그럼 우리, 주소를 나눠 갖자."

팔룬과 반점은 지도 뒷장에 숫자를 적은 뒤, 종이를 찢어 내밀었다.

"남부의 그 이모는 어떤 분이야?"

"언니와 한쪽 다리 신경을 잃은 사람. 그래도 아프지 않대."

"강인하다는 뜻이야?"

"피 주머니 만드는 법도 이모한테 배웠지. 넌 서부에서 어떻게 지낸 거야?"

"고양이들을 돌봤어. 도모라는 공동체에서."

"뭐하러 그런 일을 했어?"

"그게 내 몫이었지만, 좋았어."

"살피는 동안엔 네가 더 강하니까? 네가 약하다는 게 지워지니까?"

반점은 몇 초 후에 웃음을 지었다.

"예리해. 그럴 수도 있겠네."

자정이 넘은 시간, 지수와 인솔자가 사마귀를 데리고 숙소에 들어왔다. 인솔자가 문을 열 때마다 거실엔 꽃다발과 케이크가 산더미처럼 쌓였다.

"꽤 피곤할 거예요. 푹 자게 해주세요."

지수는 반점을 바라보며 말했다. 반점이 2층에 올라가 무슨 짓을 하는지 알고 있다는 투였다. 며칠 전과 달리 지수의 얼굴이 눈에 띄게 푸석했다.

"우리도 자고 있었어요."

팔룬이 꽃다발을 구석으로 치우며 답했다.

"아기도 아닌데 알아서 쉬겠죠. 케이크는 네가 옮겨."

"알겠어, 알겠어."

사마귀의 얼굴에서 맑은 미소가 지워지지 않았다. 마른세수를 마친 사마귀가 벽을 짚으며 2층으로 비척비척 올라갔다. 지수는 사마귀가 와인을 조금 마셨다고 했다. 반점은 계단 끝에 다다른 사마귀를 올려봤다. 취한 사마귀가 자신의 손을 이끌고 올라갈 줄 알았는데, 눈도 마주치기 어려웠다. 전시가 어땠는지, 어떤 기분인지 들려줄 여력이 없어 보였다. 자신과 팔룬이 오늘 겪은 얘기는 말할 틈도 없었다. 반점은 오늘 사마귀의 방에 가지 않겠다고 생각했다. 미세하더라도 분명한 상처를 받을 것 같았다. 모두가 잠든 새벽, 반점은 케이크 상자를 열었다. 그리고 손으로 빵을 퍼먹었다. 허기가 가시지 않았다.

*

반점은 인상을 찌푸렸다. 누군가 가슴을 세게 주물렀다.

숨소리가 거칠었다. 또 너구나. 반점은 우미를 떼어놓기 위해 몸을 틀었다. 우미의 얼굴은 순식간에 사마귀로 바뀌었다. 사마귀의 얼굴은 다시 궁으로 바뀌었다. 궁의 목 옆엔 무무의 머리도 붙어 있었다. 둘은 가는 숨을 가르랑거리며 반점의 등에 몸을 더 붙였다. 쌕쌕거리는 소리가 끈덕지게 귓가를 파고들었다. 반점은 눈앞의 장면들이 헛것이라는 사실을 금세 알아챘다. 동부에서 지내는 동안 꿈의 장면들은 조금씩 변하고 있었다. 누구도 치우지 않는 화장실, 땅을 녹이는 폭우, 떠내려가는 동물들. 오래된 극장이 무너지고 거기 새 건물이 들어선 것처럼 반점의 뇌는 이제 그토록 오래된 화면만을 재생하진 않았다. 하지만 편집은 엉망이었다. 어제와 오늘이 섞이고 오늘과 수년 전이 멋대로 붙었다.

마지막에 남는 사람은 늘 그랬듯 이빨이었다. 이번엔 이빨의 낯빛이 조금 탄 듯했다. 혈색은 좋아 보이기도 하고 장기 어딘가에 심각한 문제가 생긴 것 같기도 했다. 건들건들한 자세와 날 선 눈매는 그대로였다. 가슴을 세게 쥐었던 이빨이 뒤로 물러났다. 이빨은 방과 담과 나무들을 뚫고 낯선 숲 진흙 구덩이에 서 있었다. 맨발이었다. 또 관심을 끌려는 걸까. 언제까지 상대해야 할까. 반점은 이빨에게 어서 나오라고 손짓했다.

"장난치지 말고 빨리 와. 옷 다 버리잖아."

이빨은 왼발을 들어 보이며 웃었다.

"나 원래 양말 안 신는데?"

쓸데없는 말이라고 생각하기 무섭게 늪의 수위가 점점 높아졌다. 무릎, 골반, 가슴까지 구정물이 계속 차올랐다. 이빨은 여전히 웃고 있었다. 검은 앞니가 드러났다. 이빨은 위험한 곳에 언제나 함부로 발을 들였다. 겁을 먹는 건 이빨이 아닌 자신이었다. 이빨을 보면 애가 타고 심장이 졸아붙는 이유가 애정인지 긴장인지 구분할 수 없었다. 잠에 취한 와중에도 반점은 자신의 가슴을 잡아보았다. 정말 누가 잡아 뜯었던 것처럼 살이 쓰렸다. 반점은 이빨이 잘 못 지내고 있는 것 같아 마음이 가라앉았다. 그리고 이빨이 죽고 없다는 사실을 몇 초 뒤에야 깨달았다.

✳

"줄을 서서 전시를 보겠다는 사람들이 멀쩡해 보였어?"

"밑도 끝도 없이 왜 비아냥거려?"

반점은 떠지지 않는 눈을 그대로 감고 팔룬과 사마귀의 대화에 귀를 기울였다.

"다들 그림이 아니라 널 보러 간 거야. 재난에서 살아남았다는 아이를 직접 구경하고 싶어서."

"그게 문제가 돼? 그림이든 나든 구경거리가 되는 게 뭐가 어때서."

"속내가 안 보이냐고. 저 정도는 아니라 다행이다, 나는 그래도 괜찮구나. 다들 안심하고 싶어서 간 건데. 이상하지 않아? 네가 살아 있다는 걸 선전하는 게?"

"하라 그래. 네가 그랬잖아. 이런 데서 그냥 지낼 순 없다고."

사마귀는 물러서지 않고 계속 말했다.

"혹시 섬이 여기보다 낫다고 생각하는 건 아니지?"

팔룬이 입을 벌렸지만, 거기선 아무 소리도 나오지 않았다.

"걱정하지 마. 나도 이 거래를 알아. 어쩌면 너보다 충분히 알지."

"정말 알고 있다고?"

"그래. 네가 나를 얕잡듯, 나도 여길 얕잡아."

사마귀의 말은 투정처럼 들렸다. 사마귀가 이어 말했다.

"그러니까 나도 이용하면 돼."

억지였다. 반점은 이불 바깥으로 발을 내밀었다.

"아니, 네 생각 밖에 있는 사람들이야."

문 앞에 섰던 반점은 다시 침대로 돌아왔다. 고작 한 살 차이가 나면서 어른처럼 굴려고 드는 팔룬도 이해하기 어려웠다. 반점은 어렴풋이 믿고 있었다. 같은 기억이 자신들을 단단히 엮어줄 수 있을 거라고. 지나온 나날을 꺼내 맞춰나가다 보면 이전보다 투명한 눈으로 바깥을 볼 수 있을 거라고. 하지만 그들의 내부에서 움트던 힘은 밖을 향하는 대신 셋의 틈으로 서서히 흘러들어 가고 있었다. 밖이 아닌 서로가 조금씩 부서지고 있었다. 이불을 끌어당긴 반점은 눈을 뜬 채 한참을 누워 있었다. 다시 잠들고 싶었다. 지금은 둘 중 어느 쪽도 위로가 되지 않았다.

✳

　전시가 열린 후부터 반점은 2층에 가는 일이 없었다. 사마
귀는 고르다 사람들과 함께 매일 밖에 있었다. 인터뷰와 촬영
이 이어졌다. 고르다는 사마귀를 구조해낸 일을, 사마귀의
적응과 재활을 전적으로 도왔다는 말을 강조하기 시작했다.
3분의 1만 맞는 말이었다. 홍보 영상은 완성도가 높았다. 화
면 속 고르다는 어떤 기업보다 안전해 보였다. 실제로 다른
구역에서 고르다로 들어오는 이들이 생겨났다. 반점은 팔룬
에게 물었다.

　"넌 여기 왜 있어? 사람들이 속으로 묻는 것 같아. 이렇게
관광객처럼, 투숙객처럼 지내도 될까?"

　"일을 하지 않는데 주급을 받아도 되는지 모르겠다. 쓸 곳
도 없는데."

　둘은 사마귀처럼 내면의 독백을 의미 있는 방식으로 표현
하는 일이 끌리지 않았다. 늘 그렇진 않지만 그런 짓은 대체
로 조잡하고 협소하게 여겨졌다. 단어와 형태를 자세히 붙일
수록 기억이 찌그러지는 것 같았기 때문이다. 남들 앞에선 섬
에 대한 말도 꺼내고 싶지 않았다. 그러나 고르다에서 밥과
방을 빌려 쓰는 날이 늘어날수록 어떤 일을 해야 할지, 어떤
얼굴로 지내야 하는지 갈피가 잡히지 않았다. 반점과 팔룬에
게 필요한 건 역할, 최소한의 역할이었지만 사람들은 계속
상냥했다. 친절한 말에 둘러싸이다 보면 몸이 욱신거렸다.

"이게 제 일이에요."

"그래도 저희가 도울 일을 알려주세요."

숙소 청소와 정비도 고르다 사람들이 맡았다. 얼굴이 자주 바뀌었지만, 반점과 팔룬에게 내보이는 표정은 비슷했다. 당신과 달리, 저는 주급을 위해 이 일을 해야 해요. 아이들은 그 사람들과 실랑이를 벌일 수 없었다.

인솔자는 식당까지 걸어가도 된다는 팔룬의 말을 매번 듣지 않았다. 식사가 끝나면 누군가 말했다.

"몸이 편치 않으시면 병동에도 언제든 오세요."

하지만 그 사람은 팔룬과 반점이 대답도 하기 전에 자리를 빠져나갔다.

"필요한 건 뭐든, 언제든 말씀해주세요."

저녁마다 숙소를 나와 걷던 팔룬이 건물을 내다보면 데스크의 불이 꺼져 있었다. 팔룬은 나무다리 아래 작은 개천가에 앉아 몸을 웅크렸다. 웽웽, 스르륵, 스르륵. 보이지 않는 귀뚜라미와 두꺼비가 팔룬을 대신해 고함을 질렀다. 웽웽, 스륵스륵. 생물이 내는 소리인데도, 접속이 헐거운 전선에서 나는 파열음과 비슷했다. 뭔가가 금방 터질 것만 같았다. 팔룬은 컴컴한 방에서 눈을 네 개 뜨고 생각했다. 사람은 도움을 받으면 왜 얼마 지나지 않아 도움을 준 자를 미워하게 될까. 비밀을 말하면 왜 얼마 되지 않아 비밀을 들어준 자를 비난하게 될까.

지수는 화면을 다시 돌려봤다. 임원들이 말한 대로였다.

같이 지내는 동안 아이들의 상처는 점점 벌어졌다. 이곳을 알아갈수록 다툼은 잦아질 것이다. 세 아이는 가장 힘든 나날을, 좁고 컴컴한 터널을 홀로 통과했으니까. 3년은 혼자 살아남았다는 사실을 곱씹기에 너무 긴 시간이었다.

지수는 구깃구깃한 메모지를 다시 펼쳤다. 남편이 건넨 종이였지만 아버지의 필체였다. 몸, 이름, 기억. 세 단어 아래 각기 다른 방향의 화살표를 단 동그라미 세 개가 있었다. 따로 떨어지기 시작한 세 아이가 완전히 멀어질 방법이었다. 아이들이 멀어지면 이야기도 부서진다. 불씨가 꺼진다. 하지만 셋은 다시 한 번 흩어져야 안전해질 수 있었다.

✳

아이들은 지수를 따라 처음 보는 길로 들어섰다. 건물 생김새는 비슷했다. 어디나 같은 고등 구조 때문에, 여기가 어떤 장소인지 그 주변 지형을 보고 짐작해야 했다. 셋 다 한 번도 와보지 않았던 곳이었다. 1층에 들어선 아이들은 잠시 멈춰 섰다. 또래들이 여러 명 있었기 때문이다. 그들은 셋을 향해 고개를 들지 않았다. 카드, 마작, 보드. 다들 게임에 집중하고 있었다. 반점은 작고 하얀 칩을 쳐다봤다. 나뭇 조각들이 부딪힐 때마다 청량한 소리가 났다. 테이블에 모여 앉은 그들의 인상은 멀끔하고 서늘해 보였다. 성별을 단박에 구분할 수 없었지만 모두 빛이 났다.

"2층으로 가시면 돼요."

지수가 두 번이나 손짓해도 반점은 고개를 돌리지 못했다.

아이들은 대형 모니터에 나온 사람들이 누구인지 처음엔 잘 알지 못했다. 화면은 세 칸으로 분할되어 있었고 모두 나신이었다. 모니터는 시선을 피할 수 없을 정도로 컸다. 영상의 세 사람은 걷다 멈추고 다시 걷다 멈추길 반복했다.

"수술 후 여러분의 모습이에요. 세 분의 신체를 복원한 영상인데 실제와 상당 부분 근접할 겁니다. 회복기를 거쳐 성년에 이르면 96퍼센트의 정확도로 이런 형태가 되실 거예요. 1층에서 보신 분들도 모두 수술을 받은 여러분 나잇대의 청소년들이에요."

반점은 자신의 몸을 골똘히 지켜봤다. 좁쌀 자국이 전부 지워진 상반신, 티 없는 피부, 매끄러운 얼굴. 수없이 상상했지만, 정확한 상을 눈앞에 맞닥뜨린 건 처음이었다. 쑥색 고름과 검붉은 피를 닦아내던 시간, 피부 껍질을 벗겨내고 수포를 짓이기던 날이 정말 돌아오지 않을까. 진물과 각질로 더러워진 이부자리를 더는 안 볼 수 있는 걸까. 반점은 1층의 아이들을 떠올렸다. 모니터를 바라보는 반점의 얼굴은 감기약을 수십 알 먹은 사람처럼 얼이 빠져 보였다.

사마귀는 꼬리만 사라진 게 아니었다. 골격이 눈에 띄게 커지고 근육량도 늘어나 있었다.

"꼬리에 의한 중추 신경 압박과 통증이 없어지면 다른 기관의 회복도 유기적으로 일어날 수 있어요. 손상 부위를 보철로 이으면 이 정도 체구가 되실 거예요."

사마귀는 더듬더듬 입을 열었다. 복원이란 말을 듣는 순간부터 속이 더부룩했다.

"왜 이런 걸 만들었어요?"

"강요하는 게 아니에요. 제안이죠. 말씀드렸듯이 무상 치료와 복지의 일환이에요. 고르다의 기술로 가능한 수술입니다. 보세요. 손가락도 새로 생기셨잖아요."

지수의 말에는 억양이 거의 없었다.

"그건 제가 정신을 차리기도 전에 받은 수술인데요."

"오염이 심했으니까요. 혹시 그 이후로 불편하신 적이 있으셨나요."

사마귀는 새끼손가락을 접어 주먹을 쥐었다. 지수가 내보이는 표정과 말투에 숨이 다 가빠졌지만, 지금은 화면만 상대해야 했다. 자신을 결함투성이로 만드는 화면에 대해서만 집중해야 했다.

"저건 제가 아니잖아요."

"아니요. 그렇게 해석하실 필요 없어요. 꼬리가 없어도 같은 사람이에요. 하지만 직립보행을 기준으로 봤을 때 이 부위는 앞으로 여러 질환을 유발할 수 있죠. 합병증의 원인이 될 가능성이 커요."

사마귀는 꼬리를 작게 말았다. 화를 내야 하는지, 지수의 말을 진지하게 받아들여야 하는지 결정할 수 없었다. 고민이 길어지면 언제나 제일 처음에 든 생각이 가장 한심하게 느껴졌다. 그러면 다른 사람들의 말이 전부 맞는 것 같았다. 그들의 의견만 존중하게 되었다.

사마귀는 꼬리로 자신의 오금을 툭툭 쳤다. 이건 무얼 보조하는 기관이 아니었다. 꼬리로 하는 말, 꼬리로 짓는 표정 그리고 꼬리가 자신에게 거는 이야기가 분명히 있었다. 하지만 이게 필요 없는 부위라고, 하루빨리 떼어내고 싶은 부속물이라고 수없이 말해온 건 사람들이 아닌 자기 자신이기도 했다.

사마귀는 지수가 협곡 바로 앞에 자신을 세워둔 것 같았다. 안전장치가 될 만한 줄이나 고리도 없었다. 멀미가 날 듯했다. 지수와 고르다 사람들이 그동안 자신을 어떻게 바라보고 있었을까. 지금 여기서 모든 걸 단정할 순 없었다. 생각이 타올라 재가 되기 전에, 영상을 보자마자 떠올린 말부터 꺼내야 했다.

"제 일부는 거기 있어요. 섬에 제가 있다고요. 근데 저건 아무 데도 없는 사람이잖아요."

지수의 눈빛이 선득했다. 지수는 뒷짐을 지고 물었다.

"섬이 그립다는 뜻인가요?"

사마귀는 반점 쪽으로 고개를 틀었다. 같은 위치에 서 있던 반점은 어느새 모니터 가까이 있었다. 너도 들었냐고, 어떻게 답해야 하냐고 묻고 싶었지만 반점이 옆에 없었다. 고작 두 뼘 차이였지만 반점은 영영 뒤돌아보지 않을 것 같았다.

섬은 재난의 땅이었지만 재난의 땅뿐인 건 아니었다. 절대 돌아가기 싫었지만 돌아갈 수도 없는 곳이었다. 무엇보다 섬이 남긴 흔적은 지운다고 지워질 수 있는 게 아니었다. 화면은 그들이 왜 그런 몸이 되었는지 질문하지 않았다. 과거와 현재를 도려낸 채 그 시간과 동떨어진 미래만을 띄우고 있었다.

팔룬은 한참 전부터 사람들의 말소리를 듣고 있지 않았다. 안구가 두 개뿐인 자신의 모습도 자세히 보지 못했다. 화면 속 사마귀에게서 시선을 뗄 수 없었다. 전시일, 반점에게 하지 못한 말이 있었다. 사마귀가 백씨를 점점 닮아간다고. 사람들이 사마귀를 쉽게 따르는 모습이 섬찟하다고. 네가 좋아하는 내 동생이 나는 무섭다고. 팔룬은 반점의 팔꿈치로 손을 뻗었다가 그만뒀다. 사마귀가 남겼던 복숭아 살점이 떠올랐다. 누구의 탓인지 물을 수 없지만, 복원을 마친 사마귀의 모습은 백씨와 판박이였다.

✳

반점은 흐린 창문 앞에 섰다. 멀리 고르다 차량이 보였다. 반점은 방 안을 서성이다 2층으로 올라갔다. 인솔자가 오는 중이라는 말을 빌미 삼아 사마귀를 만나고 싶었다. 손잡이를 돌릴 필요 없이 문이 살짝 열려 있었다. 반점이 방에 들어서자 사마귀가 몸을 일으켰다.

"옆에 오면 안 돼?"

사마귀가 베개를 두 번 두드렸다. 반점은 자리에 멈춰 섰다.

"그냥 여기 와줄 수 없어?"

반점이 말없이 사마귀 곁에 누웠다. 머리부터 발끝까지 전율이 일었다. 이전처럼 밤새, 밤새 이야기를 나누고 싶어졌다. 하지만 입에서 나오는 말은 단조롭고 짧았다.

"내려가야 해. 차가 들어오고 있어."

"그동안 왜 안 온 거야?"

사마귀는 주변을 돌지 않고 본론만 꺼냈다. 반점은 이불을 쥐었다.

"네가 혼자 있고 싶은 것 같아서."

"언제든 마음대로 오지 그랬어. 혼자 있는 시간 같은 거, 너는 깨도 돼."

문이 잠겨 있었어. 두드려도 기척이 없었어. 반점은 하고 싶은 말을 삼켰다. 답을 듣기엔 시간이 부족했다. 현관문 열리는 소리가 났다. 반점이 자리에서 먼저 일어났다. 아래층엔 인솔자가 아닌 지수가 와 있었다.

"어떠세요? 마음에 드세요?"

세 아이는 답이 없었다. 아이들은 지수가 꺼내 든 종이를 무심하게 쳐다보는 중이었다. 팔룬이 갑자기 웃음을 터뜨렸다. 새로운 이름이 입에 도저히 붙지 않았다. 사마귀, 반점, 팔룬. 뜻이 아무리 형편없어도 지금 이름이 진짜 이름 같았다. 지수가 내민 이름들엔 해사한 기운이 가득했다. 단정한 글자가 어쩐지 모욕처럼 느껴졌다.

"섬에서 지낸 시간을 정리할 수 있잖아요. 새 이름으로 지내게 되면."

지수의 말에 악의는 없었다. 그러나 악의 없이도 부러뜨리거나 망칠 수 있는 건 많았다.

"저희를 부를 때 불편하시면 차라리 손짓하세요. 그게 이것보단 나을 것 같은데."

팔룬의 말에 두 아이가 고개를 끄덕였다. 지수는 시간을 더 끌지 않고 일어났다. 자신을 쉬지 않고 쳐다보는 사마귀 쪽으로 눈길을 주지 않았다.

✳

다음 날부터 아이들은 숙소에 오래 머물지 않았다. 셋은 옥상과 지하를 더 자주 썼다. 건물 맨 위나 맨 아래가 편했다. 팔룬의 말대로 어디에나 카메라가 있었지만, 야외엔 고장 난 카메라가 많았다. 아이들은 매일 그 전날보다 멀리 나갔다. 어두운 도로, 공장, 창고. 선선한 바람이 셋의 등을 계속 떠밀었다. 벽돌 무더기 뒤 야트막한 저수지도 발견했다. 저수지라기엔 방치된 우물이었고 물이 맑진 않았지만, 바지를 걷고 맨다리를 담그니 낮고 긴 숨이 새어 나왔다. 소금쟁이들이 차지한 우물엔 끝없는 물결이 생겼다. 아이들은 수면 위로 퍼져 나가는 동심원을 오래 바라보았다. 우물 밖은 맑았고 우물 안은 탁했다. 아이들이 발을 담근 웅덩이에만 비가 내리는 것 같았다.

"이거 봐. 안 깨졌어."

반점이 진흙에 처박혀 있던 양주병을 들어 올렸다. 반쯤 남은 갈색 독주가 유리 면을 따라 흔들렸다. 아이들은 술을 남김없이 마셨다. 한 발로 서서 중심을 잡던 반점이 휘청였다. 팔을 뻗던 사마귀가 돌바닥에 고꾸라졌다. 반점은 옆구리에 두 손을 붙이고 깔깔댔다. 함석판을 긁는 듯한 웃음소리가 멈추지 않았다. 우물 바깥, 검은 정수리들이 이리저리 휘었다. 멀리서 아이들의 모습은 물가에 모여든 까마귀 세 마리 같았다. 반점은 물에 젖은 사마귀를 천천히 일으켜 세웠다. 푸른 대기 속 사마귀의 몸은 얼얼하게 아름다웠다. 구석구석까지 희고 분명했다. 뼈를 감싼 얇은 살가죽이 이상할 정도로 시리고 단단해 보였다.

도모에서 지내는 동안 반점은 세상에서 위로를 주는 대상은 이렇게 확실한 것들이라 여기게 되었다. 눈앞에 뚜렷한 것, 손과 입으로 생생히 느낄 수 있는 것. 하지만 너무 확실한 것들은 서글프기도 했다. 시간이 지나면, 세월이 흐르면 그때는 어떻게 다를지 자꾸 묻게 되기 때문이었다. 질문할수록 지금이 한때라는 사실이 확실해졌다. 반점은 사마귀를 다시 바라봤다. 사마귀의 무릎과 팔꿈치가 언제라도 튀어 나갈 듯 위태로워 보였다. 분출, 폭발, 엄청난 에너지. 사마귀가 뿜어내는 힘이 어딘가로 줄줄 새어 나가는 기분이 들었다. 방향 없이 무의미한 기세는 그래서 더 세게 느껴졌다. 이빨에게도 이런 기운이 돌았었다. 반점은 눈을 가늘게 떴다. 취기가 오를수록 사마귀와 이빨의 모습을 잘 분리해낼 수 없었다.

"부처님 오신 날이 언제였지?"

팔룬이 돌 위에 두 팔을 기대고 물었다.

"그런 기념일은 사라졌어. 고르다엔 아무 종교도 없으니까."

사마귀의 대답에 팔룬은 반응이 없었다. 팔룬은 고양이 한 마리를 보고 있었다. 고양이도 팔룬을 하염없이 바라봤다.

"부처님이 오셨다가 안 가시고, 네 눈 속에 들어가셨나 보다."

고양이가 짧게 울었다. 자리에서 일어나 비틀대던 반점이 바지에서 무언가를 꺼냈다. 트레두였다. 반점은 망설임 없이 전원을 켰다.

"너희는 춥구나. 왜 같이 있어도 춥니."

반점이 저수지 바깥에 술을 게워내기 시작했다. 구역질을 오래 해도 먹은 것은 거의 나오지 않았다. 얼룩무늬 고양이는 기척 없이 저수지를 벗어났다. 주변이 스산해졌다. 팔룬은 이따금 초연한 눈으로 하늘 너머를 바라보던 이모를 보고 싶었다. 세상에 나와 있다는 게 믿기지 않는, 왜 이런 세상에 떨어져 있는지 알 수 없다는 눈길. 사는 일을 슬픈 일로 여기지 않으면 지을 수 없는 표정이었다. 그런 이모의 옆모습은 이상하게 쓸쓸하고 따뜻했다. 자리에서 일어난 팔룬이 아이들을 향해 말했다.

"강에 가자."

얼마나 걸었는지 가늠하기 어려웠다. 해 질 녘 강변은 조용했다. 물살이 무덤덤하게 흘렀다. 바다보다 말수가 없는 풍경이었다. 좁고 완만한 강은 시시했다. 시시해서 아늑했다. 파도가 일지 않는 물은, 지금 살아 있다는 걸 의심하지 않게 해주는 낯설고 포근한 물질이었다.

아이들은 녹슨 컨테이너 뒤편의 버스를 보고 걸음을 옮겼다. 고장 난 시기도 알 수 없을 고물이었다. 들풀 사이에 세워진 차는 한때 석유로 움직였다. 섬에도 이런 크기의 낡은 버스가 몇 대 있었다. 구멍 난 바퀴 틈으로 쥐 한 마리가 다급히 머리를 디밀었다.

"천천히 숨어. 안 잡아."

팔룬이 말했다.

"겁먹지 마. 먹을 건 많거든."

반점의 말에도 쥐는 한참 버둥거렸다. 팔룬은 사마귀를 힐긋 돌아봤다. 쥐의 붉고 통통한 꼬리를 마주한 사마귀의 얼굴은 완전히 굳어 있었다. 팔룬은 버스로 시선을 돌리고 물었다.

"왜 수거도 안 하고 이렇게 됐지?"

"아무도 몰랐나 봐. 동부가 뭐 다 잘하겠어?"

반점이 버스 안으로 들어섰다. 깨진 창과 열린 창으로 공기가 통했는지 묵은내는 나지 않았다. 반점의 손짓에 두 아이도 거기 발을 들였다. 버려진 사물을 마주하자 아이들의 마음은 어쩐지 편해졌다. 멈춘 버스가 어디로든 떠날 수 있을 것 같았다. 길이 막히고 있는 것뿐이라고 생각하자, 코끝에 정말 매캐한 배기가스 냄새가 풍기는 듯했다.

"이거 알아. 본 적 있어."

엔진 근처에 놓인 물건을 본 팔룬이 중얼거렸다. 그러고는 작은 플라스틱 통을 들어 입에 가져다 댔다. 버스 안에 비눗방울 두 개가 떠올랐다. 팔룬이 통 옆의 버튼을 눌렀다. 그러자 더 큰 비눗방울 세 개가 만들어졌다. 아이들은 무지갯빛 구를 올려다봤다.

"건전지만 채우면 방울이 계속 나오는데 아쉽네."

"이런 장난감도 이제 없잖아."

고르다에서는 풍등, 폭죽, 풍선이 더 생산되지 않았다. 화재와 오염을 막는다는 게 가장 큰 이유였다. 소음과 연기를 발생시키는 완구제품들은 하나둘 치워졌다. 초와 향, 섬에서 봤던 축포도 사라지고 없었다. 아이들은 먼지투성이 좌석을 살폈다. 비눗방울 자동 생성기, 신기한 건 그 통밖에 없었다. 셋은 뒷좌석으로 걸어갔다. 반점과 팔룬이 양쪽 창문가에 앉았다. 사마귀는 반점의 허벅지에 머리를 대고 옆으로 누웠다. 둘을 보던 팔룬은 깨진 창으로 고개를 돌리고 물었다.

"위험한 걸 없애도 왜 안전한 것 같지가 않지?"

"병신이란 말이 없어도 우리가 병신인 것처럼?"

반점이 앞좌석에 한 발을 걸치고 답했다. 사마귀가 주위를 살핀 후 반점의 무릎에 손을 올렸다. 지수가 가장 먼저 제지한 두 글자. 너무 오랜만에 듣는 그 단어는 우락부락하고 꺼림칙했다. 팔룬은 사마귀의 목덜미에서 흘러내리는 땀 한 줄기를 천천히 지켜봤다. 반점이 사마귀의 손을 밀어냈다.

1층에서 지내는 동안 둘은 사마귀의 생각보다 훨씬 가까운 사이가 된 것 같았다. 밤새 도란거리는 소리가 난 날도 여럿이었다. 좌석을 두드리며 실없이 웃는 반점이 멀게 느껴졌다. 사마귀는 말을 할 때마다 입에서 지렁이, 두꺼비, 지네,

뱀이 튀어나오던 동화 속 아이를 떠올렸다. 섬에서 봤던 반점과 육지에서 보는 반점은 완연히 다른 사람 같았다.

"섬을 위해 추모식을 열자."

자리를 박차고 나선 반점이 말했다. 그리고 플라스틱 통을 들고 와 흔들었다. 곧 방울들이 몇 개 솟아올랐다. 하지만 추도의 말을 하기도 전에 거품은 사라지고, 허공에 떠다니던 방울들도 금세 터졌다.

하늘 가장자리가 얼룩덜룩 덜 익은 자두색으로 물들어갔다. 아이들은 버스 뒷자리에서 일어났다. 해가 빠른 속도로 가라앉는 중이었다. 빛이 비칠 때마다 구불거리는 구름 덩어리가 불판 위 돼지 내장처럼 보였다. 석양이 금세 이글거렸다. 컨테이너 앞에 멈춘 반점이 물었다.

"너희는 안 궁금해? 우리가 왜 이제 만났는지. 왜 혼자 살아 있다고 착각하고 지냈는지. 정말 아무도 몰랐을까?"

"고르다가 처음부터 알고 있었다는 거야?"

팔룬의 말에 사마귀가 얼굴을 찡그렸다. 얼토당토않은 음모론이 황당했다.

"섬처럼 여기도 나라가 아니야. 네트워크가 약하고 의외로 폐쇄적이라고. 알았다면 바로 만나게 했겠지. 안 그럴 이유가 없잖아."

반점과 팔룬이 서로를 쳐다본 뒤 답했다.

"시기와 방법을 논의했을 수도 있겠지."

"고르다가 미등록 주민에 대한 조사를 한 번도 안 했을까?

우리 셋을 바로 만나게 하면 곤란했다거나. 다른 기업을 공격하기 위해 보류하고 있었다거나."

사마귀가 꼬리 끝을 털었다.

"말도 안 돼. 왜 그런 짓을 하겠어. 우리나 고르다나 탓할 상대가 같은데. 동방, 그리고 그전의 우리나라."

반점이 팔목을 긁었다. 둘의 말싸움에 더 끼어들고 싶지 않았다. 자꾸 하품이 나왔다.

"아무도 탓하지 않는데? 사람들이 동방을 기억해? 그럼 누가 벌을 받았지?"

"사라진 기업이나 국가를 상대로 소송을 걸 순 없어."

"운영하던 사람들도 사라졌을까?"

사마귀는 답을 떠올릴 수 없었다. 팔룬이 다시 물었다.

"봐. 이렇게 떠들잖아. 우리 눈을 다 합치면 열두 개야. 보고 듣고 겪은 걸 다 말하면 누구라도 변할 것 같지 않아? 기업에 대한 믿음이? 혹시 아직도 나라를 그리워하는 사람들이 있다면 더 그러지 않을까."

우리에게 설마 그런 힘이 있다고? 우리 따위가? 얼떨결에 이렇게 대꾸할 뻔한 사마귀는 고개를 떨궜다. 어서 숙소에 가고 싶었다. 2층 침대에 누워 꿈도 없는 잠을 자고 싶었다. 답답한 반점과 망상에 붙들린 팔룬에게서 멀어지고 싶었다. 거절당할 게 뻔했지만, 지수 곁에 있고 싶었다. 사마귀는 넝쿨로 뒤덮인 송전탑을 물끄러미 올려다봤다. 철거 시기를 놓쳐 줄기와 잎사귀가 점령해버린 탑은 녹색 거인처럼 보였다.

"아무 상관이 없는데 도와줄 수 있나. 인도적 차원, 도의. 그런 말을 믿어?"

팔룬의 물음에 사마귀가 꼬리에 힘을 주고 답했다.

"모든 걸 경험으로 추측하지 마. 그럴 수 있는 사람들도 있어. 정 껄끄럽다면 이해관계로 해석해도 되지. 그래. 멀리 봐선 이익이 될 수도 있으니까."

"궁금했던 적 없어? 네 꼬리가 정말 꼬리로 이용되는 거라면? 그 광고판으로 여기가 어떤 기업보다 안전한 곳이라고 착각하게 하는 거라면? 후원을 생색내려고 너를 앞세우고 있는 거라면?"

"피해의식이 너무 심한 거 아냐? 지원을 받으면서도 어떻게 그런 소리를 해?"

"우리 수명을 생각해봐. 퍼줘도 상관없지."

컨테이너 지붕 아래 렌즈가 위쪽으로 살짝 들렸다.

"그만 말해."

화면을 보던 지수가 아이들을 향해 속삭였다. 들리지 않을 말이었다.

멀리 갈대밭에서 슥슥, 소리가 났다. 반점은 고개를 돌렸다. 잎새 사이로 커다란 새 한 마리가 보였다. 별빛을 받은 긴 목이 칼자루처럼 번쩍이고 있었다. 새는 목을 앞뒤로 꺾어대며 부리로 날갯죽지를 마구 헤집었다. 동작을 멈춘 새가 갈대 밖으로 성큼성큼 걸어 나왔다. 새가 반점을 무심히 쳐다봤다. 밤의 왜가리는 전통 인형처럼 무서웠다. 머리통의 곡선과 목의 직선이 기하학적으로 맞물렸다. 새는 디자인이 완전히 끝난 제품처럼 보였다. 왜가리 가까이 있고 싶지 않았다. 반점은 이제 혼자 있고 싶었다.

＊

상담을 시작하면서 반점의 바지와 소매 길이는 점점 길어졌다. 수술 후의 모습을 상상하게 된 날부터, 반점은 거울 앞에 자주 앉았다. 반점은 거울을 바라보며 팔룬에게 말을 걸었다.

"껍질을 벗기면 피가 맺혀. 피를 보면 안심했어. 내가 도마뱀이나 두꺼비가 아니라는 걸 믿을 수 있으니까. 근데 피가 멎고 딱지가 굳기 시작하면 다시 파충류가 되는 기분이 들었어. 사람 바깥으로 밀려나는 것 같았어."

팔룬은 고개를 끄덕였다. 비난도 격려도 나오지 않았다. 반점은 팔룬의 시선을 따라 창가를 내다봤다. 달이 1층 창문에서도 보였다. 눈높이와 같은 위치였다. 낮게 떠 있는 달을 보자 기분도 가라앉았다. 그럴 리 없지만, 심장도 배꼽 쪽으로 꺼지는 듯했다.

"듣고 있어?"

반점의 물음에 팔룬은 눈을 내리깔고 베개만 만지작거렸다. 사람 바깥으로, 사람 바깥으로. 팔룬은 속으로 그 말을 반복하는 중이었다. 그럼 나는 얼마나 바깥이니? 어느 정도로 멀어? 팔룬은 입을 다물고 베개에 묻은 마른 눈곱을 떼어냈다. 눈곱이 모두 떨어지자 베개엔 얼룩덜룩한 자국이 생겼다. 팔룬도 병동 앞을 잠시 서성인 적이 있었다. 하지만 금세 발을 돌려 숙소까지 달리게 됐다. 거의 쓰지 않는 눈알 여섯 개를 비워내면, 얼굴이 상한 옥수수처럼 구멍투성이가 될 것 같았다. 무얼 이식해도, 무얼 채워도 얼마 지나지 않아 썩어날 것이다. 얼기설기 만들어진 몸. 임시적인 신체. 누가 어떤 악의를 품고 빚었는지 알 수 없는 안면. 손을 대면, 나으려고 하면, 그러니까 희망을 가지면 몸이 폭파될 것 같은 기분을 반점은 도저히 알 수 없을 것이다. 팔룬은 천을 손으로 구기며 물었다.

"네가 보는 거울, 거기에 거울을 보여주면 어떻게 될까."

"거울 앞에 거울을? 그럼 그냥 아무것도 안 나타나지 않나."

반점은 팔룬의 말을 잘 이해할 수 없었다. 그날 화면 속 모습이 각자의 거울이라는 소리인지, 서로에게 서로가 거울이라는 소리인지.

"그래. 아무것도 없을 수 있어. 근데 왜 난 깨질 것 같지?"

숨을 죽인 반점이 낮은 목소리로 물었다.

"내가 나아지는 게 마음에 안 드니?"

"아니. 하고 싶으면 해. 그게 나아지는 거라면."

✳

아이들이 각자의 방에서 나올 때는 아침뿐이었다. 팔룬은 식당까지 혼자 걸어갔다. 땀으로 등판이 다 젖은 팔룬은 접시에 음식을 그득하게 담아 왔고, 남은 건 크로스백에 욱여넣었다. 반점은 사마귀가 나간 뒤에 움직이고, 사마귀가 들어온 후엔 덜 움직였다. 새 얼굴을 떠올릴수록, 지금 얼굴을 드러낼 용기가 바닥났다.

수술에 동의한 건 반점 혼자였다. 지수는 유리문 너머, 간호사에게 가운을 건네받은 반점을 쳐다봤다. 몸에 다른 기관이 생겨난 사마귀, 몸에 같은 기관이 늘어난 팔룬처럼 이질적인 곳이 없었는데도 불구하고 반점은 인간 쪽으로 가고 싶다고 했다. 지금까지는 인간이 아니었던 것처럼.

지수는 반점이 작성한 서류를 찬찬히 읽었다. 50여 개의 문항은 친절해 보였지만, 거기 흐르는 맥락은 단조롭고 냉담했다. 고르다는 반점에게 수술이 왜 필요한지 거듭해 묻고 있었다. 수술을 받기 위해서는 자신이 불구가 된 사람이라는 사실을 인정하고 관리 대상자의 자리로 가야 했다. 고르다가 아닌 곳에서 느낀 환희, 거기에 대한 애정, 자신만이 아는 역사는 무의미했다. 서류의 항목이 끝나는 지점까지, 질문이 담고 있는 전제는 이렇게 일축할 수 있었다. 수술을 받기 전까지 나는 고통스러웠습니다. 수술 후에는 이 고통에서 해방될 것입니다. 나는 완전한 고르다 거주민입니다.

지수는 수술실로 향하는 반점을 바라봤다. 발걸음이 전보다 가벼워 보였다. 반점은 자신이 아무것도 선택하지 않았다고 믿었지만, 아이들은 반점이 무언가를 택했다고 여겼다. 반점은 버린 게 없다고 생각했지만, 아이들은 반점이 버린 게 있다고 생각했다. 그게 무엇인지는 어렴풋했다. 반점이 가는 쪽에 사마귀와 팔룬, 두 사람이 없는 것만은 확실했다.

＊

지수가 홍보 업무에서 손을 떼자 전시 규모는 이전보다 커졌다. 기간도 대폭 늘어났다. 고움은 건물을 통째로 활용하는 특별전을 열었다. 사마귀가 글과 그림으로 기록한 섬은 3D 렌더링 아트 영상물로, 섬의 일부 생물들은 실제 크기의 설치물로 제작되었다. 미술관으로 이어지는 길목마다 녹색 드럼통이 놓였다. 입구와 로비에는 홀로그램으로 만든 바닷물이 넘실댔다. 섬이 풋풋했던 시절을 담아낸 1관을 시작으로, 섬의 숨이 끊긴 4관까지 관람하면 보통 1시간 정도가 걸렸다. 2관부터 나무들의 잎이 붉어졌다. 3관에는 각종 기형 생명체들이 늘어서 있었다. 통조림과 드럼통으로 가득한 4관 바닥엔 로봇 쥐들이 돌아다녔다. 석회 덩이가 된 섬, 그 자리에 박제된 것처럼 서 있는 주민들 위로 폭우 소리가 울렸다. 섬 사람들의 크기는 깍지콩 정도로 작았다. 눈으로만 보고 만지지 말라는 문구에도 불구하고, 미니어처 주민들을 집어 올리는 관람객들이 있었다.

4관은 15세 이하 관람객의 입장이 불가했지만, 혼잡한 틈을 타 끼어들거나 얼떨결에 발을 들인 아이들이 있었다. 그들 중 몇몇이 울어도 비명을 알아채는 보호자는 드물었다. 전시의 일부로 착각할 수 있는 소음이었다. 검고 시끄러운 방은 사람들의 혼을 빼놓았다.

자잘한 불운은 발에 채였다. 일상을 잊게 해주는 건 재앙,

정확히는 압도적인 재앙이었다. 오래전에 끝나 다시 올 일 없는 비극은 지금의 터가 얼마나 평화로운 곳인지 일깨워줬다. 4관 천장 팬에서는 뜨거운 바람과 찬 바람이 번갈아 나왔다. 관람객들은 거기서 자신의 멀쩡한 팔꿈치를 매만졌다. 손목을 천천히 주무르고 신발 속 발가락을 가만히 꼼지락거렸다. 사람들은 마지막 전시실에 가장 오래 머물렀다. 출구로 나온 이들은 통창으로 스미는 햇살에 입을 벌렸다. 유리창 바깥 자작나무 행렬이 눈부셨다.

"지옥 같았어요, 정말."

몇몇 관람객이 목소리를 낮추고 말했다.

"핵을 에너지로 쓰던 시대라니."

"그렇다고 석유가 나은 건 아니었지만."

"어쨌든 돔 이전의 시대를 확인할 수 있어 뜻깊었어요."

"저 섬에 살던 사람들요, 그래도 죄가 있던 거죠?"

"수용소였다고 하니까요. 근데 저 정도 시설은 과장일 거예요. 제 생각엔 공간을 좀 더 시적으로 압축한 것 같아요."

"아무 문구가 없던데, 꼬리가 있는 그 아이는 무슨 죄를 지었던 거죠?"

특별전은 얼마 후 정비를 거쳐 상설전으로 바뀌었다. 섬의 주민이 되어 멸망을 간접 경험할 수 있는 장비도 마련되었다. 예약 후 간단한 건강검진을 받으면 AR 프로그램을 이용할 수 있었다. 사마귀의 기록을 토대로 했지만, 사마귀가 더는 참여하지 않는 전시였다. 지수와 함께 들러본 적도, 그들 각자 가본 적도 없었다. 섬 주민들을 그렇게 만든 사람들이 누구인지 알고 싶어 하는 관람객은 없었다. 동방에 대해 떠드는 이들도 없었다. 말초 감각이 자극되면서, 전시는 훌륭한 현실 도피 체험관이 되었다.

*

달이 바뀌자 아침 기온이 뚝 떨어졌다. 새벽 나절부터 희미하던 울음소리가 점점 또렷해졌다. 반점과 팔룬은 숙소 뒤편 뜰을 두 바퀴째 돌고 있었다. 흙을 디딜 때마다 초가을 풀냄새가 피어올랐다. 환삼덩굴 앞에 멈춰 선 반점이 뒤돌아 손짓했다. 팔룬은 희고 뽀얀 반점의 얼굴이 아직도 낯설었다. 둘은 발치의 쥐를 내려다보았다. 하수구에 빠졌다 기어 나온 건지, 고양이들이 사냥감으로 삼았던 건지 온몸이 축축해 보였다.

"살아 있어."

"살아 있어서 울었나 봐."

둘은 그 앞에 쪼그려 앉았다. 작고 번질번질한 생물은 쥐가 아니라 흑색 새끼 고양이였다. 몸 안쪽으로 말린 하얀 발톱이 보였다. 접혀 있긴 했지만, 귀도 보였다. 머리부터 꼬리까지 이미 모든 기관이 만들어진 상태였다. 젖을 먹으며 자라나면 날이 가기 무섭게 성묘가 될 수 있었다. 팔룬이 소리쳤다.

"이것 봐. 풀 밑에 탯줄이 있어. 아직 안 끊어졌어."

반점이 자리에서 일어나 주변을 살폈다. 덩굴 안쪽에 어미가 있었다. 둘은 이 고양이가 밤새 울며 새끼를 낳았다는 사실을 깨달았다.

"나머지는 어딨지? 다른 새끼들은?"

"어미가 대답이라도 할까 봐?"

반점이 숙소에서 물에 적신 수건을 들고 나왔다. 그리고 새끼를 거기 올린 뒤, 어미 앞에 놓았다. 언제 나왔는지 사마귀가 그들 뒤에 붙어 섰다. 어미는 눈을 껌벅이다 고개를 돌렸다. 오른쪽, 왼쪽 두 번 다 외면할 뿐이었다. 새끼를 더 가까이 붙이자 어미는 머리를 덩굴 옆 쥐똥나무 가지 속에 넣었다. 정신을 차릴 수 없는 걸까. 겁이 나는 걸까. 아니면 새끼에 관심이 없는 걸까. 어미의 엉덩이에 묻은 피와 분비물 냄새에 벌써 파리가 붙기 시작했다. 아이들이 허공에 손을 휘저었다.

새끼 고양이가 작은 입을 벌리고 울었다. 숨을 들이쉴 때마다 갈비뼈가 불거졌다. 숨을 뱉을 때는 뭔가 뚝뚝 꺾이는 소리가 났다. 연한 살갗 아래 내장이 오르락내리락했다. 반점이 다시 숙소로 들어갔다. 손에 소독한 가위와 붓이 들려 있었다. 반점은 새끼의 얇은 목을 손바닥으로 받치고, 탯줄을 조심스럽게 잘랐다. 몸에 붙어 있던 불투명한 막 몇 가닥과 붉은 근육 주머니가 그제야 새끼에게서 떨어져 나왔다. 수건 위의 생명이 너무 가벼워서 마음이 무거웠다. 반점은 온수에 적신 붓으로 새끼의 몸을 천천히 쓸어내렸다. 어미의 따뜻한 혀 대신이었다.

고르다 차량이 막 도착했다. 아이들은 수건에 올린 새끼

고양이를 인솔자에게 보여줬다. 덩굴 안에 숨은 어미 고양이
도 가리켰다.

"초산인가 보네요. 이럴 땐 어미가 약한 새끼를 버리기도
해요. 자신이 없으니까."

"빨리 병원에 데려가주세요. 어미도 같이요."

"새끼 몸이 찬데. 이미 죽은 거 아닐까요?"

인솔자가 세 아이를 쳐다보며 말했다.

"숨이 붙어 있어요."

"움직이잖아요."

"얼른 가요, 얼른."

세 아이는 인솔자에게 큰 소리로 외쳤다. 인솔자가 트렁크
에 있던 종이 상자를 꺼냈다. 어미와 새끼를 넣은 상자는 반
점이 안아 들었다. 뒷좌석에 앉은 아이들이 말없이 눈물을 훔
치기 시작했다. 동물 병동으로 가는 길이 멀게만 느껴졌다.
어미는 그곳에서 새끼 두 마리를 더 낳았다.

"위급해요. 온도 좀 올려줘요."

새끼 고양이들은 병상 온열기에 올려졌다. 아이들은 소독
과 지혈이 끝날 때까지 자리에 서 있었다. 입을 닫고 어깨를
들썩이던 반점은 어미와 새끼들이 안전하다는 간호사의 말에
소리를 내어 울었다.

숙소에 돌아온 아이들은 모두 1층 거실에 누웠다. 발이 무
겁고 눈이 자꾸 감겼다. 반점은 잠든 아이들을 뒤로하고 골목
으로 나갔다. 불길했던 예감 그대로였다. 반점은 검은 소용돌

이 쪽으로 걸어갔다. 어미가 앉았던 자리 뒤쪽 대각선 방향에 한 마리가 더 있었다. 엎드려 자는 것처럼 보이는 새끼는 아까와 같은 흑색이었다. 반점은 휘몰아치는 파리들을 향해 두 팔을 마구 흔들었다. 파리들은 잠시 흩어졌다가 새끼를 향해 더 맹렬히 달려들었다.

"가, 저리 가."

반점은 무릎을 꿇고 땅을 파냈다. 깊이 파헤칠 필요도 없었다. 반점은 빗물 웅덩이만 한 자리에 새끼를 옮겼다.

"네가 왔다 갔다는 걸 기억할게. 여기 머물렀다는 걸 나는 알아."

반점은 손등으로 눈가를 빨리 닦아냈다. 그리고 주변을 돌며 바닥에 떨어진 들꽃을 주웠다. 국화와 닮은 생김새였다. 조그마한 몸 위에 구절초 몇 송이가 올라왔다. 반점은 그 위에 다시 흙을 덮었다.

"나는 알아. 알고 있어."

한 번도 눈을 뜨지 못했다. 땅을 디디지도 못했다. 하루살이보다 짧은 삶이었다. 이해할 수 없는 당혹스러운 한때만 보내다 떠났다. 세상에 태어났다는 게 무슨 뜻인지 알 수 없었다. 반점은 아직도 봉분 위를 맴도는 파리들을 향해 소리쳤다. 아아, 아아아. 뜻 없는 외마디였다.

"왜 그래?"

발치 뒤에서 사마귀가 물었다. 반점은 죽은 새끼에 대해 한마디도 꺼내고 싶지 않았다.

"파리가 싫어. 너무."

사마귀는 반점 뒤편을 쳐다봤다. 아까 떨어진 태반 근처를 맴돌고 있는 파리 떼였다. 비난할 것 없는 그들의 본능이었다.

"장의사들이라고 생각해봐. 파리나 구더기가 부패시키지 않으면, 썩게 해주지 않으면 안 되잖아. 아수라장이 될 텐데."

"…죽음과 너무 붙어 있어."

"우리도 멀지 않아. 마찬가지야."

"잘못된 시간과 장소에 가 있는 걸 예의가 없다고 하지 않아? 아까 봤지? 왜 죽지도 않았는데 와서 기다리는 건데. 난 미리 와 있는 게 싫다고."

사마귀는 반점의 혐오감을 잘 이해할 수 없었다. 어미와 새끼들이 다 살았는데 왜 이토록 짙은 염증을 느끼는지 짐작하기 어려웠다.

"태어나지 않았던 게 더 나았어. 세상에 나오지 않았어야 더 좋았을 애들이 있다고."

반점의 말에 사마귀가 뒤로 물러섰다. 둘은 잠시 입을 다물었다. 그들은 줄곧 같은 누군가를 생각하고 있었다. 무무였다.

"그래. 넌 내 동생이 태어났을 때도 그렇게 생각했겠지."

"아니, 우린 그날 같이 울었어. 할 수 있는 게 없어서 울기만 했어."

신발을 구겨 신고 나온 팔룬이 둘 뒤에 섰다. 대화를 언제부터 들었는지 알 수 없었다.

"그래도 이 세상에 답이 아예 없는 건 아니야. 섬에선 제일 쓸데없는 인간들이 제일 일찍 죽었잖아."

사마귀는 백씨를, 반점은 이빨을 떠올렸다. 먼저 죽은 건 이빨이었지만, 둘의 시체가 같은 날 발견되었기 때문이다. 신발 속 모래를 털어내는 팔룬을 보며 사마귀가 물었다.

"넌 백씨가 우리 아빠였던 건 알고 있어?"

반점은 궁과 백씨가 얼굴을 붙이고 나란히 웃고 있던 사진을 기억해냈다. 흐릿했던 얼굴 하나가 사마귀의 얼굴 위에 포개졌다. 남매라는 사실을 그들 각자가 언제부터 깨닫고 있었는지 묻고 싶었다. 반점이 입을 열려는 순간, 팔룬이 말했다.

"알지. 근데 내가 죽인 건 알고 있어?"

해가 기운 골목은 아까보다 더 어두워져 있었다. 아이들은 미동이 없었다.

"내가 죽였다고."

사마귀는 이유를 묻지 않았고 반점은 이유를 꺼내지 않았다. 잘 죽였어, 잘했어, 정말 잘했어. 원하는 답을 해준 건 이모뿐이었다. 섬 밖의 타인이, 이곳과 가장 멀리 있는 사람이 팔룬을 가장 깊이 다독여줬다.

＊

걸어도 걸어도 계단 수는 줄어들지 않았다. 다리가 저릴 즈음 2층 사마귀의 방문이 벌컥 열렸다.

"잘 좀 닦아. 여기 각질이랑 진물투성이잖아."

팔룬이 이불을 가리키며 소리 질렀다. 반점은 더 큰 소리로 외쳤다.

"눈이 여덟이라 더 잘 보이나 보네."

팔룬 옆에 선 사마귀가 벽에 꼬리를 탁탁 내리치며 말했다.

"그래도 우린 너처럼 매일 몸을 벅벅 긁진 않아."

반점은 남매 앞으로 한 걸음 나아갔다. 머릿속으로 둘에게 가장 상처가 될 말을 곰곰이 골라냈다. 완성한 문장을 한 음절씩 또박또박 뱉으려는 순간, 사마귀와 팔룬 뒤로 한 사람이 보였다.

이빨이 반점을 가만히 바라보며 고개를 가로저었다. 놀란 반점을 향해 살며시 미소를 짓기까지 했다. 표정은 맑고 고요했다. 반점과 다투지 않던 나날의 얼굴이었다. 반점은 꿈속에서도 제일 쓸데없는 인간들이 제일 일찍 죽었다는 말을 곱씹었다. 목이 잠겨 미안하다는 말이 나오지 않았다. 잠에서 깬 반점은 이빨이 어느새 굳건한 원형이 되어가고 있다는 사실을 깨달았다. 언제까지고 그대로일 열네 살의 모습이었다. 이빨의 형상은 눈부시게 아름다웠다. 며칠 뒤 이빨은 머리가 없는 모습으로 나타났다. 잡념이 사라져서인지 행동이 부드럽고 순했다. 분노와 적의로 뜨거웠던 머리통에서 분리된 이빨의 사지는 가벼워 보였다.

이빨이 꿈에 나오는 날이 늘어났다. 반점은 이빨의 허리와 종아리를 오래 쓰다듬었다. 고운 눈썹 뼈와 작은 얼굴을 매만졌다. 까맣게 잊고 있던 기억, 사소한 일화들이 자꾸 생생해졌다. 꿈속에선 수술 전처럼 피부가 붉었다. 이빨의 앞니도 언제나 까맸다. 반점은 자신의 몸 안에 이빨이 나무처럼 심겨 있다는 사실을 수긍했다. 가지를 쳐내고 쳐내도 이빨은 자라날 것이다. 잘못이라고, 틀렸다고 말해도 가지는 성장을 멈추지 않을 것이다. 자신을 돌아보지 않을 것이다. 반점은 늦게 온 통증을 가만히 받아들였다. 섬 한가운데 있을 때는 몰랐던 흉통이었다. 반점은 꿈에서 깨기 싫다고 아무에게도 말할 수 없었다. 꿈이 주는 상투성에 이렇게 기대고 싶을지 미처 몰랐다.

✻

숙소는 점점 비좁아졌다. 2층의 사마귀는 사람의 목소리가 나오는 음악을, 1층의 반점은 사람의 목소리가 나오지 않는 음악을 들었다. 팔룬은 음악 자체를 듣지 않았다. 달이 없는 밤, 선잠에서 깬 반점은 팔룬의 방 앞에 누워 문을 발로 살짝 열었다. 침대에서 나온 팔룬이 방문 옆 벽에 기댔다.

"이상해. 옛날 일을 더듬어야 잠이 와. 그러기 싫은데."

반점의 목소리가 낮고 나른했다.

"그래야 마음이 편해지나 보네. 아무리 헤집어도 바뀌지 않는 것들이라."

밤은 더없이 조용했다. 바람이 부는지 창밖 석류나무 그림자가 팔룬의 발목 근처에 일렁였다. 팔룬은 반점이 답을 듣지 않았다고 생각했다. 진짜 하고 싶은 말이 있어 온 게 분명했다.

"이빨이 꿈에 나와. 계속, 계속."

팔룬은 하품을 가까스로 참고 답했다.

"꿈일 뿐이잖아. 왜 자꾸 걜 생각해?"

"내가 시들게 했어. 이빨은 바로 죽은 게 아니야. 내가 집을 나선 순간부터 죽어가게 된 거야."

팔룬은 반점과 함께 걷고 뛰었던 숲길을 생각했다. 모든 게 예전과 달라질 줄 알았다. 착각이었다.

"언제까지 그런 소리를 할 거야? 걔가 너한테 한 짓을 다 잊었어?"

"나도 멈추고 싶은데 안 돼. 좋았던 것과 싫었던 것이 막 합쳐져."

"많은 게 변했잖아. 달라지고 싶지 않아?"

"찾아오는데 어떡해."

"네가 부르는 거겠지."

"몰아세우지 마. 안 보인다고 끝나는 게 아니잖아. 간단하지 않아."

모로 누운 반점의 몸이 평소보다 커 보였다. 옷자락 탓일까. 배가 부푼 걸까. 설마 사마귀의 아이를 가진 건가. 조심하고 있는 거니. 뭐라도 조심을 하긴 해? 2층에 갈 때마다 말려야 했나. 내가 왜 그런 소리까지 해야 하는데. 한심해. 너무 한심해. 팔룬은 사마귀보다 더 싫은 게 너라고 소리치고 싶었다. 반점이 바닥에 손을 디디고 일어나 말했다.

"두고 온 걸 잊기 힘들어. 내가 망친 것들이 계속 생각나. 너는, 넌 어때?"

팔룬은 넌 아직 섬에 있는 것 같다고 말하는 대신 벽에 뒤통수를 기댔다. 어디라도 몸을 붙일 곳이 필요했다. 같이 도망쳐 나온 하차장 쪽으로 다시 발을 돌린 반점을 이해하기 어려웠다. 팔룬은 문밖으로 고개를 내밀었다. 반점이 혼자 뒷걸음질 치면서, 그곳을 왜 그윽하게 쳐다보는지 알 수 없었다. 쓰레기 더미에 머리를 처박고 코를 들이대는 반점의 눈은 어쩐지 황홀해 보였다. 주변에 폐기물이 뒤죽박죽 쌓여 있어도 아랑곳하지 않는 것 같았다. 수술을 받고 난 후 생긴 죄책감일까. 무엇에 대한 죄책감? 진짜 작별을 하면, 거기 얽힌 기억이 애틋해지나. 섬과 완전히 결별하면 그곳이 그저 그리워질 수 있는 걸까. 고개를 숙인 팔룬은 다시 벽에 몸을 기댔다. 긴 정적을 깨고 팔룬이 말했다.

"너를 망친 것들을 생각해야지. 그다음 거기서 벗어나야지."

"내가 망친 것, 남이 망친 것."

"그래. 거기 선을 그어."

"너는 그 경계가 언제 선명해져? 언제 확실하게 보여?"

"숨을 천천히 쉬고 생각을 해. 걔와 계속 있었으면 네가 죽을 수도 있었어. 그래도 괜찮았을까? 대답해봐."

팔룬은 답이 없는 반점을 보다가 눈을 세게 감았다. 아무것도 돌아보기 싫었다. 팔룬은 방바닥을 보며 입 모양으로만 말했다. 나는, 너희를, 보는 거, 자체가, 힘들어.

"미안해. 잘 자."

팔룬의 등 뒤엔 벽이 있었지만, 반점은 문밖으로도 번져 나오는 경멸을 느낄 수 있었다. 공기가 너무 날카로워 볼이

베일 것 같았다. 반점은 팔룬의 방문을 슬며시 닫았다. 잠이 오지 않으면 눈이라도 감고 있자고 다짐했지만, 발은 어느새 계단 앞에 멈췄다. 2층에 가면 꿈을 꾸지 않을지 몰랐다. 이빨의 표정과 목소리가 흐릿해질 수 있다면 다 좋을 것 같았다.

반점은 2층으로 올라갔다. 문이 열리지 않았다. 언제든 마음대로 오라고, 혼자 있는 시간을 깨도 된다던 사마귀는 답이 없었다. 반점은 1층 계단 끝에 오랫동안 앉아 있었다. 새벽빛이 조금씩 밝아졌다. 엉덩이가 나무토막처럼 느껴졌다. 몸을 일으켜 방문 앞에 섰을 때, 2층 문이 열리는 소리가 났다. 잠에서 깼을까. 벽에 붙은 반점은 숨을 들이마셨다. 그리고 계단 끝을 살짝 올려다봤다. 지수였다. 단추가 모두 열린 남방을 걸치고 있어 가슴이 보였다. 손에는 신발이 들려 있었다. 반점은 까치발로 방 침대까지 걸어갔다. 숨을 쉬지 않고 자리에 누웠다.

전부 알고 있었지만, 이제야 인정할 수 있었다. 반점은 오랫동안 떼를 쓴 기분이 들었다. 사마귀가 지수를 좋아한다는 사실은 여기 온 지 며칠 되지 않은 날부터 분명했다. 반점은 이제 두 사람이 서로를 좋아한다는 사실을 완전히 받아들였다.

지수는 차 유리창을 툭툭 두드렸다. 운전석에 앉은 채로 졸고 있던 인솔자가 깨어났다.

"두 아이가 찾아올 거예요. 이제 왔던 곳으로 돌아가고 싶다고. 장거리 운전일 테니 인력을 보강해줄게요."

인솔자는 어깨를 들어 올렸다 내렸다. 그걸 어떻게 알고 있느냐는 몸짓이었다.

"지쳤을 테니까요, 많이."

지수는 새벽에 본 반점의 정수리를 떠올렸다. 푸른 빛 속에서 새끼 매처럼 떨던 아이의 어깨가 아직도 선명했다. 도리질 쳐봤자 달라질 건 없었다.

＊

팔룬은 복도의 표식을 따라 걸었다. 너무 일찍 도착한 건지 식당 문은 닫혀 있었다. 남부로 돌아가겠다는 말을 누군가에게 전해야 했지만, 사람들은 눈에 띄지 않았다. 종일 문을 열어둔다는 곳은 관리실 하나였다. 불이 켜진 화살표는 분명히 오른쪽을 가리키고 있었다. 하지만 아무리 걸어도 관리실은 나오지 않았다. 그만 몸을 틀려고 하던 순간, 팔룬은 자리에 멈췄다. 그리고 뒤로 몇 발짝 물러섰다. 표식이 바뀌어 있었다. 눈앞의 화살표는 이제 반대편인 왼쪽을 가리키고 있었다. 관리실이 어디에도 없다는 뜻이었다. 팔룬은 잣대 두 개가 서로를 튕겨내는 지점에 오래 서 있었다. 바깥으로 나와 돌아본 흰 건물이 허깨비처럼 보였다. 사방의 고둥들이 유령 같았다.

숙소 1층은 텅 비어 있었다. 아침 해가 드리워진 반점의 방은 고즈넉했다. 깨끗이 정리된 침구 위에 미색 봉투 하나가 보였다. 팔룬에게 남기는 편지였다.

'나를 미워하는 걸 잘 알아.'

긴 글에서 한 문장이 눈에 확 들어왔다. 팔룬은 편지를 쥔채 방으로 돌아왔다. 얼마 후 숙소에 도착한 인솔자가 벨을 눌렀다.

2층 창문에 선 사마귀는 크로스백을 멘 팔룬을 내려다봤다. 왼쪽 발목이 시큰거렸다. 슬리퍼를 내려다보고 고개를 들자 차는 엄지만 한 크기로 바뀌어 있었다. 아까와 같은 방향, 동부를 벗어나는 쪽으로 전기차가 멀어지고 있었다. 이른 아침엔 반점이, 늦은 오전엔 팔룬이 차에 올랐다.

사마귀는 테이블에 올려둔 사과를 베어 물었다. 앞은 멀끔했지만 씹다 만 뒷면은 갈변된 지 오래라 얼룩덜룩했다. 껍질안 깊숙한 곳에 머물러 있던 과즙이 사마귀의 팔꿈치를 타고 흘러내렸다. 사마귀는 자신이 쉬운 선택을 어렵게 하고, 어려운 선택을 쉽게 하는 걸 알고 있었다. 그리고 지금도 그런 때중 하나였다. 사마귀는 커튼을 쳐 바깥에서 들어오는 햇빛을 모조리 막았다.

＊

도모엔 문지방들만 남아 있었다. 실내의 문을 전부 떼어냈는데도 공간은 전혀 넓어 보이지 않았다. 방마다 국기가 붙어 있었다. 반점은 사각의 천들이 고택을 갑갑하게 만들고 있다는 사실을 알아챘다. 어린 시절 이후로 너무 오랜만에 보는 문양이었다. 흰 바탕 안의 물결과 직선이 저런 배치였는지 의

아했다. 우미는 눈을 가늘게 뜨고 반점을 쳐다봤다. 뒤도 돌아보지 않고 떠난 반점이 왜 다시 왔는지 궁금했다. 자신을 잊지 못해 온 것 같지도 않았다. 반점은 그런 연기조차 하지 않았다.

반점이 오자마자 찾은 건 고양이들이었다. 수십 마리의 등을 어루만지며 도깨비바늘을 떼어내느라, 턱을 긁어주느라 정신이 없었다. 우스웠다. 주저 없이 한 번에 훌쩍 떠났으면서 이제야 고양이들을 챙기는 반점의 모습이 가소로웠다. 하지만 붉지 않은 피부는 눈을 뗄 수 없이 영롱했다. 저 수술을 하러 간 건가. 중지로 아랫니를 한참 만지던 우미가 손을 내리고 말했다.

"수련실로 가. 시간표를 따라야지."

"처음 듣는 소리인데? 그런 방이 생겼어?"

"네가 없는 동안 많은 게 바뀌었어."

반점은 우미가 가리킨 방으로 걸음을 옮겼다. 무릎을 꿇고 앉은 사람이 빼곡했다. 도복 같은 바지만 입었을 뿐 윗옷이 없었다. 모두 맞은편 조합장을 따라 눈을 감고 있었다. 옷을 벗은 사람들이야 동부에서 가끔 본 적 있었지만, 이렇게 떼로 모인 이들은 본 적이 없었다. 자세 때문인지 아무도 자유로워 보이지 않았다. 반점은 문틀을 꽉 잡았다.

"여기서 계속 방해할 거야? 들어가."

작은 목소리였지만 귀가 다 얼얼했다. 우미의 표독스러운 음색과 눈빛, 그게 현실이었다. 반점은 입을 굳게 다물었다.

맞아, 이게 내 거야. 어쩌면 둔하게 상냥했던 사람들보다 이렇게 또렷한 살풍경을 바라왔는지도 몰랐다. 반점은 도모 밖의 세상을 긴긴 꿈으로 여기고 싶었다. 다시 온 이상, 다시 갈 수 없는 이상 겁낼 게 없었다.

"밀치지 마. 내가 알아서 가."

웃옷을 벗은 반점은 사람들 사이에 무릎을 꿇고 앉았다.

"갈등 없는 동행은 동행이 아닙니다. 아무 고통 없이 바꿀 수 있는 건 없어요. 한 지점만 뚫어지게 쳐다보지 마세요. 우리에게 필요한 건 총체, 총체의 이해입니다. 고통, 기쁨, 삶, 죽음의 원을 마음의 큰 눈으로 마주 봐야만 걸음을 내디딜 수 있습니다. 물러섬 없이 대면하세요."

"물러섬 없이 대면합니다. 우리의 몸으로, 우리의 마음으로."

"사철나무 열 그루, 백 명의 아기, 수천 마리 오소리의 영혼이 되어보세요. 그들의 털 하나가 되어보는 겁니다. 안과 바깥을 나누지 마세요. 자기 결정과 독단을 버리세요."

"자기 결정과 독단을 버립니다. 우리의 몸으로, 우리의 마음으로."

이전과 달리 모두 마지막 구절을 길게 끌었다. 반점은 급하게 입을 오므렸다. 수련실은 오오오, 소리로 가득 찼다. 조합장과 눈이 마주치자 반점은 연신 고개를 끄덕였다. 와 닿지 않는 말에도, 겉도는 구호에도 속아 넘어가줄 수 있었다. 다시 돌아온 도모엔 아는 사람보다 모르는 사람이 더 많았다. 조합원들은 반점에게 등을 돌렸다. 여름 한 철 이곳을 떠난 대가였다. 도모에 돌아왔다는 데 방점을 찍는 건 조합장 하나였다. 이제 여기서 살려면 믿을 수 있는 사람으로 보이는 게 중요했다.

복도 구석은 더러웠다. 쓸고 닦지 않은 나무 바닥은 찐득 찐득했다. 아무도 대신해주지 않았나. 그래도 조합원들이 고양이들을 돌봐줘서 다행이었다. 그거면 충분하다는 생각이 들었다. 걸레질을 마친 반점은 계단 층계참에 오래 머물렀다. 문이 없어진 고택에서 그 자리는 비좁아도 귀중한 곳이었다.

계단에서 잠깐 졸고 있을 때, 두 다리가 따뜻해졌다. 허벅지에 올라탄 검은 고양이였다. 고양이는 자세를 바로 한 뒤 눈을 감았다. 반점은 주머니 속 트레두를 꺼냈다. 그리고 부품들을 하나씩 떼어냈다. 얼마 안 돼 계단 위엔 망가진 장난감처럼 보이는 쓰레기 뭉치가 생겨났다. 반점은 고양이의 뒤통수를 한참 쓰다듬었다. 동물의 말을 인간의 말 따위로 바꿀 필요가 없었다. 어떤 번역을 거치더라도 원본은 손상될 것이다.

✳

팔룬은 얕은 물에 발을 하나씩 집어넣었다. 그리고 자리에 드러누웠다. 집 바깥에 둔 미색 욕조는 오랫동안 방치된 탓에 바닥이 미끄러웠다.

"감기 걸리면 어떡하려고. 물을 좀 데울까?"

"아니야. 괜히 안 그래도 돼."

"…네가 돌아와서 좋구나."

이모가 팔룬을 지켜보다 들어갔다. 물은 서늘했지만, 가을 해가 보드라웠다. 눈을 감자 눈 속에서 여러 무늬가 움직이기 시작했다. 익숙한 비문증이었다. 누군가 손으로 비벼 죽인 듯한 거미 한 마리가 둥둥 떴다. 바이러스, 막대기, 촌충. 반투명한 형상이 오른쪽으로, 다시 왼쪽으로 떠갔다. 팔룬은 아이들을 그만 생각하기 위해 눈을 떴다. 천천히 일어난 팔룬이 욕조에 몸을 기댔다. 팔과 등에 가느다란 햇빛이 닿자 진이 빠지는 기분이 들었다. 팔룬은 욕조 바깥에 벗어둔 바지를 주워 편지를 꺼냈다. 너무 자주 매만진 종이는 부들부들했다.

안녕, 팔룬. 우리 셋이 같이 있었던 건 여름 한 계절이었네. 길지도 짧지도 않은 시간이었지. 네가 나를 미워하는 걸 잘 알아. 더없이 한심해 했던 것도. 너만큼 의연하지 못했으니 자주 답답했을 거야. 끝없이 걱정을 끼쳐 미안해. 마음에 들 리 없는 말을 이어 적을게. 동부에 가기 전 나는 고양이들을 살폈지. 그래. 어쩌면 네 말대로 그 시간을 통해 내가 약하지 않다는 걸 확인하고 있었는지도 몰라. 너희와 지낸 날이 인생을 통틀어 가장 안전하고 쾌적했을 시기였는데도 이상하게 가장 고단했어. 사람들 그리고 네가 나를 돌봐줬기 때문일까. 할 일이 사라지고 없다는 게 허탈했어. 그래도 너를 다시 만나게 된 걸 후회하진 않아. 나는 여기서 지내면서, 꿈에 그리던 장면들을 직접 통과하면서 나를 조금은 알게 되었어. 스치는 것을 사랑하는 일은 아마도 무책임하겠지. 하지만 나는 누구 하나를, 한 명만을 보듬는 일이 어려워. 한 사람만을 좋아하는 일이 나에겐 어려워. 그러니 아이 걱정은 하지 않아도 돼. 임신하지 않았어. 엄마가 되지도 않을 거야. 나는 그 정도로 큰 사람이 아니야.

팔룬은 반점에게 쏘아붙이던 질문들이 얼마나 따가웠는지 상상해보려 애썼다. 누구나 할 수 있던 질문을 자신만 할 수 있다고 생각했던 게 아찔했다. 틀렸어. 엉망이야. 실망했어. 속으로 했던 말이 반점에게 안 들렸을까.

대문 앞에 잠든 개가 그제야 보였다. 그늘이라 눈에 띄지 않았다. 개는 시멘트 바닥 위에서 숨을 고르게 쉬고 있었다. 어둡고 딱딱한 땅 위에 몸을 전부 맡긴 개는 꿈도 꾸지 않는 것 같았다. 팔룬은 욕조의 물로 얼굴을 씻어내렸다. 길에서 잠을 잔다는 일이 갑자기 말도 안 되게 여겨졌다. 털, 뱃가죽, 머리통을 길바닥에 붙인다는 게 어이없었다. 불편이 얼마나 익숙해야 거기서 잠들 수 있는 걸까. 개에겐 수난이라는 개념도 없겠지. 태어난 직후 펼쳐진 모든 상황을 가만히 받아들일 뿐이다. 깊게 잠든 개를 쳐다보던 팔룬은 사람을 걱정하는 짓이 쓸데없게 느껴졌다. 팔룬은 편지를 욕조 안에 띄웠다. 반점의 글씨가 물에 풀어져 사라졌다. 팔룬은 이보다 더 많은 게 사라지길 바랐다.

"섬에서의 나날을 어떤 식으로든 정리해보면 어때요?"

"돌아보고 싶지 않아요. 지난 일인데요."

"아뇨, 지나가지 않았어요. 정말 지난 일이라면 아무 여파가 따르지 않죠."

사마귀는 지수의 말을 듣고 부르르 떨리던 꼬리를, 그때의 진동을 기억했다.

"자신을 위해서라도 거길, 그 시간을 그대로 바라봐야 해요. 도망치지 말고요."

지수의 말을 거부하면 애송이가 될 것 같았다. 허세를 부리는 사춘기 소년으로 보이는 일은 정말이지 피하고만 싶었다. 이들에게서 뭘 받는 만큼 내어줄 것도 있어야 한다는 판단은 늦게 들었다.

"작은 낙서나 메모로 시작해보세요. 글이 없는 그림도 좋고요. 힘겹다면 도와드릴게요."

사마귀는 고개를 끄덕였다. 어떤 식으로든 정리해보자는 지수의 제안이 나쁘게만 들리진 않았다. 직접 마주할수록, 눈과 손으로 형상을 빚을수록 섬과 멀어질 수 있을 것 같았다. 하지만 얼마 후 컴컴한 탄광에 들어가 있는 건 자신 하나였다. 랜턴도 줄도 없었다. 사마귀는 축축한 벽을 더듬으며 조심조심 발을 떼고, 어둠 속에서 숨을 몰아쉬었다. 입구는 탄광이었지만, 그 안의 풍경은 수시로 달라졌다. 섬의 돌무더기, 양배추가 가득한 집, 컹컹 소리를 내는 드럼통, 방폐장 안의 길고 조용한 터널. 낯익은 장소가 나올수록 숨이 확확 엉켰다. 지상으로 기어 올라오면 지수는 사마귀의 수확물을 늘어놓고 찬찬히 구경했다.

"그만하고 싶어요. 너무 힘들어요."

"이해해요. 전 생애를 돌아보는 작업인데요. 진실과 만나는 일은 누구에게나 고통스럽죠."

어떤 파편과는 잘 작별할 수 있었다. 어떤 파편에는 며칠 내내 붙들려 있었다. 사마귀는 머리카락이 긴 남자가 쓴 동화를 떠올렸다. 몸에 있는 보석들을 새에게 하나씩 내어주는 왕자의 이야기였다. 왕자는 어디로도 움직일 수 없는 동상 조각이라 높은 곳에서 슬픈 세상을 바라만 보고 있었다. 자신 역시 거죽뿐인 것 같았다. 여기도 책장 속 아닐까. 나도 이미 사람들과 함께 섬에서 죽은 게 아닐까. 내가 유령이라면 그 이후의 이야기는 쓸데없는 후속편 아닌가. 너무 깊어 누군가 뜯어말릴 수도 없는 망상, 착오, 오해 속에서 이렇게 영영 헤매고 있는 거라면.

"실마리가 조금씩 풀리는 기분이 들지 않나요? 이제 그림을 좀 더 크게 그려도 되겠는데요."

지수는 동화 속 새보다 더 많은 것을 물어 갔다. 보석, 사리, 엄마, 동생, 갈비뼈, 판단력, 유년기, 첫사랑, 볼품없는 상상, 들추지 말았어야 할 슬픔, 내어주지 않았어야 할 기쁨, 끝까지 갖고 있었어야 할 첫 문장들. 지하에 들어가기 무서운 날이면 사마귀는 자신의 살점을 떼어내 화로 위에 올렸다. 지수는 작은 덩어리 표면에 핏물이 가시자마자 그걸 한 점 한 점 입에 넣었다.

"이 이미지는 여러 편으로 확장해볼 수 있을 것 같은데 어떠세요?"

사마귀는 누구나 알아보지만, 누구도 말하지 않는 부위를 매만졌다. 가장 쉽게 줄 수 있는 곳이었다. 사마귀는 꼬리를 토막 냈다. 잘게 썰린 조각들은 불 위에서 먹음직스럽게 익어갔다. 불길과 닿은 지방이 타닥타닥 소리를 내며 고소한 내음을 풍겼다. 다음 날이면, 그다음 날이면 꼬리는 또 자라 있었다.

팔룬의 말이 맞았다. 팔룬은 자신과 고르다 사이에서 거래되는 항목을 정확히 파악하고 있었다. 그러니 지수에게 화구를 받아든 날, 고개를 숙이며 고마워하는 대신 도망치면 어떠냐고, 그냥 달아나면 안 되냐고 물어야 했다. 진실 같은 건 중요하지 않다고 말해야 했다.

*

고움에서 나온 사마귀는 고개를 숙인 채 휘적휘적 걸었다. 숲길 산책로는 미술관에서 나선 관람객들로 북적였다. 열에 일곱은 꼬리가 달린 기념 인형을 들고 있었다. 사마귀는 상아색 헝겊으로 만들어진 자신을, 사람들의 손목과 가방에서 흔들리는 자신의 일부를 가만히 쳐다봤다. 확장한 상설전의 내용과 마찬가지로 상품에 관한 이야기는 누구에게도 들어본 적이 없었다. 쌀쌀한 날씨 때문에 일행들 사이는 더 가까워져 있었다. 남자 두 명이 방금 본 전시에 관해 이야기를 나눴다. 사마귀는 헤드폰을 벗었다.

"그러니까 절망에 대한 우화가 아니었을까요?"

"비유가 아니라 실제로 벌어진 일이었다니까요."

"그 수식까지 연출인 거죠."

"믿기 어렵나 보네요. 실제라면 너무 끔찍해서 그래요?"

사마귀가 남자들 뒤에서 말했다.

"뭐가요? 뭐가 그렇게 끔찍해?"

남자들이 사마귀를 멍하게 바라봤다. 스크린 속 소년과 눈앞의 소년이 같은 사람이라고 생각하지 못하는 듯했다. 사마귀는 웃음을 터뜨렸다. 도저히 끝까지 볼 수 없는 전시였다.

사마귀는 산책로를 빠르게 벗어났다. 숨이 차도 걸음을 멈추지 않았다. 이곳에 혼자 온 건 처음이었다. 고장 난 버스 앞에 다다른 사마귀는 뒷좌석으로 가 엎드렸다. 의자에 얼굴을 파묻자 셋이 왔을 때는 나지 않던 고약한 냄새가 코 안 가득 퍼졌다. 어차피 더럽지 않은 건 없었다. 사마귀는 눈을 감고 음악을 들었다. 주변의 모든 걸 때려 부수며 소리를 지르는 남자의 비명이 귓가 바깥까지 울렸다. 산만하고 뜨거운 음들의 조합이 이어졌다. 남자는 자신부터 세계까지 모든 걸 비웃는 중이었다. 뭐가 무서워? 뭐가 끔찍해? 남자는 같은 가사를 반복해 외쳤다.

버스에서 나와 컨테이너 천장에 오른 사마귀는 실눈을 떴다. 눈높이의 가로등 불빛이 날카로웠다. 멀리 네온사인들도 희뿌연 빛을 내뿜고 있었다. 광고판 위로 알 수 없는 외국어가 수없이 지나갔다. 빛에 덮여 읽을 수 없는 활자들은 환했다. 간판들의 크기는 서로 달랐지만, 주변을 물들이는 둔한 빛무리는 엇비슷했다. 한 기업인데도 상반신이 여럿이라 해가 지면 다들 수백 개의 손을 뻗고 흔들었다. 문제는 모두가 조명을 켜고 있다는 거였다. 시선을 끌겠다는 욕구가 같았다. 발광체는 욕설이나 고함과도 비슷했다. 나를 봐줘. 나를 돌아봐줘. 세상의 꼴은 그래서 눈부시게 추악한지도 몰랐다. 침묵하지 못해서, 옆을 보지 않아서, 물러나는 법을 잊어서. 밤의 고요를 지켜주는 사람은 아무도 없었다. 해가 질수록 도시는 밝았다. 빛이 서로를 분별없이 갉아먹고 있었다.

사마귀는 빛의 중심부를 하나하나 노려봤다. 그리고 옆으로 돌아누웠다. 눈을 감아도 원들의 흔적이 떠다녔다. 사마귀는 암흑 속에서 겹쳐지다 떨어지는 원들을 구경했다. 속도도 방향도 일정하지 않았다. 악에도 속성이란 게 있다면 그건 무질서 아닐까. 악의는 언제나 있던 자리에서 벗어났다. 한곳에 머물 줄 몰랐다. 부패의 성질과 같았다. 간격을 내키는 대로 없앴다. 차이가 있던 두 대상을 하나로 만들었다. 오염된 이들은 그래서 자기 자신부터 알아볼 수 없었다. 사마귀는 실실 웃었다. 이 혼란이 마음에 꼭 들었다.

구조된 날부터 질문이 촛농처럼 흘러내렸다. 사마귀의 물음들은 하나의 분화구에서 폭발하는 용암이 아니라 석회암 동굴의 내부처럼 오랜 시간 형성된 종유석을 닮아갔다. 그 굴 속에서 답은 확연해질 수 없었다. 사마귀는 누군가와 긴긴 이야기를 나누고 싶었다. 도저히 만날 일 없는 두 지점을 잇거나 끊는 수많은 다리와 길에 대해. 서로의 보폭에 대해. 하지만 컴컴한 밤, 사마귀는 다시 혼자였다. 그는 포개진 팔을 쓸어보다 왼쪽 손목을 쥐어보았다. 뼈 안이 텅텅 빈 것 같았다.

✳

　숲길 위 송전탑 앞에 도착할 때까지는 1시간 정도가 걸렸다. 사마귀는 헤드폰과 웃옷들을 벗었다. 후드티 안의 얇은 티셔츠는 이로 뜯어냈다. 찢어진 옷감은 손바닥에 둘둘 감아 맸다. 그리고 탑 아래 둥근 콘크리트 판에 발을 여러 번 닦아냈다. 운동화 밑창에 끼어 있던 흙이 묻어 나왔다. 고개를 젖히자 곡선 하나 없는 구조물이 시야에 가득 찼다. 사마귀는 커다란 볼트 모양 지지대에 왼발을 올렸다. 왼발 다음엔 오른발, 다시 왼발 다음엔 오른발. 생각할 게 그뿐이라 편했다. 사마귀는 한참을 올라가고 나서야 아래를 내려다봤다. 철제 난간을 양손으로 꽉 잡은 사마귀는 고개를 이리저리 돌렸다. 발밑은 난폭하고 아름다웠다. 앞쪽에는 동부 시내가, 뒤쪽에는 보이지 않는 섬이 있었다. 둘 다 악의로 가득했다. 그래서 둘 다 황홀했다.

　"좋아해."

사마귀는 그 말이 우스꽝스럽게 들릴 때까지 계속 읊었다. 세 글자에 감돌던 빛과 윤기가 사라져 갔다. 콧등에 주름이 여러 겹 생겼다. 입가가 다시 경련했다.

"좋아해요."

보드랍고 뭉클한 감정이 지워지고 없었다. 앞과 뒤, 사마귀의 시선은 어디에도 오래 머물지 못했다. 연결이 불가해 보였던 이들이 만났다. 연결이 가능해 보였던 이들이 헤어졌다. 사마귀는 이 분절을 들여다보고 싶었다. 거기서 생겨나는 긴장과 불안 속에 몸을 맡기고 싶었다. 길을 고를 수 없다면 차라리 간격과 사이에 매달리고 싶었다. 아무것도 답하지 않고 대치 상황에 갇히고 싶었다. 사마귀는 송전탑 가장자리에 꼬리를 휘감았다. 녹슨 철판이 꼬리를 아프게 파고들었다. 목덜미와 겨드랑이로 땀이 배어났다. 귓가에 끼익, 끼익 소리가 났다. 사마귀는 피가 몰린 얼굴로 눈을 떴다. 거꾸로 보는 세상이 아까보다 더 평온했다. 난간에서 흔들리는 사마귀의 몸은 작고 쇠약한 박쥐처럼 보였다. 반쯤 잘린 꼬리가 사마귀의 몸을 힘겹게 지탱했다.

*

"폐공장, 방치된 저수지, 버려진 버스. 하다 하다 송전탑까지 올라갔어요. 그러다 사고가 났죠."

"꼬리 제거 수술이 끝나고 완치가 되더라도, 더 돌아다닐 수 없게 행동반경에 제약을 줘야 하지 않을까요?"

"소멸해 마땅한 문화, 발전만을 논했던 시대의 흔적, 세기 말 풍경. 대체 왜 거기 끌렸는지 모르겠네요."

"폐허에 간다는 건 그 아이의 내부도 그 모습과 비슷하다는 뜻이에요. 매우 우려스럽습니다."

"동의해요. 병든 곳들이잖아요. 제대로 된 발달 과정을 거친 인간이라면 그런 장소에서 애착이나 향수를 느낄 순 없어요."

"아이와 대화를 나눠봤나요?"

옷의 보풀을 뜯던 여자가 지수에게 물었다. 임원들의 시선을 받은 지수는 건조한 어투로 답했다.

"고장 난 것들이 그리운 사람들은, 거기 붙들린 사람은 어떻게 해야 하냐고 질문했어요."

회의실은 조용했다. 지수는 사람들을 보며 말했다.

"거기가 가장 편안한 곳이면 어떡하냐고요."

회의실을 나온 지수는 남동생에게 갔다. 수영복 위에 가운을 걸친 지평은 보던 영화에서 시선을 떼지 않았다. 지수가 소리를 지르자 거미줄을 뿜으며 건물 사이를 날아다니던 남자가 허공에 멈췄다.

"이렇게 살고 싶니? 매일 눈을 감고 살고 싶어?"

"할 얘기가 있으면 그걸 해."

"넌 동방을 사는 게 도대체 무슨 뜻인지나 알고 승인을 해 준 거야?"

"알고 했지. 동방을 싸게 살 수 있는데 승인하지 않을 이유가 있어?"

"구조된 아이들은 그 계약 때문에 뿔뿔이 떨어졌다고."

"걔들을 동원한 건? 고르다는 이런 사람들까지 받을 수 있답니다. 여기 사는 여러분, 현실에 고마워하세요. 이렇게 선전하려던 건 좋은 생각이었나. 증언을 듣겠다니, 그걸 아이들한테 맡겨두기라도 했어? 말하고 싶은지 물어보는 게 순서였을 텐데."

"아이들을 살릴 방법이었어."

"그래? 그럼 끝까지 지켰어야지. 나처럼 멍청하든가, 매형처럼 더 멍청하든가. 누나처럼 어설픈 사람들이 주변을 힘들게 해."

"반점과 팔룬은 어디서 왔어?"

"서부, 남부. 알고 있는 걸 왜 묻지?"

"알아보니 보낸 곳과 데려온 곳이 달랐어. 두 아이를 대체 왜 떠돌게 한 거야?"

지평이 가운을 여미고 답했다.

"무슨 소리야. 담당자는 같아. 아이들이 기억하지 못하는 거겠지."

＊

해일이 거셌다. 부표가 출렁였다. 코와 귀가 먹먹했다.

"세상에 끝이 온다 해도 좋아. 너와 헤어지지 않을 거야."

사마귀는 퇴원 후에도 고열에 시달렸다. 어딘가에서 익숙한 노래가 들려왔다. 귀에 익은 걸 봐선, 오래된 유행가 같기도 했다. 홀로 지내던 호텔 객실에서 눈을 떴지만, 그곳도 셋이 묵던 숙소처럼 보였다. 사마귀는 아무도 없는 건물을 계속 돌아다녔다. 아래층으로 내려가면 반점과 팔룬이 있을 것 같았다. 하지만 카펫과 계단 위로 지저분한 그림들만 발치에 채였다.

"차라리 여기서 떠나."

눈을 감으면 반점과 팔룬이 냉담하게 말했다.

"그렇게 고통스럽다면, 사는 일을 멈추는 게 어때요? 평생 미지근하게 더럽혀지는 것보다 낫잖아요."

아이들이 사라지면 지수가 물었다. 사마귀는 허공에 손을 휘저었다. 아무도 없는 방이 어느 때보다 시끄러웠다.

사마귀가 비명을 질렀다. 그의 이마를 짚었던 지수가 서둘러 일어났다. 사마귀는 침대 옆에 패드를 집어 바닥에 던졌다. 박살 난 기기를 쳐다보며 지수가 말했다.

"미안해요. 정말 미안해요."

지수는 두 손으로 얼굴을 가렸다.

"내가 다 망쳤어. 돌려놓을게. 미안해."

침대 구석에 앉은 사마귀는 무릎을 끌어안고 지수를 쳐다봤다. 지수에게서 처음 듣는 말투였다. 지수가 사마귀에게 리모컨을 내밀었다. 사마귀는 그걸 물끄러미 쳐다보다 고개를 돌렸다.

"너의 유전자 코드를 넣어놨어. 창밖의 저 나무는 이제 네 의지대로 움직일 거야. 여기를 무너뜨려도 돼. 네가 괴로운 만큼, 슬픈 만큼."

사마귀는 지수를 오랫동안 바라봤다. 그리고 나른한 미소를 지었다.

"내가 괴로운 만큼? 슬픈 만큼?"

"그래. 네 고통만큼."

"내가 끝까지, 끝의 끝까지 도망치고 있다고 생각했어. 그런데 그 뒤에 숨어 있는 사람이 있었네. 그럴 수 없다는 걸 알고 준 거잖아."

지수는 고개를 저었다.

"여기가 어떻게 돼도 괜찮아?"

지수가 다시 고개를 끄덕였다. 사마귀가 리모컨을 들어 버튼을 눌렀다. 나무 한 그루가 숲에서 걸어 나왔다. 나무는 셋이 지내던 숙소로 나아가다 그 위로 쓰러졌다. 건물 빗금 사이로 가지와 잎이 빠르게 파고들었다. 무너진 벽돌 무더기 위로 희뿌연 연기 기둥이 솟아올랐다. 지수가 사마귀를 끌어안았다. 사마귀의 볼이 지수의 볼에 눌렸다. 거리와 도로로 사람들이 뛰어나왔다. 지수는 사마귀를 데리고 차에 올랐다. 고르다 동부를 벗어났을 때, 지수가 차를 세웠다. 사마귀는 지수가 하는 이야기를 잘 알아들을 수 없었다.

✳

"불참은 이제 안 돼."

"수요일 수련은 자율이잖아."

"바뀐 지가 언젠데."

"누가 바꿔?"

우미가 반점을 아래위로 훑어봤다.

"나랑 엄마. 몰랐어?"

마른걸레를 반대편으로 접은 반점은 대꾸가 없었다.

수련실 공기는 부산했다. 표어 제창이 전보다 크게 울렸다. 복도 청소를 마친 반점은 줄 맨 끝에 자리를 잡았다. 앞을 보던 반점이 눈썹을 긁었다. 간지럽지 않던 피부가 다시 가렵기 시작했다. 도모 사람들의 표정을 보고 싶어도 전부 등뿐이었다. 조합장과 우미가 완전한 나신으로 서 있었다. 둘은 서로의 볼과 귓불을 만졌다. 목덜미와 쇄골 근처를 천천히 쓸어내렸다. 우미가 허리를 숙여 조합장의 가슴에 입술을 포갰다. 얼마 후 조합장이 허리를 숙여 우미의 가슴에 입술을 포갰다.

"도모의 모든 구성원은 성별이 없는 엄마입니다. 우리는 가진 것을 나누고 나눈 것을 가집니다."

"가진 것을 나누고 나눈 것을 가집니다."

"함께 공감하며 공명하며 공유합니다."

"공감하며 공명하며 공유합니다."

"여러분도 옆의 사람과 신성한 어머니 의식을 나누세요. 우리의 몸으로, 우리의 마음으로."

"우리의 몸으로, 우리의 마음으로."

반점은 몸을 한껏 수그린 채 뒤로 물러났다. 틀 안의 사람들은 숨을 오래 들이마시고 오래 내뱉었다. 여름 내내였을까. 조합원들이 언제부터 이런 의식을 치러왔는지 알 수 없었다.

조합원 하나가 큼직한 종이 상자를 들고 앞으로 나갔다.

"오늘부터는 국기를 들고 나가세요. 골목으로, 거리로, 인파 앞으로."

"앞으로, 앞으로."

"타도 고르다."

"타도 고르다."

반점은 복도 끝으로 기어가 벽에 몸을 바짝 붙였다. 우미가 당장에라도 달려와 뒷덜미를 낚아챌 것 같았다. 반점은 옥상을 떠올렸다. 바깥으로 난 층계참은 거기 하나였다. 반점은 입을 손으로 막고 계단을 올랐다. 청소를 마친 뒤에 문을 열었는지, 닫았는지 헷갈렸다. 소리가 나면 끝이었다. 반점은 눈을 질끈 감고 나무 바닥을 천천히 디뎠다. 문틈에 뭔가 놓여 있었다. 머리를 괸 검은 고양이였다. 반점은 고양이의 등을 쓰다듬고 고택 밖으로 난 좁은 계단을 내려갔다. 그리고 모과나무 뒤의 구멍으로 몸을 밀어 넣었다.

언덕을 따라 달리던 반점은 자리에 멈춰 섰다. 조합원들이 오가는 길은 곤란했다. 발길을 틀어 나무 뒤에 숨어야 했다. 언덕 맞은편에서 바라본 고택은 황량했다. 옥상, 마당, 문. 모두 나갔는지 고양이도 사람도 보이지 않았다. 반점은 고택의 툭 튀어나온 담벼락과 그 위편에 세워진 트럭을 노려봤다. 저 지점을 이어야 했다. 반점은 골목 끝에 세워진 트럭을 향해 천천히 걸어갔다. 옥상 세간을 몇 년째 내버려두는 이웃은 트럭 문도 제대로 잠그지 않았다. 반점은 트럭 짐칸의 자전거를 꺼내 발치 뒤에 세워두었다. 쪼그려 앉은 반점은 바퀴 아래 괴어놓은 고무 조각을 치웠다. 그리고 운전석에 올라 기어를 풀었다. 골목의 경사로와 트럭의 가속도가 더해지면 곧 고택의 낡은 담 한쪽이 무너질 것이다. 마을에 도모를 알릴 방법이었다. 표어와 국기가 드러나면 도모에 고여 있던 음습한 기운을 모두 느끼게 될 것이다.

얇은 담벼락은 생각보다 금방 허물어졌다. 여러 번 반복되는 소리가 아니어서인지, 창문을 열고 밖을 내다보는 사람이 없었다. 반점은 자전거를 끌고 고택 앞에 섰다. 살뜰하게 꾸려온 내부가 그저 지저분해 보였다. 옥상에 앉아 자신을 똑바로 바라보고 있는 검은 고양이만이 깨끗했다. 반점은 볼을 타고 흘러내리는 눈물을 급히 닦아냈다. 고양이가 사람을 따라 맹렬히 달려오지 않아 다행이었다. 사람을 완전히 믿지 않는 습성은 고양이들이 가진 재능이었다.

가을비가 툭툭 내리기 시작했다. 담을 공사할 시간이 늘면 늘수록 좋았다. 반점은 고택에 구경꾼이 늘어나길 빌었다. 빗줄기는 금세 굵어졌다. 반점은 조합원들과 한 번도 같이 가지 않은 길로 핸들을 꺾었다.

언덕 반대편 숲에 오른 우미는 검푸른 하늘을 올려다봤다. 시야에 검은 나뭇가지들이 빼곡했다. 대기를 얼기설기 채운 그 모습은 금이 잔뜩 간 유리컵처럼 보였다. 우미는 긴 울음소리를 냈다. 그러고는 몸에 드리우고 있던 국기를 허공에 흔들었다. 흩어진 조합원들이 보이지 않았다. 길을 뛰어 내려가던 우미는 부서진 고택 담벼락을 보고 다시 발길을 틀었다.

"다 데려갔나요? 네, 옷도 무기도 없어요. 국기를 들었으니 모두 현장에서 잡아들일 수 있어요."

우미는 소리가 나는 쪽으로 걸어갔다. 나무 뒤에 조합장이 있었다.

"어딨어? 다른 사람들은."

핸드폰을 손에서 뗀 조합장이 대답했다.

"고르다. 고르다 사람들이 잡아갔어."

"이렇게 넘겼구나. 이렇게 넘길 거고."

"너는 안 넘겨. 넌 내 옆에 있을 거야."

우미가 조합장을 수풀로 밀쳤다. 수풀 뒤는 벼랑이었다. 젖은 땅을 디딘 조합장이 허우적댔다. 우미가 조합장의 가슴을 발로 찼다. 조합장은 소리를 지르지도 못한 채 아래로 한없이 굴러떨어졌다. 그의 몸 위로 붉은 흙더미가 쏟아져 내렸다. 커다란 낙석 하나가 조합장의 뒤통수에 내리꽂혔다.

✳

고르다 전역의 겨울 추위는 혹독하지 않았다. 대신 다른 계절이 문제였다. 서남부는 환절기마다 늘 뜨거운 바람이 일었다. 계절의 길목이 어지럽고 부산했다. 사계는 잘 분별되지 않았다. 아침과 저녁이 으슬으슬했다. 강풍이 내키는 대로 불어왔다. 장미와 제라늄이 분진을 뒤집어썼다. 집집의 선풍기 날개엔 먼지가 쌓여갔다. 가로수가 없는 길을 걸을 때는 등판에 달궈진 다리미를 얹은 것만 같았다. 한낮은 섭씨 40도를 웃돌았다.

반점은 남부를 향해 계속 걸었다. 바퀴가 터진 자전거는 어제 국수와 바꿨다. 물과 밥을 내주는 사람들은 아래로 갈수록 줄어들었다. 차에 얻어 타는 일도 점점 어려웠다. 반점은 평상에 모여 앉은 여자들에게 간신히 말을 걸었다.

"청소를 깨끗이 해드릴게요. 먹을 걸 조금만, 조금만 주실 수 있을까요?"

여자들은 대답이 없었다. 대신 반점을 부축해 평상에 눕혔다. 누군가 집에서 고구마 한 소쿠리와 콩 차를 가지고 달려왔다. 다른 누군가가 차 키를 챙겨 나왔다.

"병원에 안 가고 여길 가겠다고? 아유, 알겠다. 멀진 않은데, 그래도 몸부터 추스르지."

팔룬이 말했던 동네와 거리가 시야에 들어왔다. 여자에게 허리 굽혀 인사한 반점은 주소지가 적힌 집 앞에 섰다. 팔룬의 말대로 짙은 초록 대문이었다. 나무문을 밀자 작은 마당이 눈에 들어왔다. 팔룬은 보이지 않았다. 텃밭을 등지고 서 있던 두 노인 중 하나가 반점에게 달려왔다.

"어떻게 온 거야? 설마 걸어서?"

두 손을 무릎에 얹은 반점이 노인의 가슴을 쳐다봤다. 노인은 반점이 보고 있는 크로스백을 내려다봤다.

"아, 이제 집에 왔거든."

팔룬이 가면을 뜯어냈다. 얼굴을 확인한 반점이 팔룬의 손을 잡았다. 멀리 있던 노인이 둘에게 다가왔다. 고개를 들어 노인을 본 반점은 바닥에 주저앉았다. 조합장이었다.

반점은 낯선 방에서 목을 매만졌다. 줄과 송곳니가 자리에 그대로 있었다. 머리맡엔 물컵과 해열제가 놓여 있었다. 반점은 거기로 손을 뻗지 않았다. 팔룬이 방문을 열고 들어왔다. 반점이 속삭이듯 물었다.

"내가 지내던 곳 조합장이야. 도모 조합장, 그 여자가 왜 여기 있어?"

"무슨 소리야? 이모가 왜?"

"날 잡으러 왔다고."

"너 좀 더 쉬어야 할 것 같은데."

죽 그릇을 들고 이모가 들어섰다.

"네가 말한 그 여자는 내 언니야."

문 닫히는 소리에 반점이 얼굴을 찌푸렸다. 몸을 일으킨 반점은 여자를 한참 훑어봤다. 키와 인상은 비슷했지만, 목소리가 달랐다. 동생이라는 여자의 음성이 더 낮고 까끌까끌했다. 턱도 훨씬 단단해 보였다.

"언니는 고르다 간부였어. 거기서 반기업 활동가들을 상대하는 일을 했지. 그 사람들과 가깝게 지내다 결국 간부직을 버렸고."

여자는 반점을 바라보다 말을 이었다.

"너도 알다시피 도모를 세운 거야."

"그 사람들 다 위험해요. 조합장이 시키니까 옷을 전부 벗고 나돌아다닌다고요. 국기를 들고요."

쟁반을 내려둔 여자가 나지막이 말했다.

"언니가 그 지경까지 갔을 줄은 나도 몰랐어."

"이모도 그 사람들이랑 지냈어? 남부에서 태어난 게 아니었어?"

팔룬이 둘 사이에 끼어 묻자 이모가 긴 한숨을 쉬었다. 그리고 오른쪽 다리를 가리켰다.

"도모에서 나가겠다고 하니까 언니가 이성을 잃었지."

"거짓말."

마루에서 누군가 큰 소리로 외쳤다. 반점이 빽빽한 미닫이문을 열어젖혔다. 문 앞에 사마귀와 지수가 서 있었다. 방에 들어선 지수가 소리쳤다.

"저 여자와 조합장은 동방 대표였어."

이모가 벽을 짚으며 걸어 나왔다.

"고르다는 동방을 헐값에 인수하는 조건으로 자매를 숨겨줬어. 환경 기구의 처벌을 받지 않도록. 대신 너희를 감시하라고 한 거야. 한 명은 서부, 한 명은 남부."

이모가 지수의 옷소매를 잡아채려 들었다. 사마귀는 반점과 팔룬의 손을 잡았다.

"다리가 그 정도로 아프지 않을 텐데. 다친 것도 당신 탓이지. 언니를 죽이려고 하다가 책장에 깔린 거잖아."

있는 힘을 다해 지수의 몸을 밀어뜨린 이모가 목소리를 줄이고 말했다.

"고르다에서 왜 너 같은 사람을 보냈지? 우린 같이 죽으려고 했어. 내꼴을 봐. 죄는 치렀어."

"아니. 죄를 치러야 할 줄 알았을 때는 그저 싸웠지. 그러지 않아도 된다는 걸 알고 나서는 입을 닫고 여기까지 온 거고."

지수의 배를 깔고 앉은 이모가 반점과 팔룬을 돌아보며 말했다.

"잘 생각해봐. 앞뒤가 안 맞잖아. 고르다 명령을 따르는 언니가 어떻게 반 고르다 활동을 해. 도모는 반기업 단체잖아. 안 그래?"

지수에게서 이모를 떼어낸 사마귀가 말했다.

"가짜 숨구멍. 고르다에 적대적인 사람들을 알아낼 수 있으니까. 인원을 파악하고 명단을 보내기 더 쉬우니까. 그래서 자매한테 서부와 남부를 맡긴 거지. 당신도 말해봐. 여기 이웃들을 고르다로 몇이나 보냈나."

팔룬은 이모 앞에 섰다.

"왜 그런 거야? 왜 그렇게까지 한 거야?"

"난 너를 책임지고 보호한 거야."

"보호라니, 우릴 속였잖아. 밝혀야 할 걸 밝히지 않았잖아."

"용서해줄 리 없으니까."

반점이 물었다.

"섬을 버리자고 했던 건 누구지? 필요 없어진 사람들을 없애자고 한 게 누구야?"

"언니야. 난 아니야."

"조합장도 똑같이 말했어. 동생이 그랬다고. 자긴 아니라고."

지수가 외쳤다.

"언니가 승인했다니까."

이모는 악을 썼다. 팔룬이 죽 그릇을 벽에 던졌다. 알루미늄 그릇이 굉음을 내며 굴렀다. 장미 무늬 벽지를 타고 묽은 미음이 흘러내렸다.

"아니, 승인은 당신이 했어."

팔룬이 이모를 응시하며 말했다.

"봐, 누가 남부에 있지? 제일 열악한 땅에 누가 있어?"

반점은 벽에 등을 기댔다. 섬이 끝난 이유를 알 것 같았다. 초라하고 황폐한 관성. 지내던 그대로 지내려는 습성. 동방이 고르다에 숨고, 고르다가 동방을 숨겨줬듯 자매 중 누가 그런 끝을 선택했는지는 중요하지 않았다. 팔룬이 이모에게 다가섰다.

"사과해. 섬사람들에게."

"내가 결정하지 않았어."

"미안하다고 말해."

"왜. 너는 살았잖아."

잠시 후 이모의 머리카락에서 핏물이 흘러내렸다. 물감을 닦아낼수록 얼굴과 손바닥이 더 빨개졌다.

이모는 말없이 맨발로 마당에 내려섰다. 비틀거리던 이모가 잠든 개의 꼬리를 밟았다. 개는 목을 빼고 힘없이 짖다가 대문 밖으로 쏜살같이 뛰어나갔다. 지수는 세 아이를 데리고 차에 올랐다.

이모는 부엌으로 들어가 문을 닫았다. 그리고 가위의 칼날 두 개를 하나씩 매만졌다. 녹이 조금 있었지만 아직은 날카로웠다. 고르다 사람들이 오기 전이 나았다. 어차피 부품으로 쓰이던 나날이었다. 넷이 탄 차가 마을 어귀를 빠져나갈 때 폭발음이 크게 울렸다. 아이들이 몸을 움츠렸다. 초록 대문집 위로 검은 연기와 불길이 피어올랐다. 팔룬은 몸을 틀고 타오르는 집을 돌아보았다.

넷은 말이 없었다. 동부에서 출발해 서부와 남부에 멈췄던 차는 다시 북부로 끝없이 이동했다.

"내가 아는 한 가장 안전한 곳이야. 내려서 숲 입구로 들어가면 돼."

세 아이는 차 문을 열지 않았다.

"너는 그대로 있어."

반점이 목걸이를 빼내 사마귀에게 내밀었다. 송곳니를 만지작거리던 사마귀가 주머니에서 뭔가를 꺼냈다. 군데군데가 찢어진 엽서를 받아든 반점은 그림을 한참 바라보았다. 색이 바랜 모닥불 앞에 모인 양과 거위와 순록은 평온해 보였다.

"준비가 됐어요. 섬에 대해 말하고 싶어요."

팔룬이 지수에게 말했다.

"하고 싶지 않으면 안 해도 돼."

"남기고 싶어요."

해가 질 무렵, 차에서 두 사람이 내렸다. 반점과 팔룬은 지수가 말한 집을 찾아 걸음을 옮겼다. 나뭇가지에 앉은 박새들이 두 여자아이를 쳐다보며 날갯죽지를 다듬었다.

*

"밝혀질 건 없어요. 한쪽은 사고사, 한쪽은 자살입니다."

"어차피 끝내려고 했잖아요."

본부장은 입을 다물었다. 자리에서 일어난 회장은 창가로 천천히 다가섰다. 고르다는 멀끔했다. 앞으로도 그럴 것이다. 부서진 건 세 아이가 머물던 숙소와 기계 하나였다. 미미한 손실이었다. 하지만 회장은 가장 중요한 게 사라졌다는 사실을 알았다. 회장의 곁에는 아들과 사위, 두 남자뿐이었다. 아이들을 데리고 떠난 딸은 영영 돌아오지 않을 것이다. 찾아내도 의미가 없었다.

"섬이 끔찍하다고 생각했어요. 섬 밖은 이보다 나을 거라고 믿었어요. 동방에서 온 생존자는 셋이고 저는 그중 한 사람입니다. 동방을 몰래 사들인 고르다는 그 사실이 드러날까 봐 우리를 갈라놓았어요. 이야기는 보시다시피 이런 오락거리로 전락했습니다. 이젠 어디가 더 끔찍한지 모르겠어요."

효과음악이 꺼진 상설 전시관 안에는 팔룬의 목소리가 크게 울렸다. 관람객들은 고개를 갸웃거리며 옆 사람의 팔을 잡을 뿐 별다른 소란을 피우지 않았다.

문이 닫힌 고움 앞에는 보수 공사 안내 표지판이 세워졌다. 파일을 내보낸 홍보부 직원은 내용을 전혀 몰랐다고 했다. 출처를 알고 있는 임원진은 회장의 지시를 기다렸지만, 회장은 말없이 턱을 두드렸다. 돔 밖의 사람들이 벌인 일, 돔 안의 일부 사람들이 벌인 일, 경쟁 기업이 벌인 일. 방어책은 많았다. 동방의 운영자들은 사라졌고 인수 직후 확장된 고르다의 규모는 꾸준히 다른 숫자로 덮였다. 여자아이의 말을 믿을 사람이라면 이미 고르다에 살지도 않을 것이다. 회장은 턱에서 손을 뗐다. 자신의 마음속 보이지 않는 구멍만 빼면, 여긴 모든 게 괜찮았다.

에필로그

안전모를 쓴 인부들이 줄을 조금씩 내렸다. 바닥에 앉아 있던 다른 이들이 허리에 줄을 맸다. 북부의 전기 공사를 마치기까지는 3년이 걸렸다. 팔룬은 발치에 놓인 플라스틱 공구함을 쳐다봤다. 썩지 않는 재료지만, 금이 가 부서질 수는 있었다.

병상 침대 아래 플라스틱 오줌통, 카페인과 니코틴에 누렇게 착색된 치아, 맞지 않는 옷, 버려진 소파, 상대가 웃었다는 이유로 연거푸 반복하는 농담, 어린이가 앓는 틱, 구내염에 걸려 침을 흘리는 고양이, 인간을 보면 꼬리를 흔드는 개. 슬픔은 관념 같은 게 아니었다. 팔룬에게 슬픔은 언제나 구체적이었다. 그런 감정은 늘 감각으로만 찾아왔고 각막에 천천히 들러붙어 절대 떨어지지 않는 속성을 지니고 있었다. 팔룬은 묽은 눈곱을 떼어낸 후 눈을 꼭 감았다.

"눈 온다."

반점이 손바닥을 위로 들어 올렸다. 눈송이들이 금세 물이 되어 흘러내렸다. 팔룬이 스무 살을, 반점이 열아홉 살을 맞을 때까지 북부의 눈은 겨울마다 어김없이 내렸다.

마트 앞 광장에 서 있던 반점과 팔룬은 주차장으로 걸음을 옮겼다. 눈발이 아까보다 굵었다. 백발의 여자가 오토바이 안장에 쌓인 눈을 무심히 쓸어내며 길을 걸었다. 자신의 차량이 아닌 것 같았다. 반점은 여자의 산뜻한 선의가 놀라웠다.

✳

침엽수로 빽빽한 숲은 혼자 밤을 맞은 듯 먼저 어두워지기 시작했다. 팔룬은 갈참나무 앞에 차를 세웠다. 반점은 차 짐칸에서 고양이들에게 줄 사료를 끌어내렸다. 넝쿨에 뒤덮인 철문이 살짝 열렸다. 두 사람은 문 옆에 세워둔 수레에 사료를 싣고 안으로 들어갔다. 양파 수프를 떠먹고 있던 무투 단원들이 둘을 보고 인사했다. 입김이 가시기도 전에 둘 앞에 그릇이 놓였다.

점조직 무투는 돔 안과 밖, 모든 곳에 있었다. 공생이란 뜻이 이 이름의 어원이었다. 나무를 의미하는 옛 북부 말이라고도 했다. 진흙으로 만든 집은 따스했다. 식사를 일찍 마친 사람들은 소파에 앉아 기업들의 환경 보고서를 읽고 있었다. 현장에 다녀온 이들은 노트에 써둔 숫자와 보고서의 숫자를 대조해나갔다. 신입 단원 한 명은 방독면 내부를, 나머지 한 명은 죽은 활동가들의 사진이 들어 있는 액자를 떼어내 거기 쌓인 먼지를 닦아냈다.

반점은 책장에서 그림책 한 권을 꺼냈다가 도로 넣었다. 오늘은 아이들에게 직접 만든 이야기를 들려주고 싶었다. 책상 서랍을 연 반점이 노트 아래 조그마한 책자를 꺼냈다. 출판되지 않을 종이 묶음이었다. 동화 위에 붙인 표지는 사마귀의 엽서였다. 반점이 만든 문장엔 아무 수식이 없었다. 주어와 술어뿐이었다.

팔룬은 위층의 아이들을 부르러 갔다. 곧 수업 시간이었다. 아이들을 아래층으로 보내자 복도에서 누군가 팔룬의 옷깃을 잡았다. 단원의 말을 들은 팔룬은 조용히 물었다.

"스스로 그랬나요, 사고인가요."

상대의 말이 조금 길어지는 동안, 팔룬은 아랫입술을 깨물었다.

"오늘은 같이 안 읽어요?"

계단에서 뛰어 올라온 아이가 팔룬에게 물었다.

"저는 내일인데요?"

팔룬은 자신의 허리를 껴안은 아이의 머리통을 쓰다듬었다. 아이가 뛰어 내려가자, 위층의 두 사람은 한동안 말이 없었다. 팔룬에게는 꼭 묻고 싶은 게 있었다.

"사마귀 곁에는 누가 있었나요?"

단원이 고개를 끄덕였다. 소식을 전해준 여자가 사마귀의 임종을 지켜봤다고 했다.

"다행이네요."

팔룬도 단원을 따라 고개를 끄덕였다. 단원이 아래층으로 내려갔다. 혼자 남은 팔룬은 진흙 벽을 손으로 쓸었다. 손끝에 나무 기둥이 닿았다. 뒤틀린 나무껍질은 거칠고 메말라 보였다. 팔룬은 휘몰아치는 문양에 눈을 가까이 댔다. 소용돌이 모양의 굴곡이 바다의 해일 같았다. 그건 대재앙의 현장 같기도, 원시 지구의 모습 같기도 했다. 숲 한가운데 뿌리를 내리고 있던 이 나무는 언제 어디서 벌목된 걸까. 팔룬은 나무에 손바닥을 포갰다. 고목은 몸속의 나이테를, 나이테 한 줄 한 줄이 어떻게 만들어졌는지를 알고 있을 것이다. 모르더라도 느낄 것이다.

팔룬은 아래층의 반점을 쳐다봤다. 그리고 첫 마디를 어떻게 꺼낼지 생각했다. 오늘이 아니라 내일이어도, 내일이 아니라 몇 달 후여도 괜찮을 것 같았다. 팔룬은 우선 계단에 앉아 두 손으로 얼굴을 감쌌다.

〈끝〉

작품해설

21세기 판 '멋진 신세계',
그 벽 너머에서

올더스 헉슬리의 《멋진 신세계》에서 가상의 미래 영국은 계급 차별과 장애 차별 및 외모 차별을 사회구조 안에 체계화하여 차별과 착취를 기반으로 번영하는 곳이다. 여기에 보호구역에서 태어난 '야만인' 존이 등장하여 이 '멋진 신세계'의 화려한 가면을 하나씩 벗겨낸다.

그런데 헉슬리가 묘사하는 '야만인' 존의 장점과 미덕은 근본적으로 헉슬리가 작품 속에서 비판하는 장애 차별과 외모 차별에 기반해 있다. 존은 신체적으로 매력적이며(그래서 '멋진 신세계'의 시민 레니나가 관계를 가지고 싶어 한다) 지적으로도 우월하고 무엇보다 셰익스피어 작품을 적재적소에서 자연스럽게 읊을 수 있는 높은 문화적 소양을 갖춘 '고귀한 야만인'이다.

'야만인' 존의 자살이 비극적으로 느껴지는 이유는 부분적

으로는 이렇게 신체적, 지적, 정서적, 문화적인 측면에서 '진
정한 아름다움'을 갖춘 사람에게 독자가 공감하고 그런 우월
한 인물이 차별과 착취에 바탕을 둔 천박한 세계를 견디지 못
하고 스스로 목숨을 끊는 데 대한 안타까움을 느끼기 때문이
다. 하지만 만약에,

만약 존이 아름답지 않았다면?
고귀한 문화적, 정신적 소양을 갖추지 않았다면?
신체장애와 삶의 트라우마만을 짊어진 채 "멋진 신세계"에
도착했다면?

박문영 작가의 《세 개의 밤》은 바로 그런 이야기이다.

✳

《세 개의 밤》은 2015년 제2회 한국SF어워드 중단편 부문
대상을 받았던 〈사마귀의 나라〉에 작가가 뒷이야기를 이어서
장편으로 개작한 작품이다. 소설에서 앞의 절반은 유해 폐기
물 처리장이 되어버린 섬에서 태어나 자라난 아이들과 섬사
람들의 이야기를 다룬다.
이어지는 절반에서는 주인공인 세 아이가 거대기업의 비
윤리적 결정으로 인해 학살의 땅이 되어버린 섬에서 탈출하
여 '멋진 신세계'인 본토에 도착한 뒤에 또다시 살아남기 위해
고군분투하는 이야기가 펼쳐진다.

꼬리가 달린 아이 사마귀는 예술 활동을 통해 자신의 기억과 트라우마를 표현하고, 얼굴이 물집으로 뒤덮인 반점은 공동체의 삶에 투신한다. 그리고 눈이 여덟 개인 팔룬은 자신을 돌봐주는 한 사람만을 믿으며 은거하는 삶을 이어나간다.

그러나 사마귀에게도, 팔룬에게도, 반점에게도 유토피아는 없다. 섬에서는 섬 나름의 차별과 폭력이 존재했고 본토 '고르다'에는 고르다 방식의 차별이 존재한다.《멋진 신세계》에서 존에게 고향인 보호구역은 말 그대로 모든 인간성과 문화가 남아 있는 '보호' 구역이었다. 반면《세 개의 밤》의 섬은 질병과 재해와 굶주림의 공간일 뿐이다.

그리고 질병과 재해와 굶주림에 시달리기 때문에 섬사람들은 차별할 이유를 열심히 찾는다. 신체적으로 아름다운 외모를 가진 이빨은 자신을 따르는 무리를 모아 꼬리가 달린 사마귀를 괴롭히며 우월감을 느끼고 자존감과 존재 의미를 발견한다. 섬사람들은 외지인인 궁이 아이를 낳을 수 있다는 사실 때문에 그를 적대시하고 태어난 아이가 장애를 가졌다는 이유로 자신들이 겪는 모든 불행의 책임을 덮어씌운다.

비윤리와 퇴폐라는 단어를 쓰고 싶었던 한 남자는 그 말이 생각나지 않아 주먹만을 불끈 쥐었다. 사람들은 쉬지 않고 사마귀와 궁에 대한 불만을 토로했다. 집 안에 틀어박혀 지내는 그들 모자는, 낯선 사람에서 나쁜 사람이 되어갔다. *(p. 101)*

섬의 차별과 폭력은 결핍과 두려움과 해결책 없는 고통에서 비롯되어 노골적이고 알아보기 쉬웠다. 하지만 본토인 '고르다'에서 세 사람이 겪는 차별은 은혜를 베푸는 듯한 내려다보는 시선, 동정과 감상이 뒤범벅된 매우 곤란한 종류의 것이었다. 예를 들어 사마귀의 예술작품을 본 관객들은 현실에서 벌어진 차별과 착취와 환경오염과 죽음의 문제를 전혀 이해하지 못하고 구름 잡는 소리만 지껄여댄다.

"비참한 만큼 아름다워요. 화폭에 담긴 산호, 공룡, 고래를 좀 보세요. 이 아이는 인류의 죄를 일깨우고 있어요."
"모르겠어요. 성스럽다고 해야 할까요. 그냥 보는 순간 이렇게 울음이 나오네요."
인파 뒤편에 있던 팔룬은 인상을 찌푸렸다. 상자 속 썩은 양파 하나가 다른 양파들을 썩게 하듯, 한 사람의 감상이 다른 이들의 감상도 오염시키고 있었다. *(p. 253)*

결국 사마귀와 반점, 팔룬이 각자 추구하려 했던 조그만 유토피아는 철저하게 배신당한다. 기업은 이익만을 추구하며, 기업을 운영하는 인간이 분명히 존재함에도 마치 기업 자체가 생명체인 것처럼, 기업을 운영하는 인간들은 아무 의미도 없는 것처럼 행동한다. 뉴스거리, 구경거리로서 사마귀의 신선함이 다하자 대기업은 사마귀의 '정상성'을 의심하기 시작한다. 반점의 공동체는 또 다른 억압의 공간으로 변질된다.

그리고 이 모든 악의 배후에는 대기업이 손을 뻗치고 있다. 세 사람은 다시 도망칠 수밖에 없다. 그러나 도망칠 곳이 과연 남아 있을까.

*

그런데 여기서 뜻밖에도《세 개의 밤》은 추리 스릴러의 특징을 나타낸다. 스릴러의 본질은 음모다. 세상에 거대한 해를 끼치려는 음모를 꾸미는 개인 혹은 집단이 있는 것이다. 추리물의 본질은 수수께끼다. 범죄가 있고 피해자가 있고 그러므로 범인을 밝혀야 한다.《세 개의 밤》에서 작가는 이 두 가지 장르 특징을 이용하여 소설 속 세상이 본토의 폐쇄적 유토피아와 섬이라는 지옥으로 나누어지게 된 과정, 그리고 그 과정에서 배제당하고 소외당하고 밀려나서 마침내 세상의 가장자리에 아슬아슬하게 매달리게 된 사람들의 이야기를 보여준다. 냉정하게, 전략적으로 한 조각씩 보여줄 뿐 구구절절이 설명은 하지 않는다. 여기에《세 개의 밤》의 흡인력이 있다.

앞서 언급한《멋진 신세계》를 비롯한 고전적인 유토피아/디스토피아 소설에는 '안내자'가 등장하여 유토피아가 성립된 과정과 역사를 강의한다. 그러니까 진짜로 역사 수업 장면들이 나오고 선생님이 강의를 한다. 유토피아 소설들은 대체로 절망적으로 재미가 없는데 대체로 이렇게 독자한테 강의하고 줄줄이 설명하려는 부분들이 많기 때문이다.

반면《세 개의 밤》에서 작가는 독자들이 읽으면서 질문을 쌓아가도록 기다린다.

이 섬은 대체 어쩌다가 이 지경이 되었는가?

이 지경이 되었음에도 불구하고 외지인이 흘러들어왔다니 그건 또 무슨 일인가?

섬사람들은 어째서 탈출하지 않는가?

탈출을 시도해본 사람은 없나?

그 사람들은 어떻게 되었을까?

세상이 대체 어쩌다 이렇게 됐나?

이런 질문은 모두 작품 안에서 대기업이 이윤을 위해 세상을 망치면서 꾸미는 음모, 생명의 터전과 사람들의 삶을 파괴하고 그 현장을 덮고 감추려는 범죄의 본질과 관련된다.

작가는 이야기 속에서 독자가 계속 궁금해하도록 이끌다가 생각도 못 했던 시점에 전혀 예상치 못했던 덤덤한 문체로 여러 질문에 대한 답변의 압축적이고 충격적인 한 조각을 갑자기 내보인다. 그런 뒤에 작가는 또 덤덤하게 자기가 할 얘기를 계속한다. 그러니까 독자는 계속 읽게 된다.

《세 개의 밤》은 이렇듯 다양한 매력을 가진 작품이다. 환경 파괴에 대한 경고, 자본주의가 독식하는 세상이 어디까지 갈 수 있는지에 대한 미래 예측 보고서이기도 하고, 그 안에서 살아가는, 살아가야 하는 사람들의 생존 투쟁기이다. 또한 잔혹한 세상에서 자기 힘으로, 자기만의 방식으로 길을 찾아

나가는 세 청소년의 성장기로 읽을 수도 있다. 그리고 '대체 어쩌다 이 지경이 되었나?'의 대답을 찾기 위해 독자가 자꾸 책장을 넘기게 만드는 추리 스릴러이기도 하다.

무엇보다도《세 개의 밤》은 가장 21세기적인 방식으로 '벽 바깥'의 디스토피아를 바라보도록 해주는 작품이다.

국가 권력이 자본의 권력으로 대체되는 시대에 자본이 광고하는 유토피아란 얼마나 연약하고 기만적인가. 그리고 그 안에서 자본이 제공하는 화려한 눈속임과 헛된 말장난에 속지 않고 다른 존재를 짓밟거나 죽이지 않고 다 같이 살아남으려면 우리는 어떤 질문을 하고 어느 방향으로 시선을 돌려야 하는가.

《세 개의 밤》은 처음부터 끝까지 내내 질문한다. 물론 단 하나의 정답이 존재하지는 않겠지만, 이 질문은 그 자체로 지금 우리에게 꼭 필요하다.

덧붙이는 글.

다시 말하지만 박문영 작가가《세 개의 밤》을 통해 던지는 가장 큰 메시지는 국가라는 행정적, 정치적 체제도 막지 못하는 거대 기업의 파괴적인 이윤추구 행위에 대한 비판이다. 여기에는 수많은 현실의 예시를 덧붙일 수 있다.

가습기 살균제를 만들어 판 회사는 한국에서는 그래도 되니까 만들어 팔았고 처벌을 받게 되자 회사가 어려워졌다며 2016년에 당시 가습기 살균제 제조나 판매와는 아무 상관도 없고 책임도 없는 직원들을 집단 해고했다. 가습기 살균제 피해자들은 평생 남는 장애와 질병을 떠안고 살고 있지만 장애와 질병 때문에 자유롭게 외부활동을 하거나 일반시민들에게 상황을 알리기 어렵고 잊히기는 쉽다.

2017년에 포항에서 지진이 일어났는데 지진 피해배상은 2020년까지도 완전히 이루어지지 않았고 지진의 원인은 지열발전소에서 땅을 뚫고 물을 주입했기 때문이었는데, 그러니까 자연지진이 아니고 사람이 일으킨 예측 가능한 지진이었지만, 서울 한복판이 아니고 경상북도 포항에서 일어난 사건이라 갑자기 집이 무너져서 3년간 체육관에서 지낸 사람들의 이야기는 뉴스에서 흐지부지 조용히 사라졌다.

대구에서 코로나19 집단감염이 처음 일어났을 때 전 국민이 마치 대구 시민은 모두 코로나19 감염원이고 사이비종교 신자인 듯 몰아붙였지만, 지금은 코로나19 확진자 70퍼센트 이상이 수도권에서 발생하고 있는데 아무도 서울이 코로나19 확산의 근원이라고 비난하지 않는다.

중심과 변방, 지배와 피지배의 영역을 나누고 그 이유를 갖다 붙이는 권력의 형태가 제국주의 시대에는 국가였지만 자본주의 시대인 지금은 기업으로 변했을 뿐 그 구분과 차별과 폭력의 구조는 완전히 똑같다. 나는 '그런 곳'에 사는 '그런 사람'이 아니니까 괜찮다고 생각하는 것 자체가 바로 그 차별과 착취의 구조에 동조하는 행위이다. 물론 권력을 갖지 못한 개인은 자기한테 편한 쪽으로 회피한다.

"그러니까 절망에 대한 우화가 아니었을까요?"

"비유가 아니라 실제로 벌어진 일이었다니까요."

"그 수식까지 연출인 거죠."

"믿기 어렵나 보네요. 실제라면 너무 끔찍해서 그래요?"

사마귀가 남자들 뒤에서 말했다.

"뭐가요? 뭐가 그렇게 끔찍해?" *(p. 305)*

우화나 비유나 연출이 아니라, 차별과 착취와 환경오염과 재해와 질병과 폭력은 현실이라고 받아들이는 것이 변화의 첫걸음인지도 모른다. 누군가 단지 불운하다는 이유로, 권력이 없고 돈이 없는 그냥 한 개인이라는 이유로 이런 일들을 실제로 겪었고 지금 겪고 있다는 사실을 사실로서 받아들이는 것이 문제를 해결하기 위한 가장 첫 단계이다. 《세 개의 밤》이 그런 첫 단계로 독자를 이끌어주는 작품이다.

그러니까 그때 세상을 떠들썩하게 만들었던 그 비양심적인 기업들이 지금은 뭘 하고 그 피해자들이 지금은 어떻게 살고 있는지 한 번이라도 찾아보고 악한 기업에 대한 불매운동에 한 번이라도 동참한다면 세상은 그 한 걸음만큼 더 변할지도 모른다.

물론 당장 변하지는 않는다. 그러나 사실을 사실로 받아들이고 현실에서 한 걸음만큼이라도 행동한다면 나는 최소한 타인의 고통을 '우화, 비유, 연출'이라 비웃고 합리화하는 비겁한 껍데기 안의 추한 소시민, 무기력하고 수동적인 소비자로서 살아가지는 않을 것이다. 그것은 이 복잡하고도 진실한 이야기 속에 함께한 독자로서, 다른 모든 생명체와 함께 생각하고 느끼고 살아가는 존재로서 나 자신에 대한 예의이기도 하다.

— 정보라, 소설가

작가의 말

끝난 이야기의 다음 장을 여는 일이 좋은 선택이었을까. 전부 새로 쓰거나 아예 쓰지 않는 편이 나았겠지. 겁을 잘 먹으면서도 왜 이따금 덮어놓고 대담해지는지 모르겠다. 머뭇거리다 내리는 나쁜 결정 하나 더. 중편을 장편으로 이어갔으니, 초판본에 남은 작가의 말도 이어가보기로 한다. 0에서 3까지가 8년 전 글이다.

0.

날씨는 맑고 죄는 쌓인다.

1.

나이가 한 자리였을 때는 달리기에서 자주 1등을 했다. 먼지와 꽃가루로 뿌연 봄의 운동장, 출발선에서 주먹을 야무지게 쥐고 눈을 빛내던 아이를 떠올린다. 하얀 깃대가 내려가면 몸이 반사적으로 튀어 나갔다. 의지에 대해 조금도 의심이 없었다. 티브이에서 다리를 펴지 못하는 사람을 봤을 때는 발을 마구 구르며 물었다. 이걸 이렇게, 이렇게 움직이면 되는데 저 사람은 왜 못 해? 나는 마음이 아플 정도로 혈색이 좋고 낙천적인 어린이였다. 그림책 바깥에 대한 상상력이 없었다.

2.

이 소설은 작년 겨울부터 올해 초봄까지 성실히 쌓은 실패의 기록이다. 유독 깜깜한 심정으로 시작했던 글이다. 18대 대통령 선거일에 개표 결과를 보면서 만든 초고가 이 중편으로 나왔다. 예상은 했지만 악습이 그대로 묻은 원고다. 쓰고 싶던 소설과 쓴 소설의 얼굴이 못 알아볼 정도로 다르다. 프랑켄슈타인이 꿰맨 괴물의 이마처럼 심란한 글 뭉치가 되어버렸다. 그러나 이 형상이 지금의 나라면 방법이 없다. 하는 수 없이 지금의 나를 내보일 수밖에 없다고 생각한다.

3.

작업을 못 하는 이유는 하나다. 어제 하지 않아서. 요새는 무슨 작업해? 라고 묻는 곁의 동행들에게 깊은 고마움을 전한다. 만화와 소설을 만드는 인간에게 친구가 있다는 건 정말로 행운이다.

4.

책의 전신인 1부는 2013년에 쓰고 〈사마귀의 나라〉라는 중편으로 발표한 적이 있다. 2부는 2021년에 썼다. 헤어진 지 오래된 소설이란, 헤어진 지 오래된 사람 같아서 다시 마주했을 때 여러 번 멈칫했다. 치기로 똘똘 뭉쳐 심각한 얼굴. 하지만 그에게서 치기와 비약을 빼면 같은 사람일까. 입을 다문 내게 그가 말한다. 뭐해? 지금 내 걱정을 할 때가 아닌 것 같은데.

5.

나침반을 열면 바늘이 영원히 돌 것 같은 나날. 많은 게 달라졌다고 믿었지만, 초고를 만든 그 날과 오늘 표정은 비슷하다. 방향 없던 아이들에게 방향이 생기는 이야기. 소설을 고쳐 쓰며 되새겼던 이 메모가 한 권을 줄인 한 문장이 될 수 있길.

2022년 여름
박문영

초판 1쇄 발행 2022년 9월 1일

지은이   박문영
펴낸이   박은주
편집   설재인
일러스트   최재훈
디자인   김선예, 서예린, 오유진
마케팅   박동준

발행처   (주)아작
등록   2015년 9월 9일(제2021-000132호)
주소   04050 서울특별시 마포구 양화로 156
             LG팰리스빌딩 1428호
전화   02.324.3945-6 **팩스** 02.324.3947
이메일   decomma@gmail.com
홈페이지   www.arzak.co.kr

ISBN   979-11-6668-664-1 03810

이 도서는 한국출판문화산업진흥원의 '2022년 우수출판콘텐츠 제작 지원' 사업 선정작입니다.